나는 행복한 공부하는 엄마입니다

나는 행복한 고아입니다

발행일   2020년 8월 28일

지은이   이성남
펴낸이   손형국
펴낸곳   (주)북랩
편집인   선일영   편집   정두철, 윤성아, 최승헌, 최예은, 이예지
디자인   이현수, 한수희, 김민하, 김윤주, 허지혜   제작   박기성, 황동현, 구성우, 권태련
마케팅   김회란, 박진관, 장은별
출판등록   2004. 12. 1(제2012-000051호)
주소   서울특별시 금천구 가산디지털 1로 168, 우림라이온스밸리 B동 B113~114호, C동 B101호
홈페이지   www.book.co.kr
전화번호   (02)2026-5777   팩스   (02)2026-5747

ISBN   979-11-6539-368-7 03810 (종이책)   979-11-6539-369-4 05810 (전자책)

이 도서의 국립중앙도서관 출판예정도서목록(CIP)은 서지정보유통지원시스템 홈페이지(http://seoji.nl.go.kr)와
국가자료공동목록시스템(http://www.nl.go.kr/kolisnet)에서 이용하실 수 있습니다.
(CIP제어번호: CIP2020035960)

(주)북랩 성공출판의 파트너
북랩 홈페이지와 패밀리 사이트에서 다양한 출판 솔루션을 만나 보세요!
홈페이지 book.co.kr   •   **블로그** blog.naver.com/essaybook   •   **출판문의** book@book.co.kr

보육원 출신 교사 이성남의 행복을 빚어낸 이야기

나는 행복한 고아입니다

이성남 **지음**

북랩 book Lab

추천사

저자 이성남을 알아 온 시절을 추적해 보면 벌써 30여 년이 됩니다. 처음 까까머리 고등학생으로 내 앞에 등장한 그는 사연이 많은 얼굴을 가졌고, 또한 매우 다부졌습니다. 그가 고아였다는 사실을 알았을 때, 사연 많은 그의 얼굴의 연유 또한 금방 알 수 있었습니다. 그의 삶은 매 순간이 드라마틱합니다. 본인이 선택한 것은 아니지만, 편견의 길로 들어선 질고의 삶, 그 한복판에서 그는 무너지거나 도태되지 않으려고 주어진 인생 앞에 무섭도록 성실하게 살아 내었습니다.

그 첫 만남부터 그의 삶의 궤적을 때로는 스치듯이, 때로는 깊이 들어가 보았습니다. 궤적의 반복이 역사를 만들어 내는 것처럼 한마디로 표현하자면, 그의 삶의 궤적은 '역사'입니다.

그런 그의 삶 안에서 잉태되어 이제 세상 밖으로 나온 이 책은 고통의 교집합이지만, 그 합집합은 감동과 은혜 그 자체입니다. 그 감동과 은혜를 아무리 은닉하려고 해도 은닉되지 않아 이성남은 이곳에 그 삶을 퇴적시켜 이제 세상에 내놓습니다. 그의 삶

:

의 시작점에서 행복은 매우 사치스러운 단어였지만, 지금은 그 행복을 품에 안고 있습니다.

혹시 여러분 중에 세상에 대한 두려움과 불만이 있거나 자신의 형편에 의기소침한 자신의 모습이 마음에 들지 않는 사람이 있다면, 주저할 시간이 없습니다. 이 책을 들어 단숨에 읽어 보십시오. 여러분의 삶이 얼마나 찬란해질 수 있는지를 곧 보게 될 것입니다.

은혜드림교회 담임 목사

최인선

결혼을 했다. 남들 다 하는 결혼인데 그게 뭐가 대단한 거냐고 생각할지 모르겠다. 그렇지만 나에게는 결혼의 의미가 남다르다. 나는 고아로 자랐다. 평생 혼자라 생각하며 살던 터라 화목하게 함께 살 수 있는 가족이 생겼다는 게 감당하기 힘들 만큼 벅찬 일이었다. 무엇과도 바꿀 수 없는 행복이 곧 결혼이었다. 이제는 남 부럽지 않은 직장을 다니고 있다는 게, 내 가족을 위해 매일 땀 흘려 돈을 번다는 게 더없이 소중한 의미로 다가오기 시작했다.

누구보다도 나를 알아주고 이해해 주는 반려자가 생기면서 내 인생에 커다란 변화가 시작됐다. 결혼 전에는 혼자 고민하고 결정했던 모든 것이 결혼 후에는 아내 위주로 바뀔 수밖에 없었다. 내 인생이 송두리째 뒤바뀐 것만 같았다. 결혼 2년 후에는 아이가 생겼다. 나를 쏙 빼닮은 공주님. 그 아이가 벌써 중학생이다.

어느 날이었다. 첫째 아이가 "아빠의 엄마는 외할머니야?"라고 물었다. 몇 년째 처가살이 중이었고 항상 장모님만 만나니 아이

⋮

7

가 장모님을 나의 어머니로 착각한 것이었다. 아이 입장에서는 외할머니가 아빠와 엄마를 낳은 거라고 생각한 건데, 그럼 나와 아내는 남매지간인 셈이니 웃음이 터졌다. 장모님은 자식이 딸 둘뿐이다. 늘 사위인 나를 아들로 여기며 아낌없는 사랑을 주시는 분이셨다. 결혼을 하기 전, "아들"이라고 불러 주실 때는 쑥스럽기도 했다. 그만큼 나를 아끼는 마음이 느껴지는 것 같아 좋았다. 그러니 장모님이 나를 부르는 호칭에 첫째 아이가 오해를 할 법도 하다.

첫째가 4학년이던 해에는 친할아버지와 친할머니의 존재를 묻기도 했다. 당황스러웠다. 평소에 아빠는 미국으로 유학을 가고 싶다고 늘 말했던 터라, 유학을 가게 되거든 만나기로 했다고 거짓말을 했다. 그분들은 미국에 살고 계신다면서. 하지만 거짓말이 오래갈 수는 없는 법이다. 6학년이 됐을 때 드디어 나의 사정을 눈치챈 듯했다. 아니, 어쩌면 그 전부터 자기에게 친할아버지와 친할머니가 없다는 걸 알고 있었지만 모르는 척해 왔는지도 모른다.

더 이상 거짓말을 할 수는 없었다. 아이에게 솔직해지기로 했다. 아빠는 5살 때부터 보육원에서 자랐으며 아직 부모님이 누구인지, 어떤 상황인지 알지 못한다고 알려 주었다. 첫째는 내가 친부모를 찾기 위해 경찰서에서 DNA 검사를 하고 담당 경찰과도 만난다는 것을 알고 있었다. 둘째는 한 달에 한 번 내가 지내던 보육원 출신 아이들을 만나고 그들을 친동생처럼 대하는 모습과 보육원 직원에게 친근감을 표하는 걸 보고 짐작하고 있었다고 했다.

솔직히 털어놓자면, 그때까지 아이들에게 내 어린 시절에 대해 언제 어떻게 알려 줘야 할지 막막해하고 있었다. 드라마에서나 나올 법한 소재이지 않은가. 자칫 아이들에게 부정적인 영향을 주게 되지는 않을까, 혹은 부끄럽게 여기지는 않을까, 수도 없이 괴로워했다. 평소 텔레비전이나 신문을 볼 때 난치병에 걸렸거나 생활고에 시달리는 사람을 보며 유난히 안타까워하는 모습을 보였고, 아이들에게도 어렵게 하루를 보내야 하는 분들을 어떻게 대해야 하는지 자주 이야기했다. 그런데 정작 아빠의 이런 과거를 마주했을 때는 아이들이 어떻게 받아들일지 걱정스러웠다.

아빠의 과거를 알게 된 둘째가 물었다. "아빠, 아빠의 엄마는 전화번호가 뭐야?" "아빠는 엄마 전화번호를 몰라." 내 대답에 둘째는 어리둥절한 표정을 지었다. "엄마 전화번호를 왜 몰라?" 그리고는 나를 이상하다는 듯 쳐다봤다. 순간, 이 상황이 마치 나의 잘못인 것처럼 여겨졌다. 아이에게 미안하다는 생각이 밀려들었다. 어떻게 대답을 해야 할까. 당황한 나머지 "그럴 수도 있어."라고 말을 얼버무려 버리고 말았다.

며칠 뒤에 둘째가 다시 물었다. "아빠, 그럼 지금 사는 이곳에는 어떻게 왔어?" 아마도 아빠의 지나간 시간이 무척 궁금한 모양이다. "음… 그냥 버려졌나 봐." 별다른 대답을 찾을 수가 없었다. 그랬더니 둘째는 "아빠 정말 불쌍하다…."라고 한다. 물론 순수한 마음에서 물어보는 것이겠지만, 앞으로는 어떤 질문을 할지 자못 신경이 쓰였다. 그러면 나는 또 어떻게 대답을 해야 할까. 머릿속이 복잡해졌다. 차라리 장난스럽게 눙치고 넘어가야겠다는 생각이 들었다. "아빠가 불쌍하면 너는 불쌍한 아빠랑 같이 사는 거네?" 웃으며 이야기하자 둘째는 아리송한 얼굴을 했다가 "그런가…."라며 따라 웃었다.

어느 날은 "아빠는 누굴 닮았어?"라는, 나 역시 한 번도 생각하지 못한 질문에 순간 당혹감을 감출 수 없었다. 과연 나는 아빠를 닮았을까, 엄마를 닮았을까?

이런 상황이 이어지는 걸 보니 셋째도 머지않아 물음표를 연달아 품게 될 것 같았다. 더 이상 혼자 감당할 문제가 아닌 듯했다. 아내와 의논했다. 결국 내 모든 과거를 이야기해 주는 게 낫겠다고 결론을 지었다.

"얘들아, 아빠는 보육원에서 20년 동안 컸어. 그 힘든 시간을 이겨 내고 이렇게 자랑스러운 아빠가 된 거야. 보육원에서 공부도 시켜 줬고, 신앙으로 모든 어려움을 이겨 낼 수 있도록 도와

준 거란다. 단체 생활을 해야 했지만, 그 안에서 다른 친구를 배려하는 마음도 키운 거고 세상에서 누구보다 많은 동생을 두어서 든든해. 아빠는 보육원에서 자란 걸 후회하지 않는단다. 자랑스럽게 생각하고 있어. 어때? 아빠에 대해서 더 알아볼래?"

둘째가 어느 때보다도 호기심을 보이며 몸을 앞으로 쭉 내밀었다.

"아빠, 아빠 이야기를 더 해 줘. 궁금해."

"아빠가 어느 누구보다도 학생들을 잘 가르치는 교사가 되려고 노력하고 있는 거 알고 있지?"

"응, 알고 있지."

"그렇게 누구보다도 많은 노력을 기울여서 수업을 준비하고 자료를 만들어서 학교체육대상, 교육부장관상 같은 상을 받기도 했단다. 운 좋게도 아빠 이야기가 신문에도 소개되고 여러 매체에서 아빠에게 관심을 가져 주었어. 이 모든 게 부모 없이 자란 아빠지만 너희들에게 떳떳하고 자랑스러운 아빠가 되기 위함이었어."

아이들이 활짝 웃는다. 이런 아이들의 눈망울을 보기 위해 얼마나 긴 터널을 지나야 했던가.

"아빠는 비록 보육원에서 컸지만, 누구보다 멋진 사람이고 싶었어. 아빠처럼 보육원에서 지내는 친구들에게 도움을 주려고 했던 것도 아빠가 성장하면서 받았던 사랑을 다시 나누어 주기 위함이었고."

나의 이야기를 귀 기울여 듣던 세 아이의 얼굴을 나는 지금도 잊지 못한다. 그날은 내 인생에서 또 다른 전환점이 되어 버렸다.

이 글을 쓰기로 결심한 것도 그때의 영향이 컸다. 나의 이야기가 버려지고 맡겨진 아이들에게 희망이 될 수 있지 않을까 하는 생각이 들었다. 모든 아이가 차별받지 않고 성장기를 보내길, 애정 듬뿍 담긴 도움을 받으며 감정의 상처 없이 성인으로 자라날 수 있기를, 그렇게 이 사회의 건강한 일원이 될 수 있기를, 정부의 정책도 더 효과적으로 개선되기를. 이런 바람을 담아 용기를 냈다.

아직도 과거를 원망하고 친부모를 탓하며 자괴감에 빠져 있는 이들에게는 나의 이야기가 돌파구가 되었으면 하는 마음 역시 간절하다. 스스로 껍데기를 깨고 일어나려 하지 않으면 누구의 도움도 받을 수 없고, 변화 따위는 요원할 뿐임을 깨달아 주길 바란다. 그런 변화를 발판 삼아 우리가 함께 어깨를 마주 걸고 세상의 변화를 이끌어 내도록, 이 책이 어려운 첫걸음이 되었으면 하는 희망을 담았다.

나는 보육원 출신 중에서도 사회에 잘 자리 잡은 상위 1%에 속한다. 그 과정에서 주어진 환경을 극복하려고 매 순간 정신없이 살아야만 했다. '내 인생은 왜 이 모양이지? 어디서부터 잘못된 거지? 사는 게 너무나 버겁다.'라는 생각도 수시로 했다. 보육원에 산다는 이유로 무시당하는 게 싫었다. 그래서 더 열심히 노력했다. 퇴소 후에는 보육원 출신임을 숨기고 남들보다 더 인정받기 위해 배로 뛰어다니며 이를 악물었다. 쉼도, 여유도 없었고 오로지 달리는 것뿐이었다. 지칠 때도 많았다. 그럴 때면 보육원 동생들에게 희망이 되어야 한다는 생각으로 버티고, 버티며 또 버텼다.

성인이 된 이후에는 이 힘겨운 싸움을 멈추려고도 했었다. 그럴 때마다 내면의 목소리가 나를 채찍질하며 억척스럽게 세상을 이겨 내라고 채근했다. 겁이 나고 불안하고 외로운 순간이 수시로 펼쳐졌다. 그럼에도 불구하고 지금에 와서 되돌아보면 나의 삶은 대체로 흥미진진했고, 즐거운 기억으로 남았다. 보육원에 있던 시절부터 다른 아이들은 어떤 식으로든 보육원 시설을 벗어나고 싶어 했다. 그러나 나는 달랐다. 보육원에 더 오래 남아 있으려고 했다. 행복은 멀리 있는 게 아니라는 믿음 덕이다. 그때 나는 보육원 생활에서 행복을 찾고자 했었다.

⋮

보육원에서 사는 사람이든 부모와 함께 사는 사람이든 스스로의 노력이 없다면 인생은 불행해지기 마련일 것이다. 다람쥐 쳇바퀴 돌듯 제자리를 도는 보육원 생활이 힘들었지만, 우울과 분노와 원망이 몰려올 때면 미래를 생각하려고 애썼다. 행복한 미래를 만들기 위해서는 나를 가다듬는 게 필요하다며 스스로를 다독였다. 그렇게 오랫동안 나는 내 인생을 조각해 왔다. 어쩌면 남들 보기에 대단할 것 없는 인생 이야기일지도 모르겠다. 그렇지만, 분명 의미가 있을 거라 생각하며 용기를 내어 본다.

우리는 아픔을 스스로 치유할 수 있다고 믿지만, 그건 결코 쉬운 일이 아니다. 가끔은 누군가에게 넋두리를 풀어놓을 용기도 필요하다. 그 용기는 스스로의 아픔을 치유하고자 하는 도전이기도 하다. 순간순간을 정리하다 보니 보육원 생활을 하던 때의 나는 뚜렷한 삶의 방향 없이 표류하듯 살아가는 인생이었다는 생각이 든다. 어둠 속에서 빛을 갈구하던 시절이다. 그러나 이제는 어둠 속에서 빛을 찾는 이에게 등대가 되어 주고 싶다. 그들에게 한 줄기 빛이 되기를 열망하면서 용기 내어 이 책을 내놓는다. 더불어 내 안에 아직 덕지덕지 들러붙어 있던 아픔도 말끔히 털어 낼 수 있길 소망한다.

⋮

부디 이 책을 통해 고아를 제대로 이해하고 보듬어 주는 이가 늘어나길 바란다. 보호를 필요로 하는 아동에게는 꿈과 희망을 주는 책이 되고, 보호 기간이 종료된 이에게는 자립하는 데 큰 의지가 되는 책으로 자리했으면 한다. 이를 통해 우리 모두가 보다 아름다운 세상을 만드는 데에 미약하나마 도움이 된다면 더 바랄 것이 없겠다.

차례

절망을 행복으로 바꾼
특별한 아이

행복을 꿈꾸던
어린 시절

다섯 살에 버려진 나는 당시의 기억이 하나도 없다는 것이 늘 궁금했다. 다섯 살 정도라면 어렴풋이나마 기억할 만도 한데, 아무런 기억이 나지 않는다. 믿기 힘들겠지만 사실이다. 내가 기억력이 그다지 좋지 않기는 해도 부모님과 헤어질 때의 충격적인 기억이 쉽게 잊히지는 않을 것이다. 정말 기억을 잃은 것인지, 의식적으로 잊으려 노력한 것인지는 알 수가 없다. 더군다나 나는 초등학교 시절, 한 번도 부모님을 그리워한 적이 없었다. 대체 왜 그랬을까? 이유는 나도 잘 모르겠다. 아마도 언젠가는 부모님이 나를 찾으러 오리라 강하게 믿었거나, 보육원 생활에 잘 적응하며 살아가느라 부모님 생각이 나지 않았을 것이다.

보육원 원장님의 말에 의하면 나는 1981년의 어느 날, 보육원

나는 행복한 고아입니다

⋮

근처 낯선 골목에 위치한 어느 가게 앞에 동생과 함께 버려졌다고 한다. 버려지고 몇 시간 뒤, 골목을 지나던 동네 아저씨가 어린아이들의 울음소리를 듣고 '오늘도 또 누가 자식을 버렸구나.'라고 생각하며 아이들을 안고 보육원으로 데려왔다고 했다. 그는 보육원 원장님에게 아이들을 맡기며 인적 사항이 적힌 작은 메모지를 함께 건넸다.

아이에게 남겨진 것이 이름밖에 없다는 사실을 아쉬워하며 보육원 원장님은 입소 카드를 쓰고 아이가 살 집을 배정했다. 낯선 환경, 처음 보는 사람들 사이에 위축되어 제대로 말도 못 하는 아이는 방구석에 앉아 울먹이다가 함께 온 동생과 손을 꼭 잡고 잠이 들었다. 처음이라 모든 것이 낯설고 서툴렀던 형제는 많은 아이 사이에서 씻는 것조차 어색해 빨리 씻지 않는다고 혼이 나기도 했다.

유치원이 흔치 않았던 시절, 보육원이 속한 시설 안에는 유치원이 있었다. 특별한 지도나 프로그램은 없었다. 사십여 명의 아이가 강당에 모여 그저 장난감을 갖고 노는 것이 전부였다. 그러다가 시간이 되면 간식을 먹고, 헤어질 시간이 되면 각자 사는 집으로 이동했다. 보육원 시설 내에는 열 채 정도의 집이 있었는데, 거의 매일을 같은 얼굴만 만나서 함께 노니 가까워질 수밖에 없었다. 게다가 그곳은 다른 집들과도 가까워 아이들은 아침마다 눈곱도 제대로 떼지 않고 머리는 까치집을 해서 유치원에 갔다.

어린 시절의 황금기라 할 만큼 초등학교 시절은 누구에게나 중요하다. 인생을 어떻게 살아갈지, 어려운 일은 어떻게 참아야 하는지 어렴풋이나마 배울 수 있기 때문이다. 부모와의 관계를 통해 안정을 얻고, 사회가 어떻게 돌아가는지 어른들의 어깨너머로 배울 수도 있다. 그렇게 초등학교 시절은 아이의 성장에 큰 영향을 미친다. 하지만 내가 처한 환경은 다른 사람들과는 달랐고, 그래서 나는 내가 초등학교 때 과연 얼마나 올바른 정서를 갖게 되었을지 의문이 든다. 그저 들판의 말들처럼 마냥 뛰어노는 것을 좋아했다. 다소 부정적인 성향이었던 나는 진흙탕에 빠진 돼지처럼 혼란을 겪으며 거침없는 성격으로 성장했다.

초등학생 시절에 겪은 시시콜콜한 에피소드를 보면 왜 이런 말을 하는지 알 수 있을 것이다. 나에게는 너무도 평범했던 경험이 독자들에게는 꽤 낯선 이야기일 수도 있다. 하루하루가 고달프고 힘들었지만, 한편으로는 크고 작은 재미와 스릴이 넘쳐 났다. '20년 전의 고아들은 이렇게 자랐구나.'라고 생각하며 읽어 주기

나는 행복한 고아입니다

⋮

24

를 바란다.

보육원에서의 정해진 시간

보육원 아이들은 모두가 일정한 시간에 함께 일어난다. 절대로 꾸물댈 수가 없다. 그때는 집마다 달린 커다란 스피커에서 아침 기상을 알리는 찬송가가 울려 퍼졌다. 정말 1년 내내 기상곡이 바뀌지 않아 짜증도 났다. 그렇게 아침부터 노래를 들으면 하루 종일 그 노래가 입에서 떠나질 않았다. 그렇게 노래를 들으며 함께 일어나 이불을 개고 밥을 먹었다. 나는 왜 모두가 같은 시간에 일어나야 하는지가 늘 궁금했다. 하지만 더 자고 싶어도 잘 수가 없었다. 한 집에 열 명 가까운 아이들이 함께 살기에는 늘 전쟁터처럼 시끄럽기 때문이다. 기상 후에는 바로 마당으로 나가 청소를 했다. 빗자루를 들고 배정된 장소를 매일 쓴다. 그리고 나서야 겨우 밥을 먹을 수 있었다.

열 살쯤이었나, 나는 작은 방에서 열 명과 함께 잤다. 기상도 마찬가지이지만 취침도 같은 시간에 해야 했다. 하지만 절대로 바로 잠이 들 수는 없었다. 누군가는 꼭 장난을 치고 떠들기 때문이다. 나는 유독 잠자리에서 이야기 나누는 걸 좋아했다. 주제는 끝이 없었다. 앞으로 어떻게 살아야 할지, 보육사[1]를 어떻게 도와야 하는지, 청소와 배식 담당은 누가 정할지 등 이야기보따리를 풀며 잠이 들었다.

무엇보다 가장 흥미진진했던 일은 창문 밖 거리에 다니는 자동차 불빛에 비친 그림자를 보는 것이었다. 내가 살던 시설 옆에는 고속 도로가 있었는데, 지대가 낮은 곳에 보육원이 있다 보니 자리에 누우면 자동차들의 전조등 빛이 그대로 방 안으로 쏟아졌다. 그리고는 기괴한 그림자들을 만들어 냈는데, 달리는 자동차가 여럿이다 보니 그림자들도 계속 움직이는 것 같았다. 누군가는 잠이 오지 않을 때 양이 몇 마리인지 수를 센다고 하지만, 우리는 지나가는 자동차의 수를 셌다. 트럭 한 대, 자가용 한 대, 버스 한 대, 또 트럭 한 대…. 다들 어디를 그렇게 가고 있는지 궁금했다. 가끔은 기차 소리도 들려왔는데, 언젠가는 나도 저 자동차와 기차를 타고 어디론가 떠날 것이라는 상상을 하며 꿈나라로 갔다.

1　보육사는 보육 시설에 종사하는 자로서 영아와 유아의 보육을 담당하는 사람을 뜻한다. 생활지도원과 동일한 의미로 사용된다.

취침, 기상과 마찬가지로 식사 시간도 정해져 있었기 때문에 때를 놓치면 밥을 제대로 먹을 수가 없었다. 미처 밥을 먹지 못한 아이들은 조리사가 퇴근한 식당에서 반찬 없이 맨밥만 가져다가 집에서 먹어야 했다. 고등학교 때 야간 자습을 하거나 늦게까지 놀다가 식사 때를 놓친 아이들은 밥을 가지러 가기 귀찮아서 그냥 굶기 일쑤였다. 아침부터 저녁까지 많은 아이를 돌봐야 했기에 보육사들은 늦게 들어온 아이들까지 따로 밥을 챙겨 먹일 여력이 없었다.

주말을 제외하고는 식사는 각자 사는 집이 아닌 보육원의 단체 식당에서 해결했다. 식단은 그렇게 나쁘지는 않았던 것으로 기억하는데, 항상 김치가 나왔고 밥과 국 그리고 몇 가지 밑반찬이 나왔다. 다섯 살 때부터 스무 살 넘어 보육원을 퇴소할 때까지 보육원 식단은 그야말로 일취월장으로 변화했다. 보육원뿐만 아니라 전반적인 사람들의 형편이 나아졌기 때문이다.

심심찮은 용돈벌이

먹고 살기 힘들었던 80년대, 초등학생이 유일하게 합법적으로 용돈을 버는 방법은 '도토리 줍기'였다. 도토리를 주워 가게에 팔면 돈을 받을 수 있었기 때문에 학교 수업보다는 도토리 줍기에 더 관심이 많았다. 가능한 더 큰 도토리를, 더 많이 줍고 싶었기에 이 산, 저 산을 옮겨 다니며 도토리를 주웠다. 그렇게 다니다 보면 어느 산에 도토리가 많은지도 알게 되어 또 그 산으로 찾아가기도 했다.

저학년 때에는 키가 작으니 바닥에 떨어진 도토리를 줍거나 긴 나뭇가지로 가지를 쳐서 도토리를 모았다. 키가 크고 나서는 나무에 큰 돌을 던지거나 직접 나무를 타고 올라가 도토리를 대량으로 모았다. 큰 나무가 많았기 때문에 꽤 높은 곳까지 올라가 발로 나뭇가지를 차면서 도토리를 떨어트렸는데, 위험하고 아슬아슬했지만 짭짤한 용돈을 벌 수 있다는 생각에 신이 나기도 했다. 도토리는 무게를 재서 돈으로 받았다. 그 돈으로 과자도 사 먹고 차곡차곡 모아 요긴한 곳에 쓰기도 했다. 그야말로 '도토리 적금'이었다.

또 다른 용돈벌이는 잔반 심부름이었다. 저녁을 먹고 나면 남은 잔반을 날랐다. 원장님 아들 집에서 키우는 개에게 줄 밥이었다. 그 집으로 가는 길은 이상한 동물 울음소리가 나기도 하고, 가는 길이 어두워 어린 나이에 겁을 먹었다. 여름엔 그래도 해가 길어 괜찮았지만, 겨울에는 온통 어두컴컴한 길을 걸었다. 그렇게 무서운 길을 지나면 내 몸집만큼 큰 개가 나를 기다리고 있었다.

개밥 나르는 일은 내게 주어진 일이라 의무감으로 한 것도 있지만, 한편으로는 즐겁기도 했다. 개밥을 갖다줄 때마다 용돈을 받았기 때문이다.

개밥 배달지는 한 곳이 더 있었다. 바로 보육사의 친척 집이었다. 보육원에서 그리 멀지 않은 곳에 있던 그 집에는 친구가 살고 있었다. 그 집에 갈 때마다 혹시라도 친구를 만날까 봐 노심초사했다. 내가 왜 개밥 배달까지 해야 하나 짜증도 났지만, 갈 때마다 100원씩 주셨기 때문에 용돈을 번다는 생각으로 열심히 개밥 배달을 했다. 배달은 매일매일, 하루도 빼놓지 않았다. 내가 지금도 부지런한 이유는 그때 연습을 충분히 했기 때문인 것 같다.

형제가 많아서 할 수 있는 수많은 놀이

보육원에는 수많은 놀잇거리가 있다. 그중에서 가장 스릴 있게 배운 놀이가 바로 자전거 타기였다. 보육원에는 백 명 넘는 아이들이 있기 때문에 자전거를 쉽게 탈 수 없다. 그만큼 자전거가 있지도 않고, 행여나 한 대라도 자전거가 생기면 너도나도 타 보겠다고 난리를 치기 때문이다.

보육원에 함께 살던 형들을 따라 우연히 근처의 고등학교에 간 적이 있었다. 학교는 언덕에 있어 정문에서부터 오르막길을 올라야 했다. 짓궂은 형들은 "자전거는 언덕에서 배우는 거다."라고 하며 브레이크도 없는 자전거에 나를 태웠다. '나는 이제 죽었구나.'라고 생각하고 자전거를 타고 정신없이 언덕을 내려갔다. 학교 정문 밖으로는 차들이 쌩쌩 달리고 있었다. 결국 속도를 이기지 못하고 나는 도로 옆 논밭으로 굴러떨어졌다. 자동차와 부딪히지 않은 것이 천만다행이었다. 그 이후로도 형들에게 정말 많은 것을 배웠다. 기타를 치는 법 같은 좋은 일도 있었지만 주로 사과 훔치기, 복숭아 훔치기, 문구점에서 물건 훔치기 등 나쁜 짓을 배웠다. 또 대나무로 새총과 딱총을 만들며 놀기도 했다. 만드는 방법이 어렵지도 않았고 손수 만든 장난감이라 애착이 컸다. 새총에 돌멩이를 끼워 산에서 토끼나 새를 맞추며 놀던 기억이 난다.

나는 시끄러운 아이들과 보육사의 눈을 피해 뒷산에 자주 올라가 시간을 보냈다. 나무에 올라 집을 지어 잠을 자기도 하고 동물을 잡거나 밤을 따 먹기도 했다. 뭐니 뭐니 해도 무덤 위에서 포대를 깔고 앉아 미끄럼을 타는 일이 가장 재미있었다. 한 명씩, 때로는 두 명, 세 명이 한 포대기에 앉아 미끄럼을 탔다. 누구의 무덤인지도 모르고 신나게 노는 게 그렇게 즐거웠다. 그때는 죽음에 관한 것은 생각할 수도 없는 어린 나이였기에 철없이 행동했다. 늦게나마 고인께 사과를 드리고 싶다.

학교를 마치고 돌아오면 특별히 할 게 없었다. 다른 아이들처럼 학원에 다니지 않았기 때문이다. 항상 보육원 아이들끼리 어울려 놀며 시간을 보냈다. 그만큼 친구가 많았고, 늘 새로운 놀이가 넘쳐 났다. 아이들은 남녀 할 것 없이 어울려 놀았다. 숨바꼭질, 깡통 차기, 구슬치기 등 종목도 다양했다. 내가 가장 잘하고 좋아했던 놀이는 깡통 차기와 총싸움이었다. 깡통 차기는 술래가 지키던 깡통을 찾기 위해 이곳저곳을 뛰어다니다가 술래가 한눈을 파는 사이 몰래 깡통을 차면 술래에게 잡혀 있는 아이들을 살릴 수 있는 놀이다. 깡통을 차려면 담도 넘고 발에 땀이 나도록 뛰어야 한다. 아이들과 함께 땀 흘리며 뛰노는 일이 너무도 즐거웠기에 나는 깡통 차기를 제일 좋아했다. 깡통을 차기 위해, 즉 다른 친구들을 살리기 위해 잘 숨어 있다가 깡통을 차려고 동서남북으로 뛰어다녀야 했다. 동서남북으로 뛰어다니다 담도 넘어야 하고, 어쨌든 열심히 뛰어다녀야 했다. 담을 넘는 것도 좋아했고, 긴장감을 느끼며 뛰어다니는 것이 너무나 재미있었다.

정확한 놀이 이름은 생각나지 않지만 공 맞히기 놀이도 많이 했다. 피구처럼 공으로 반대편을 맞추는 놀이인데, 인원 제한이 따로 없기에 모두가 즐겨 했던 놀이였다. 술래를 먼저 정하고 나머지는 한 줄로 서서 각자의 번호를 정한다. 술래가 아무 번호나 부르며 공을 던지면 그 번호에 해당하는 친구가 공을 잡아 다른 친구들을 맞출 수 있는 놀이다. 술래가 몇 번을 부를지 몰랐기 때문에 스릴이 넘쳤고 공을 피해 다니는 것도 재밌었다. 그렇게 시간 가는 줄 모르고 놀다 보면 금세 저녁이 되었다. 매일매일 신나게 놀았고, 아이들과 놀 때 가장 행복했다.

늘 뭔가 재미난 놀이가 없을까 궁리하던 우리는 틈만 나면 산으로 갔다. 산에는 놀 것이 천지였기 때문이다. 호기심에 불장난도 했다. 낙엽 몇 개를 모아 성냥으로 불을 지폈는데, 탁탁 소리를 내며 나뭇잎이 타는 게 마냥 신기했다. 나뭇가지를 모아 태우거나 뜨거운 불에 도토리를 구워 허기를 달래기도 했다.

어느 날은 방 밖에서 시끄러운 소리가 났다. 놀라 바깥으로 급히 나가 보니 모든 아이가 허겁지겁 산으로 달려가는 것이었다. 직감적으로 큰일이 났다는 걸 알 수 있었다. 산불이 난 것이다. 초등학생 아이들부터 고등학생 형들까지 모두가 달려가 산불을 껐다. 집에서부터 물을 길어다 옮기고 불이 퍼지는 길목을 막기 위해 빗자루로 낙엽을 정신없이 쓸기도 했다. 그 후에도 불장난을 하다 낙엽에 불이 붙었는데, 나는 빗자루가 없어 입고 있던 옷을 벗어 불을 급히 껐다. 크고 작은 산불들이 일어났지만 다행히 크게 번진 불은 없었다. 그런 일을 겪고 나니 불장난의 위험성을 알게 되었다.

보육원 옆에서는 돼지도 길렀다. 정확히 누가 길렀는지는 기억이 나질 않지만, 돼지 구경을 하는 것도 재미있었다. 잔반을 처리해 주는 돼지가 고맙기도 하고 열심히 밥 먹는 모습이 기특해 보이기도 했다. 나는 종종 돼지에게도 잔반을 가져다주었는데, 돼지들에게 오늘은 무슨 일이 있었는지 이런저런 이야기를 하며 시간을 보내곤 했다. 늘 웃는 상으로 아무 걱정 없이 먹기만 하는 돼지를 보며 한편으로는 부러운 마음도 들었다. 어느 날 돼지는 사라져 버렸지만, 내가 가져다주는 밥을 기다리는 돼지들을 보면서 보람을 느끼기도 했다.

방학이 되면 주로 집에 있었다. 여행을 가거나 쇼핑을 하는 건 평범한 가정에서나 가능한 일이었다. 정해진 공부 시간이 있어 억지로 책상을 지키다가 점심을 먹고 나면 해방되었다. 방학 때마다 여름에는 수영을 하고 겨울에는 꽝꽝 언 논바닥 위에서 연을 날렸다. 멀리멀리 날아가는 연을 보며 나 역시 멀리 날아가고 싶었다. 아마도 세상을 멀리서 바라보고 싶었나 보다. 따로 연을 살 돈은 없었기에 대나무를 꺾어 뼈대를 만들고, 거기에 신문지를 붙여 직접 연을 만들었다. 손수 제작한 연은 제대로 띄우기도 힘들었지만, 무언가를 만드는 것 자체가 즐거웠다. 연을 날리다 무덤처럼 볏짚을 쌓아 둔 곳에 들어가 동굴집을 만들어 자기도 하고, 불을 지피며 놀기도 했다.

구슬 놀이는 땅바닥 위에 사람 둘만 있으면 할 수 있는 가장 쉬운 놀이였다. 작은 구슬 몇 개만으로도 손이 더러워질 정도로 놀았다. 구슬치기는 남녀 모두 좋아하는 놀이였기에 다들 즐겨 했지만, 구슬이 없는 아이들은 같이 놀 수 없었다. 딱지치기도 했다. 문구점에서 파는 딱지는 살 수 없으니 신문지로 직접 만들어 놀았다. 집에 딱지를 보관할 때는 혹시라도 누가 훔쳐 갈까 봐 잘 숨겨 두었다. 또 겨울에는 보육원 앞 논밭 위에서 썰매를 탔다. 얼음 위에서 미끄럼을 타기도 하고, 버려진 포대를 주워 와

끈을 묶어 서로 밀고 당기며 놀았다. 고학년이 되면서는 어설프게나마 썰매 비슷한 걸 만들어 놀기도 했다.

중학생이 되니 축구도 자주 했다. 사실 여럿이 함께할 수 있는 놀이는 많지 않아 주말만 되면 형들이 아이들을 불러 모아 축구를 했다. 근처 학교 운동장을 빌려서 했는데, 형들과 게임을 할 때는 주로 수비를 맡았다. 체구가 큰 형이 드리블을 하며 나에게 다가오면 큰 트럭이나 들짐승이 다가오는 것처럼 가슴이 두근거렸다. 기술도 필요 없이 몸으로 부딪치며 공을 찼기에 부상당하는 게 일상이었다. 아프다고 축구를 쉬고 싶다고 하면 꾀병을 부린다며 더 혼이 났다. 축구를 좋아했지만 형들과 축구를 하는 것은 너무나 싫었다.

그런데 나는 고등학생이 되면서 형들의 마음을 알게 되었다. 동생들을 괴롭히며 축구하는 재미를 알게 된 것이다. 형이 되어 매주 빠지지 않고 아이들을 불러 축구하던 일이 가장 즐거웠다. 그만큼 축구는 무료한 시간을 해결해 주는 우리들의 가장 흥미진진한 놀이였다.

배고픈 시절을 견디지 못한 도둑질

후원자들이 보육원으로 선물을 보내 주면, 양이 상당히 많아 바로바로 나누어 주지 못하고 보육원 창고에 쌓아 두곤 했다. 보육원에는 두 개의 창고가 있었는데, 한 곳에는 라면이나 과자를 보관하고 다른 곳에는 과일 같은 신선식품을 보관했다. 창고 관리는 보육원 사무실에서 했는데, 간식을 받아 가라는 방송이 스피커에서 흘러나오면 집마다 아이들이 간식을 받으러 갔다. 오늘은 무슨 간식이 나올까 궁금한 마음에 창고 앞으로 뛰어가곤 했는데, 먹을 것을 기대하고 갔다가 비누나 샴푸 같은 생필품을 받으면 낙담하면서 집으로 돌아왔다.

가장 인기 있고 먹고 싶던 것은 라면이었다. 후원 물품으로도 라면이 가장 많이 들어왔다. 우리는 라면을 생으로도 먹고, 끓여 먹기도 했다. 수프를 남겨 다음 날 국에 타 먹기도 했다. 라면이 정말 귀했기에 늘 라면을 그리워했다. 가끔은 근처 대형 마트에서 유통 기한이 하루 남은 빵을 보육원으로 가져다주기도 했다. 평소에는 절대 사 먹을 수 없는 다양한 빵을 먹어 볼 수 있어 참으로 즐거웠고 언제쯤 마트에서 빵이 올까 기다리곤 했다. 어른이 되어 대형 마트에 장을 보러 갈 때마다 빵을 먹던 그때가 자연스럽게 떠오른다.

그토록 간식을 좋아하고 그리워했지만 여유 있게 즐긴 적은 단 한 번도 없었다. 보육사의 통제에 따라 모든 아이가 집에 오기를 기다렸다가 똑같이 나눠 먹어야 했기 때문이다. 청소를 잘하거나 목욕을 잘하고 공부를 열심히 하면 간혹 특별한 간식을 먹을 수 있었다. 하지만 결국 사건이 터지고 말았다. 배고픔을 참지 못한 아이들이 간식 창고를 털었다. 저녁 늦게 모두가 잠든 때를 기다려 보육원 창고의 자물쇠를 부수고 간식을 훔치는 범죄를 저지른 것이다. 나쁜 짓이기는 했지만, 사실 아이들에게 지급되어야 하는 것이기에 그다지 큰 죄책감은 없었다. 충분히 간식을 나눠 주었다면 그렇게까지 행동하지 않았을 텐데, 늘 간식이 모자라 사무실에 불만을 가졌던 것 같다.

넘지 말아야 할 선을 넘지 않고 참기가 매우 힘들었다. 우리는 보육원 안에서의 도둑질뿐 아니라 밖에서도 나쁜 행동을 이어 갔다. 다른 친구들과 비교되는, 넉넉지 않은 형편에 무언가 훔치는 일이 많았다. 그걸 그렇게 나쁘게도 생각하지 않았다. 때로는 학용품을 훔쳤다. 나쁜 행동인 줄은 알았지만 형들을 따라 했다. 혼이 나면서도 훔쳤다. 문방구 주인은 시설 아이들이 종종 훔치는 걸 알았지만 눈감아 주었다. 하지만 그 소문이 보육사 귀에 들어가 단체로 혼이 났다.

여름 방학이 되면 근처 강에서 수영을 했다. 다이빙도 하고 물장구를 치다 보면 배가 고팠다. 그러면 강가의 포도밭에서 포도를 훔쳐 먹었다. 평소 과일 구경이 어렵기 때문에 포도밭에 들어가 포도를 내 것인 양 마음껏 먹었다. 보육원 근처에는 농업 고등학교가 있었는데, 그곳에서 재배하는 복숭아와 사과도 많이 훔쳐 먹었다. 누군가 산에 심어 놓은 농작물을 먹기도 했다. 너무 배가 고팠기 때문이다. 무엇보다도, 그런 행동이 나쁘다고 정신을 제대로 차릴 정도로 가르쳐 주는 사람이 없었다. 보육사들은 대부분 연세가 많았기에 아이들을 하나하나 보살펴 주기엔 역부족이었다.

보육원의 명절

명절이 되면 누구나 들뜨게 된다. 보육원 아이들도 예외는 아니다. 일단, 먹을 것이 풍족해진다. 여러 곳에서 다양한 후원 물품도 들어온다. 특히 평소에 잘 먹지 못했던 고기를 먹을 수 있었다. 개별 후원자가 있으면 특별 후원금을 보내 주기에 명절이 유독 기다려지기도 했다. 하지만 나처럼 부모가 없는 친구들은 마냥 좋지만은 않았다. 대부분의 아이는 엄마, 아빠 중 하나라도 있었기에 어느 한 곳이라도 가족을 만나러 간다. 친부모가 없으면 삼촌이나 할머니 댁에라도 간다.

그렇게 잠시 외출을 하는 친구들을 마냥 부러워했다. 남겨진 아이들은 종일 텔레비전 앞에서 시간을 보냈다. 가끔은 보육원을 퇴소한 선배들이 찾아와 함께 축구를 하며 쓸쓸한 마음을 위로하기도 했다. 그렇게 해가 갈수록 마음을 달래는 법을 배워 갔다.

명절 당일이 되면 원장님께 세배를 했다. 각 집마다 열 명의 아이가 모여 차례대로 원장님의 사택으로 갔다. 명절이지만 나는 한 번도 한복을 입은 적이 없었다. 보육사가 입혀 주지 않았다. 사실 한복 같은 건 없었다. 세배를 하다 절 하나도 제대로 못 한다며 혼이 나기도 했다. 누구에게 제대로 배운 적이 없으니 못 할 수밖에 없었다. 속은 상하지만 세뱃돈을 받기 위해 아이들은 밝은 표정으로 절을 했다. 원장님은 왼쪽 안주머니에서 지갑을 꺼내 지폐 몇 장을 아이들에게 주었다. 아이가 너무 많기에 조금씩 모두에게 나눠 주고 지갑의 지퍼는 금세 닫혔다. 어린 나는 지갑 안에 그 많은 돈을 누구에게 주는지 생각하며, 돈을 더 받고 싶은 마음을 뒤로하고 집으로 돌아와야 했다.

외출에서 돌아온 친구들은 새 옷과 선물을 가지고 왔다. 나는 그것들을 자세히 살펴보며 부러워했다. 무엇보다 아이들은 서로 세뱃돈을 얼마나 받았는지 제일 궁금해했다. 돈을 가져온 친구들은 혹시라도 누가 훔쳐 갈까 봐 자신만의 비밀 공간에 꼭꼭 숨겨 놓았다. 혹시라도 맛있는 것을 얻어먹지 않을까 하는 마음에 명절 후 며칠간은 세뱃돈을 두둑이 받은 친구들을 졸졸 따라다니기도 했다.

연탄을 때던 시절

보육원은 연탄을 땠다. 그래서 집마다 사용할 연탄을 보육원 창고에서 가져다 놓고 집에 채워 넣는 게 중요한 일 중 하나였다. 창고 가까이 사는 아이들은 손으로 몇 장씩 나르기도 했지만 집이 조금 멀면 수레에 실어 연탄을 날랐다. 중학생이기는 해도 아직 손이 작기 때문에 연탄이 떨어져 부서지기라도 하면 서로 재미있다고 깔깔거리며 웃었다.

보육원은 산 밑에 걸치고 있어 언덕에도 집이 있었다. 수레에 연탄을 실어 언덕길을 오르려면 최소 열 명 이상이 힘을 모아야 했다. 큰형들이 앞에서 수레를 끌고 중학생 아이들이 뒤에서 수레를 밀며 비탈길을 올라 연탄을 날랐다.

연탄을 땔 때는 기술이 필요했다. 시간마다 잘 확인하고 갈아주어야 했고, 혹시라도 불을 꺼트리면 냉골에서 자야 했다. 주로 보육사가 연탄을 갈았지만, 보육사가 잠시 외출이라도 하면 우리가 직접 연탄을 갈아야 했다. 연탄불은 방도 따뜻하게 해 주었지만 간식도 만들어 주었다. 연탄불 위에 구워 먹는 라면은 너무도 꿀맛이었다. 하지만 연탄불 구멍을 맞추거나 연탄 통을 꺼내기는 쉽지 않았다.

식사 시간

먹는 것은 인간의 기본적인 욕구이기에 남녀노소 누구나 먹는 것을 좋아하지만 보육원 아이들은 특히 잘 먹었다. 지금이야 먹을 것이 넘쳐 나지만 보육원에서는 늘 먹을 것이 귀했기 때문일 것이다. 아직도 기억에 남는 그 시절의 음식이 몇 가지 있다.

보육원에서 식사 시간이 되면 보육사와 아이들이 함께 식당으로 밥을 가지러 갔다. 밥을 먹기 위해 모두가 둘러앉은 방으로 밥을 가져오면 보육사가 밥을 퍼서 각자의 밥그릇에 담아 주었다. 늘 먹을 것이 부족한 편이고 아이들은 돌아서면 배가 고픈, 한창 많이 먹을 시기이기에 밥은 늘 부족했다. 더 먹고 싶지만 주변 친구들의 눈치를 보고 꾹 참았다.

아침 식탁에는 주로 시래깃국이 나왔다. 시래기 상태가 다소 좋지가 않더라도 상관없었다. 아이들은 시래기 본연의 맛을 즐기기보다는 국물에 라면수프를 타서 먹는 걸 좋아했다. 간식으로 주로 제공되던 라면이 별미를 내는 비결이었다. 라면수프 하나만으로 그저 그런 시래깃국이 깜짝 놀랄 만한 특식으로 변하는 것이 신기했다. 생라면은 생라면대로 과자처럼 먹고, 수프는 아껴 두었다가 활용하는 식이었다. 가끔 옷장 깊숙이 숨겨 놓은 라면을 누군가가 몰래 훔쳐 가 한바탕 소동이 일어나기도 했다.

된장국을 먹던 날도 생각난다. 어느 날 된장국이 나왔다. 보통의 국처럼 국물을 떠먹으면서 밥을 먹는 식이었는데, 문제는 그날 나온 국은 된장국이 아니라 '소금국'이었다. 밥을 두 숟갈이나 입에 넣고 국물을 아주 조금만 떠먹어도 너무 짜서 도저히 먹을 수가 없었다. 한 입 떠먹는 순간 오만상이 구겨졌다. 대량으로 끓이다 보니 아무래도 간이 잘 맞지 않았다. 국보다는 밥을 더 먹게 하기 위해서인 것 같기도 하다. 하루는 옆자리에 앉은 형이 엄지손가락만 한 고깃덩어리를 자신의 된장국에서 꺼내 나에게 주었다. 고기 구경이 어렵던 시절이니 이때다 싶어 냉큼 받아서 먹었는데, 먹자마자 구역질이 났다. 그건 고기가 아니라 된장 덩어리가 덜 풀린 것이었다. 요즘처럼 집에서 쓰는 된장이 아닌 그 야말로 재래식 된장, 썩은 메줏덩어리였다. 오랜 보육원 생활로 비위가 약한 편도 아닌데 나는 그 메줏덩어리를 씹자마자 구토를 해 대며 다시는 된장국은 입에도 대지 않겠다고 결심했다. 커서 알게 된 것인데, 내가 먹은 건 된장국이 아닌 된장찌개였다. 온갖 야채가 듬뿍 들어간 된장찌개를 볼 때마다 어린 시절 보육원에서 먹었던 멀건 된장찌개가 생각나기도 한다.

주말이 되면 조금 특별한 음식을 먹었다. 그중에 가장 기억에 남는 건 비빔밥이다. 커다란 양동이에 밥과 온갖 재료를 잔뜩 넣고 고추장을 넣어 쓱쓱 비벼 먹었다. 다 같이 모여 앉아 숟가락 하나만 달랑 들고 양동이에 머리를 박고 정신없이 먹은 기억이 난다. 함께 사는 아이들끼리 종종 투닥투닥 거려도 먹을 때만큼은 그렇게 사이가 좋고 즐거울 수가 없었다. 라면도 빼놓을 수 없는 별미였다. 집에서 식당까지는 많이 떨어져 있는데, 100인분의 라면을 여러 번에 나누어 끓여 옮기고 그걸 또 각 방에 나누고 각자의 그릇으로 나누어 담으면 이미 그것은 라면이라 할 수 없을 만큼 형체가 변해 있었다. 우동이라 해도 될 만큼 면발이 퉁퉁 불어 터졌지만, 주말 특식으로 먹는 라면은 그 어느 음식보다 든든하게 우리의 배를 채워 주었다.

가끔은 밥을 가마솥에 했다. 가마솥으로 밥을 할 때, 주걱 따위는 필요 없다. 커다란 삽으로 쌀을 씻고 밥이 지어지면 다시 삽으로 밥을 떠서 옮겨야 한다. 밥해 주는 식당 이모에게 그 삽은 너무도 버거웠기에 밥을 푸는 것은 힘이 센 남자아이들의 몫이었다. 가마솥 뚜껑을 열어 모락모락 피어오르는 김 사이로 뽀얀 밥이 보이면 그렇게 기분이 좋을 수가 없었다. 가마솥 열기가 너무 뜨거워서 얼굴이 화끈 달아오르기도 했지만, 조심조심 밥을 푸던 그 기억이 아직도 생생하다.

보육원 먹거리의 하이라이트는 '김치'다. 1년 내내 김치가 밥상에 오르는 만큼 김장은 보육원에서 가장 중요한 행사였다. 겨울이 되면 보육사들부터 아이들까지 보육원의 온 식구가 달라붙어 김장을 했다. 매서운 날씨에도 꽁꽁 언 손을 녹이며 수백 포기의 배추를 씻었다. 산더미 같은 양념은 너무 매워서 쳐다보기만 해도 눈물이 줄줄 났다. 배추 절이기부터 시작해서 양념 속을 채우고 땅속 깊숙이 김치를 묻는 것까지 온 식구가 합심했다.

지금이야 먹을 것이 천지에 널렸지만 예전에는 먹고 살기가 힘들었다. 밥 세 끼 말고 간식까지 챙겨 먹는 것은 사치였다. 봄이 되면 보육원 정원에 꽃이 피었는데, 꽃봉오리 밑에 달린 꿀이 아이들의 간식이었다. 특별히 무슨 맛이 있지는 않았지만, 늘 배가 고팠기에 무엇이라도 먹고 싶었다. 그것 말고도 이름 모를 열매나 뒷산에 열리는 산딸기 같은 걸 먹는 것이 유일한 낙이었다. 어느 날은 산딸기를 따려다 뱀을 만나기도 했다.

뒷산에 뽕나무 열매가 열릴 때를 가장 좋아했는데, 열매 몇 개만 먹어도 입 안이 온통 시뻘겋게 변했지만 그 맛이 참 좋았다. 산에서는 칡을 캐 먹을 수도 있었다. 커다란 나무의 기둥을 감싸고 있는 칡은 체구가 작은 아이 몇 명이 붙어서 애를 써야 겨우 캘 수 있었다. 땀을 뻘뻘 흘리며 함께 칡뿌리를 캐서 그 질긴 것을 입으로 뜯어 먹던 기억이 난다. 어른이 되어 칡즙을 보니 그때 생각이 났다.

먹을 게 귀한 환경이었기에 보육원에서는 늘 배가 고팠다. 어린 시절이라 밥보다는 과자나 라면 같은 간식이 더욱 맛있고 간절하게 느껴졌다. 보육원에서 먹던 음식이 그렇게 훌륭하지는 않아도 나는 늘 감사한 마음으로 맛있게 먹으려고 했다. 연로하신 분들이 식당에서 힘들게 일하며 우리들을 맛있게 먹이려고 노력하는 모습을 지켜보았기 때문이다. 그분들의 노고에 늦게나마 감사의 말을 전하고 싶다.

병원 가는 길

보육원에서 아이들이 아프면 우선 간호 자격증이 있는 보육사가 아이를 봐 주셨다. 대부분의 증상은 심하지 않아 적당히 참으며 지내야 했다. 하지만 낫지 않고 많이 아프면 병원에 가야 했다. 병원에 갈 때면 커다란 봉고차를 타고 다 함께 갔다. 간호사들은 아이들의 말투와 복장만 봐도 보육원에서 온 것을 금세 알아챘다. 그런데 병원비를 한 번도 낸 적이 없다. 어릴 땐 의아하게 생각했는데, 크고 나서 그것이 바로 보육원 아이들에게 적용되는 1종 의료 보험이라는 것을 알게 되었다. 몸은 아팠지만 차를 타고 밖에 나가는 것 자체가 설레고 흥분됐다. 바깥 구경을 실컷 할 수 있기 때문이다. 하지만 이내 사람들의 낯선 시선을 느끼고 까불던 아이들은 금세 조용해졌다.

학교 가는 길

초등학교 때는 늘 여럿이 함께 등교했다. 친구들과 수다도 떨고 등굣길 장난 거리를 찾으며 거닐던 기억이 난다. 공부에 큰 관심이 없던 나는 학교에 가는 것보다 학교와 보육원 오가는 일을 더 좋아했던 것 같다.

보육원에서 학교까지는 10분 거리로, 가는 길 곳곳 각종 재밌는 유혹이 많았다. 슈퍼마켓과 커다란 공장들, 또 연못도 있었다. 보육원에서는 늘 배가 고팠기에 슈퍼마켓을 그냥 지나치기는 어려웠다. 알록달록 예쁘게 포장되어 진열된 과자들을 보며 그냥 침만 꼴깍 삼키곤 했다.

슈퍼마켓을 지나면 작은 연못도 있었다. 당시만 해도 동네 어귀에는 연못이 많았는데, 그 연못에는 꽤 커다란 물고기들이 살았다. 연못 주변으로는 나보다 키가 배나 큰 나무들이 서 있었고 다양한 꽃, 벌레도 구경했다.

어느 날, 학교 가는 길에 연못 주변에 버려진 낚싯대를 발견했다. 어른들이 버리고 간 것이었다. 낚시라곤 해 본 적도 없는 내가 어쩐 일인지 나보다 더 큰 물고기를 잡았다. 낚싯줄에 돌을 묶어 연못에 던졌는데 월척이 걸린 것이다. 장난삼아 한 일인데

초등학교 5학년 때

나는 행복한 고아입니다

⋮

너무 큰 고기를 잡아 너무도 놀란 나는 고기를 그대로 품에 안고 학교로 갔다. 우연히 마주친 한 선생님께 보여 드렸더니, 선생님께서는 물고기를 팔라고 하셨다. 엉겁결에 돈을 조금 받고 물고기를 팔고 나니 또 낚시를 하고 싶어졌다. 연못을 지날 때마다 여러 번 낚싯대를 휘둘렀지만, 아쉽게도 그날 이후 물고기는 한 마리도 내 손에 잡히지 않았다.

연못가 주변을 둘러싼 나무들 사이에는 가지각색의 곤충들이 가득했다. 손톱보다 더 작은 곤충들이 옹기종기 모여 풀잎을 갉아 먹는 것을 가만히 보고 있으면 귀엽기도 하고, 신기하기도 했다. 곤충들은 나뭇잎뿐만 아니라 나무에서 나오는 진액을 빨아 먹기도 했다. 어느 날은 손가락보다 더 큰 말벌을 만나기도 했다. 호기심이 발동해 친구들과 말벌을 잡아 보려고 연못가의 물을 퍼다가 말벌에게 쏟아붓기도 했다. 장난을 치다 여러 번 벌에 쏘일 뻔도 했지만, 자꾸 하다 보니 기술이 생겨 꽤 많은 말벌을 잡았던 기억이 난다. 나는 죽은 말벌 엉덩이에서 벌침을 뽑아 학교로 가서 친구들에게 보여 주었다. 같은 반 친구들은 징그러워하면서도 호기심 어린 눈으로 내가 가져온 걸 구경했고, 이해할 수 없다는 표정으로 나를 바라보기도 했다. 나는 재밌거리를 가져다가 친구들에게 보여 주는 것을 좋아했다. 그렇게 연못가에서 정신을 팔다 종종 지각하기도 했다. 학교 가는 길에 공을 차면서 등교를 하다가 그만 연못에 공이 빠져 버린 일도 있다. 공을 가지러 속옷만 입고 연못에 들어가기도 했고, 연못 주변에 있는 소똥을 피해 달리기를 하기도 했다.

조금 서글픈 기억도 있다. 학교 앞에는 문구점이 두 개 있었는데, 친구들이 문구점에서 간식을 사 먹을 때면 보육원 아이들은 그걸 구경하며 바라보곤 했다. 간식을 사 먹을 돈은 없었다. 그런 우리가 불쌍했는지 친구들이 가끔 간식을 나눠 주기라도 하면 아이들은 주저 없이 덥석 받아먹었다.

가끔은 보육원에 후원 물품으로 같은 옷이 여러 벌 들어온다. 같은 연령대의 아이들은 여러 명이 같은 옷을 입고 등교하면 "왜 너희는 같은 옷을 입었어?"라며 묻고 한다. 더 나아가 "너희 같은 집에 살아? 너희 다르게 생겼는데 형제야?"라고 물을 때는 너무나 부끄러워 어떤 말도 못 했다.

특별한 학교생활

어릴 때 나는 거침없는 성격이었다. 초등학교 3학년의 어느 날, 담임 선생님이 교실로 오셔서 격양된 목소리로 아이들에게 호소

했다. 학교에는 전교생이 함께 가꾸던 하우스 정원이 있었는데, 지난밤에 누군가가 하우스에 수도꼭지를 틀어 놔 정원이 물바다가 되었다고 하셨다. 흙탕물 천지인 그곳을 비집고 누군가가 들어가서 수도꼭지를 잠가야 한다며 우리 반 아이들을 바라보셨다.

아이들은 다들 멀뚱멀뚱 서로의 얼굴만 쳐다보았다. 흙탕물 속으로 들어가면 입던 옷도 다 버릴 것이고, 물바다가 된 곳이라 다들 무서웠을 것이다. 하지만 나는 개의치 않고 손을 들었다. 어쩐지 선생님이 나를 보고 말씀하시는 것 같았기 때문이다. 딱히 옷이 더러워져도 나무랄 사람도 없었고, 옷이 젖거나 그 안으로 들어가는 게 무섭지도 않았다. 무엇보다 선생님께 칭찬을 받을 수 있을 것 같았기에 용기를 냈다. 반 아이들과 온실로 쫓아가 보니 그곳에는 생각보다 물이 높게 차올라 있었다. 주변에서는 걱정스러운 얼굴들을 하고 물바다가 된 온실 정원을 바라보고만 있었다. 나는 당당한 발걸음으로 그 사이를 비집고 더러운 흙탕물이 가득 찬 온실로 들어가 수도꼭지를 잠그고 물이 잘 빠지도록 조치까지 취해 놓고 나왔다. 별것 아닐 수도 있는 일이었지만, 남들이 하지 못하는 일을 내가 해냈다는 생각에 내심 뿌듯했고 무엇보다 그날 이후 담임 선생님이 나를 기특한 눈으로 바라봐 주셔서 좋았다.

소풍 가는 날은 전혀 즐겁지 않았다. 나에게 소풍 가는 날은 그저 학교가 아닌 다른 곳으로 등교하는 날이었다. 아이들은 소풍 가는 곳으로 버스를 타고 오지만, 우리들은 그냥 걸어가기도 했다. 솜사탕 하나 사 먹을 돈도 없었다. 레크리에이션을 했지만 흥이 나지 않았다. 모두 도시락 때문이었다. 보육원에는 수많은 아이가 함께 살기 때문에 나만을 위해서 도시락을 싸 달라고 할수가 없었다. 그래서 점심시간이 되면 아이들이 도시락 먹는 모습을 그저 구경하기만 했다.

내가 다닌 학교는 그 지역 사회에서 급식이 나오는 유일한 학교였다. 아마도 시설 출신 아이가 많이 다니고 있기에 급식 시범학교로 지정된 것 같았다. 급식을 포함해서 우유도 무상으로 제공되었는데, 나는 우유가 그렇게나 맛있었다. 늘 배가 고팠고 먹을 것이 귀했기에 나는 먹는 것이면 다 좋아했다. 다른 아이들은 우유 먹기를 싫어했지만 보육원에서는 우유 하나도 참 귀한 간식이었다. 내가 유독 우유를 좋아했던 이유는 따로 있었다. 바로 학교 밖 핫도그 가게에서 우유를 핫도그로 바꿔 먹을 수 있었기 때문이다. 학교에서는 우유를 바꿔 먹는 걸 금지했지만, 우리는 늘 배가 고프고 간식에 굶주려 있다는 걸 알고 계셨기에 가게 주인아주머니는 보육원 아이들에게만은 특별히 교환을 허락해 주었다. 뜨거운 기름에 갓 튀겨져 나온 바삭한 핫도그는 정말로 맛있었다. 누구보다 열심히 우유를 가지고 가서 바꿔 먹던 핫도그 맛은 아직도 잊을 수 없다. 지금도 시장에서 핫도그를 볼 때마다 그 시절에 핫도그를 바꿔 먹던 기억이 나 입가에 미소가 번진다.

운동회 날은 학교 행사 중에 가장 즐겁고 신나는 날이다. 운동회 날이 정해지면 며칠 전부터 기분이 들뜨고 콧노래가 날 만큼 그날이 기다려졌다. 운동을 좋아하기도 했지만 이유는 따로 있었다. 운동회 때는 운동장에 떨어진 돈을 주울 수 있었다. 워낙 많은 사람이 모이기도 했고, 학부모들이 아이들을 응원하러 운동장에 모이니 온갖 것이 운동장 바닥에 떨어졌다. 그중에는 돈도 있었다. 먹잇감을 노리는 하이에나처럼 운동장을 헤매다 보면 운 좋게 돈을 주웠다. 큰돈은 아니었지만 평소 먹고 싶던 사탕을 사 먹으며 즐거워했다.

보육원 아이들은 대부분 운동 신경이 좋고 운동을 잘하는 편이다. 매일 뛰어다니는 게 일이기 때문이다. 그래서 운동회 날이면 아이들은 그야말로 붕붕 날아다녔고, 무슨 종목이든 가리지 않고 열심히 했다. 공부로는 칭찬을 못 받으니 운동회 때라도 선생님께 칭찬을 받을 수 있어서 더욱 신이 났다. 우승 선물로 공책이나 학용품을 받아 보육원에 오면 보육사 엄마는 너무도 기뻐해 주셨다.

한편, 나는 매일 싸워야 했다. 이유는 없었다. 싫어하는 아이, 나를 건드리는 아이가 있으면 무조건 가서 때려 주었다. 여학생들에게는 심하게 장난을 치기도 했고 나에게 욕이라도 하면 쫓아가서 갚아 주었다.

한번은 학교에서 싸움 잘하기로 소문난 아이와 붙게 되었다. 나는 그 친구를 흠씬 때려눕혀 싸움에서 이겼지만, 문제는 그다음이었다. 나에게 두들겨 맞은 친구는 집으로 돌아가 자기 아빠에게 일렀고, 나는 친구 집으로 끌려갔다. 이발소를 하던 친구 집에서는 이발소 특유의 냄새가 났다. 차디찬 이발소 바닥에서 몇 시간을 엎드려뻗쳐 있었고, 강제로 반성문도 썼다. 분명 서로 잘못해서 같이 싸운 건데 나만 기합을 받고 호되게 혼이 났다. 화도 나고 서러웠지만 어른이 무서워 반항하지 못했다. 그저 '내가 부모가 있었더라도, 보육원에 살지 않았더라도 이렇게 일방적으로 혼났을까?'라는 생각뿐이었다. 그 친구의 아버지는 학교 운영 위원을 하고 지역 사회에서도 많은 일을 하는 영향력 있는 사람이었다. 평소 나를 좋게 보지 않았기에 '이놈 잘 만났다.'라고 생각하며 크게 혼을 낸 것 같았다. 나는 지금도 그때의 그 찬 바딱과 화나던 심정이 생각난다. 그 친구와는 지금도 알고 지내지만 사이가 좋지는 않다. 나를 대변해 줄 사람이 단 한 명이라도 있었으면 그렇게 상처받지 않았을 것 같다.

보육원에 함께 살던 형들은 대체로 싸움을 정말 잘했다. 평소 잘 먹지도 못 하는데 싸우기만 하면 어디서 그렇게 괴력이 나오는지 알 수가 없었다. 형들 덕분에 우리는 학교에서도 겁날 것이 하나 없었다. 간혹 보육원 아이가 누군가에게 맞기라도 하면 형들이 쫓아와 갚아 주고는 했다. 아이들은 지레 겁을 먹고 우리들을 함부로 건드리지 않았다. 그런 형들을 믿고 나는 의기양양하게 학교생활을 했다.

대부분의 아이가 우리를 무서워했지만, 간혹 보육원에 산다는 이유만으로 괜한 시비를 거는 친구들도 있었다. 그런 아이가 있으면 나는 주저 없이 가서 때려 주었다. 생각해 보면 싸움에서 진 적이 한 번도 없었다. 평소 잘 웃지 않았고, 아무리 많이 맞아도 보육원에서 이미 맷집을 길렀기에 아파도 참을 수 있었다. 초등학교 아이들 싸움이라고 해 봐야 한쪽에서 코피가 터지거나 울음보가 터지면 자연스럽게 끝나게 된다. 나는 절대 울지 않았기에 늘 승자가 되었고, 어느새 학교 전체를 평정하는 이른바

'짱'이 되었다. 하지만 싸움만 잘할 뿐 친구들을 배려하는 마음이 부족했다. 그래서 주변에 친구가 많지 않았다. 같은 육상부 아이들과 어울려 지내기는 했지만, 더 가까워지기에는 거리감이 느껴졌다. 방과 후에 같이 오락실도 가고 서로의 집에도 놀러 가야 좀 더 친해질 수 있는데, 보육원에 사는 나는 그럴 수가 없었다. 아이들과 어울릴 때 종종 서러웠다.

부러운 아이들

새 학기가 되면 새로운 선생님이 학교에 오시기도 했다. 선생님의 자녀가 같은 학교에 다니기도 했는데, 아침마다 아빠와 함께 등교하는 아이들을 보면서 참 부러워했던 생각이 난다. 항상 깨끗한 자동차를 타고 등교하던 아이들은 부모가 선생님이라 그런지 반듯하고 공부도 잘하는 모범생이었다. 다른 선생님도 그 아이에게 더 다정하고 친절하게 대해 주셨다.

교사가 된 지금, 내 부모님도 교사였으면 어땠을까 종종 상상해 본다. 아이들을 데리고 학교에 다닐 수 있다면 자녀를 둔 학부모로서 아이들이 학교에서 누구보다 모범이 되길 바랄 것이다.

"쟤 부모님이 교사라 그런지 아이도 반듯하네."라고 남들에게 칭찬받고, 아빠가 교사인 걸 자랑스러워하고 당당하게 학교에 다니길 바랄 것이다.

기억에 남는 선생님들

보육원 아이들은 기본적으로 불안함을 잘 느끼고 쉽게 긴장한다. 누군가에게 혼나는 것도 익숙하다. 그래서인지 학교 선생님을 무엇을 가르쳐 주는 사람이라기보다는 혼내는 사람으로 인식한다.

보육원 아이들은 똑같이 공부를 못해도, 같은 잘못을 해도 다른 친구들에 비해 더 많이 혼나기도 했다. 늘 눈치를 보고 소극적으로 행동할 수밖에 없었다. 아마도 충분히 사랑받지 못하고 자란 탓일 수도 있다. 그래서 한편으로는 선생님이라는 존재가 부담스러웠다.

4학년 때 담임 선생님은 나를 집으로 초대해 주시고 다른 아이들과 차별 없이 대해 주셨던 고마운 분이다. 구구단을 잘 외우지 못하는 나에게 멘토 친구를 붙여서 함께 공부할 수 있도록 도와주셨다. 친구 덕분에 구구단도 다 외우고 수학에 자신감도 갖게 되었다. 나중에는 주산도 잘하게 되어 학교 수학 경시대회에 출전할 수 있었다. 보육원 아이라 여러 가지로 편견을 가질 수도 있었겠지만, 늘 거리낌 없이 많은 도움을 주신 분이다.

나는 장난기가 많고, 여자아이들에게도 짓궂게 굴고, 학교에서 싸움도 많이 하고 다니는 아이였지만, 선생님은 그런 나를 한없이 이해해 주시고 친절하게 대해 주셨다. 그래서 가진 것도 없고 뛰어나지도 않은 내가 결국 부실장까지 하게 되었다. 학급 부실장을 맡으면서 나는 아이들에게 봉사하는 법도 배우고, 새로 전학 온 친구가 있으면 챙겨 주기도 했다.

임용 시험에 합격한 후 정식 발령을 받아 선생님을 찾아갔다. 교장 선생님이 된 그분께 인사를 드리러 가는 길은 마치 꿈만 같았다. '나도 드디어 누군가에게 인정받을 수 있구나.'라는 생각에 벅차올랐다.

시설 밖 친구들

시설 밖 친구들과 어울려 지내기도 했다. 가끔 친구들의 집에 놀러 가 어른들에게 인사를 하고, 일반 가정집은 어떻게 사는지 구경하며 놀라기도 하고 부러워하기도 했다. 개인 책상과 옷장이 있다는 게 가장 놀라웠고, 새로운 장난감을 만져 보며 감탄하기도 했다. 친구의 부모님은 간식을 챙겨 주시기도 했고, 가끔 용돈도 주셔서 정말 좋았다. 그런데 내가 막상 시설에 산다고 소개하고 나면 어른들은 이상한 표정으로 보기도 하고 불쌍한 표정을 짓기도 했다. 친엄마는 어디 있는지, 보육원 생활이 힘이 들지는 않는지 물어보았다. 나는 담담하고 솔직하게 부모의 얼굴을 모른다고 대답했다.

친구 집에 갔다 보육원으로 돌아가면 보육원은 난리가 났다. 보육사는 왜 말을 하지 않고 친구 집에 갔느냐고 물어보기도 했다. 그 시절에는 휴대 전화가 없어서 아이들이 시설 밖으로 나가면 쉽게 찾을 수가 없었고 식구가 워낙 많아 보육사가 한 명 한 명 지도하는 것이 너무나 힘들었다. 나는 거리에 상관없이 친구네 집에 가는 걸 좋아했다. 나의 형편을 알고 도와주는 친구도 있었고 반대로 매우 싫어하는 친구들도 있었는데, 나를 이해하는 친구들과는 사이좋게 지냈다.

시설에 사는 아이들 중 하나라도 사고를 치거나 다른 아이들을 괴롭히면 사람들은 너무도 쉽게 편견을 가진다. 역시 보육원 아이들은 어쩔 수 없다며 색안경을 꼈고, 선생님들까지 차별을 하기도 했다. 새 학기가 되면 유독 긴장할 수밖에 없었다. 보육원에 사는 아이들과 같은 반이라도 되면 불안해하기도 하고 한숨을 쉬기도 했다. 학부모들은 대놓고 보육원 아이들과 어울리지 말라고 자녀들에게 주의를 주기도 했다. 과거 보육원 아이들에게 괴롭힘을 당하기라도 했다면 더욱 편견을 가졌다.

아주 가끔 보육원으로 학교 친구가 놀러 오기도 했다. 나를 잘 알고 이해해 주는, 성격이 좋은 친구들이었다. 보육원 아이들 대부분 놀러 온 아이들과도 잘 어울렸지만, 딱히 장난감이랄 게 없기에 할 수 있는 놀이가 제한적이었다. 또 보육원 아이들은 외출도 자유롭지 못하고 학업에도 크게 관심이 없어서 학교에서는 친구를 사귀기가 쉽지 않았다. 그래서 시설 아이들끼리 주로 어울려 놀았다. 다른 이유가 있었던 것은 아니다. 하지만 학교에서는 다르게 보았다. 시설 출신 아이들을 다 비슷하다고 여기며 무슨 나쁜 일이 일어나기라도 하면 모두 시설 출신 아이들을 의심의 눈초리로 바라보았다. 나도 한편으로는 이해가 간다. 중학교 때는 큰 포부나 계획을 가지고 살기보다는 그저 학교를 오가며 생각 없이 살았던 것 같다. 생각해 보면 그래도 나를 이해해 주고 보육원에 놀러 와 주는 친구들이 참 고마웠다. 쉽지 않은 일이었을 텐데 용기를 내서 나와 친하게 지낸 것이다.

보육원 단체 행사

보육원에서는 일 년 내내 다양한 행사가 열린다. 국가가 시행하는 보육 정책에 따라 보육원에서는 단순히 아이들을 먹이고 입히는 것뿐만이 아니라 다양한 프로그램을 진행하게 되어 있다. 행사가 열리면 단 한 명의 아이라도 빠지면 안 되기 때문에 가끔 왜 우리가 그런 행사에 동원되어야 하는지 짜증이 나기도 했다. 하지만 대부분의 행사는 지루한 보육원 생활에 재미를 더해 주었다.

가장 많이 했던 행사는 극기 훈련류였다. 신년이 되면 중고등학생 모두가 함께 등산을 했다. 눈이 소복이 쌓인 산 정상까지 의무적으로 올라갔던 일이 아직도 생각난다. 등산복이니 등산화 같은 것이 있을 리 만무했지만 보육원에서 챙겨 간 간식을 먹으며 누가 빨리 올라가는지 경쟁도 하며 신나게 산에 올랐다. 나무 위에 올라가 단체 사진을 찍기도 하고 산에서 내려올 때는 미끄럼을 타며 추억을 만들었다.

가나안농군학교에서의 활동도 생각난다. 그곳에서는 마늘도 심고 밭에 거름도 주면서 자연이 주는 것에 대한 감사와 예의범절을 배울 수 있었다. 특히 평소 절대 손을 주머니에 넣고 다니지 않도록 가르침을 받았고, 부지런히 생활하는 법도 배웠다. 보육원을 떠나 생활하며 아이들의 색다른 모습을 발견하는 것이 재미있었고, 새로운 인생을 사는 방법에 대해서도 생각해 볼 수 있었다. 이 밖에도 신앙 교육 차원에서 손양원 목사님 순교기념관에 가거나 여름철 계곡이나 바닷가로 수영을 하러 가거나 박물관 견학을 가는 등 단체 활동은 시설에서의 생활에 새로운 활기와 재미를 더해 주었다.

한 달에 한 번, 단체 목욕을 했다. 보육원 안에는 목욕탕이 있었는데 목욕 날이 되면 방송이 나왔다. 목욕탕은 그리 크지 않았다. 여섯 평 남짓 되는 온탕에 샤워기 여섯 개가 전부였다. 목욕 날이 되면 유치원생부터 고등학생까지 함께 목욕을 해야 했기에 탕 안은 온통 수증기로 가득 찼고, 바닥은 금세 물바다가 되었다. 집마다 가장 나이가 많은 형들이 동생들을 이끌고 목욕탕에 가서 함께 단체로 탕으로 들어갔다. 보육원에 사는 남자아이들의 수를 합치면 대략 육십 명 정도가 되는데, 가장 큰형이 "모두 온탕에 들어가."라고 말하면 지체 없이 들어가야 했다. 초등학생에게는 목욕탕 물이 너무 뜨겁기만 했다. 우는 아이들도 있고 차마 들어가지 못하고 쭈뼛거리는 아이들도 있었다. 하지만 예외는 없었다. 모든 아이가 탕 안에 들어가면 물에 젖은 시커먼

머리통들만 가득 차 보였다. 그렇게 조금 있으면 다시 큰형은 "다 나와."라고 명령했다. 그러면 각 집에 사는 형들은 동생을 데리고 정해진 자리로 가 동생들의 때를 밀어 주었다. 여섯 명이 신속하게 씻어야 하기 때문에 우물쭈물할 수가 없었다. 억센 손길로 때를 밀어서 아팠지만 참아야 했다. 아프다고 울기라도 하면 더 세게 밀거나 맞을 수도 있기 때문이다. 머리를 감을 때 눈에 비누 거품이 들어가도 꾹 참았다. 다 씻고 나오면 머리를 말릴 시간도 없이 집으로 뛰어갔다.

토요일이면 용의 검사를 했다. 모든 집 아이가 손톱은 깨끗한지, 이는 없는지, 이불 정리나 청소 상태도 검사받았다. 나는 누군가가 내가 사는 곳을 감시하는 것 같아 용의 검사 시간이 불쾌했다. 보육사는 우리에게 미리미리 청소를 하라고 했지만, 어린 우리들은 손이 야무지지 못하니 그리 깨끗하지는 않아 잔소리를 들을 수밖에 없었다. 많은 아이가 한집에 살아야 하니 청결을 강조할 수밖에 없었다. 그렇게 깨끗하게 사는 방법을 배워 갔다.

행복을 만들어 간
학창 시절

중학교 때는 선도부에 들어갔다. 힘깨나 쓰는 아이들은 주로 선도부에 들어갔는데, 아침 일찍 학교 정문에 서서 등교하는 아이들을 감독했다. 혹시 초등학교 때 알던 아이들이라도 있으면 몰래 봐주기도 하고, 덩치가 작아 친구들로부터 따돌림 당하는 아이가 있으면 지각을 해도 모르는 척해 주었다.

방과 후에는 석간신문을 배달했다. 학교 근처에 있는 신문 보급소에 가서 신문을 받아 와 자전거에 실어 배달했다. 두 시간 정도 매일 배달했는데, 혹시 같은 학교 아이들을 만날까 봐 몰래 피해 다니던 기억도 난다.

예전만큼은 아니지만 싸움도 가끔 했다. 누군가 시비를 걸어

중학교 2학년 보육원 사무실에서

1장 절망을 행복으로 바꾼 특별한 아이

⋮

오면 그냥 넘어가지 않았다. 하루는 매점에서 살짝 새치기를 했는데 뒤에 선 친구가 불평을 하기에 조금 때려 주었더니 그 애와 같은 반 아이가 나를 불러냈다. 알고 보니 중학교 '짱'이라는 아이였다. 나는 조금 놀라기도 하고 속으로는 위축됐지만, 티를 내지는 않았다. 싸워 보았지만 결국 일방적으로 맞기만 했다. 오히려 그 이후에는 내가 맷집이 좋다고 소문이 나서 아무도 나를 건드리지 않았다.

고마운 선생님도 생각난다. 국어 선생님께서는 내가 보육원에 산다는 걸 알고 우유를 무료로 먹을 수 있도록 지원해 주셨다. 보육원 출신이라는 비밀도 지켜 주셨고, 잘 챙겨 주신 선생님의 배려에 감동받아 국어 공부를 열심히 했던 기억이 난다. 중학교 때는 친구 복도 있었다. 공부를 잘하는 친구를 사귈 수 있었는데, 시험 기간이 되면 보육원 허락을 받고 독서실에 가서 공부할 수 있었다. 밤늦게까지 공부도 하고 함께 서점도 가면서 공부하는 즐거움, 책 보는 즐거움을 알게 되었다. 그전에는 서점에 갈 일이 전혀 없었는데, 친구가 바뀌니 서점에 가는 일도 재미났다. 그뿐만 아니라 틈만 나면 친구들과 운동장에서 뛰어놀며 스트레스를 풀었다. 그 당시 운동의 진정한 즐거움을 깨달았다.

보육원에서의 괴롭힘과 아픈 기억들

보육원에서는 정말 자주 맞았다. 장난이라고는 하지만 아래 깔려 밟히기도 했다. 형들이 밟는 것은 참을 만한데, 형들이 나보다 어린 동생들을 시켜 나를 밟게 하는 것은 참기 힘들었다. 이불 위에 올라서서 눈을 감게 하고 갑자기 이불을 당겨 넘어트리기도 했다. 너무도 아팠지만 아픈 것보다 형들에게는 아무런 대항을 하지 못하고 동생들에게는 무시당한다는 것 자체가 비참하고 고통스러웠다. 유도를 하던 형은 나에게 유도 기술을 쓰며 괴롭혔다. 이불 위에서 조르기를 당하면 빠져나갈 수가 없어 아픔을 호소해도 웬만해서는 봐주지 않았다. 나를 괴롭히던 그 형의 유도복을 직접 빨아야 했던 적도 많다.

중학생 시절에는 방과 후에 형들이 집에 오기 전까지 청소를 해 두어야 했다. 만약에 바닥에 먼지가 하나라도 있으면 그날 밤에 전체 기합을 받았다. 여러 가지 도구로 맞았다. 야구방망이로 엉덩이를 맞기도 했는데, 열 대 이상 맞으면 감각이 아예 없어졌다. 참다못한 아이는 몸을 비틀다가 허리를 맞기도 했다. 또 어떤 아이는 매우 긴장해서 바지에 실수를 하기도 했다. 냄새가 나지만 우리는 절대 웃을 수가 없었다. 그에 비해 형들은 너무도 즐거운 듯 크게 웃었다. 아이들을 절대 때리지 않는 선배들도 물론 있었다. 성품이 무척 좋고 온순해서 나는 그런 형들을 몹시 따르고 좋아했다.

괴롭힘 이상으로 괴로웠던 것은 기합이다. 엎드려뻗쳐를 한 시간 정도 하면 팔이 떨어질 것처럼 아프지만 끝까지 버텨야 했다. 버티지 못하면 맞을 수 있기 때문이다. 가끔 식사 시간에 밥을 먹지 못하게 하고 설거지만 시키는 형도 있었다. 괴로움의 나날이 계속되었다.

유목민 생활

보육원 안에는 여러 형태의 집이 있다. 남녀 아이들이 함께 사는 집도 있고, 여자들만 사는 집, 남자들만 사는 집도 있다. 보통 한 집에는 한 명의 보육사와 함께 열다섯 명 정도의 아이가 모여 산다. 사람들은 잘 모르겠지만 '보육원살이'에도 이사라는 걸 한다. 살림을 옮기는 건 아니지만 사는 집을 옮기니 이사라고 하겠다. 다섯 살에 처음 보육원에 입소한 나는 보육원 안에서 다른 집으로 몇 번의 이사를 했다. 보육원 안에서의 이사는 나이에 따라 사는 집을 옮겨 다니는 것이었다.

처음 보육원에 들어왔을 때 나는 여자들이 사는 집으로 들어가게 되었다. 당시 다섯 살이었던 나는 그 집안의 막내가 되어 엄청나게 귀여움을 받았다. 초등학생부터 고3까지 열 명이 넘는 누나들과 함께 생활하면서 보살핌을 받았다. 어린 나를 누나들이 먹여 주고 입혀 주고 씻겨 주니 보육원 생활도 할 만하다는 생각이 들었다. 아쉽게도 행복은 오래가지 않았다.

초등학교에 들어가면서 나는 다른 집으로 옮겨 갔다. 나의 의지와는 전혀 상관없이 거처가 바뀌고, 엄마(보육사)가 바뀌고, 함께 사는 가족이 바뀌는 것이다. 한번 거처를 옮기는 것은 참으로 쉬운 일이 아니다. 생활의 모든 부분이 바뀌는 것을 어린 나이에 견뎌야 하기 때문이다. 집마다 엄마의 양육 방식이 다르기에 여기에 빨리 적응해야 했고, 보육원에 함께 사는 형들과도 잘 어울리기 위해 노력해야 했다. 내가 새로 이사 간 집은 남자 초등학생만 무려 스무 명이 함께 사는 곳이었다. 당시 열 평 크기의 방에서 열 명이 함께 먹고, 자고, 생활했다. 그만한 방이 두 개가 있는 집이었다. 식사 시간이 되면 방 하나에 둥그런 상을 두 개 펴서 상마다 다섯 명씩 앉아 밥을 먹었고, 잠잘 시간이 되면 큰 이불을 두 개 펼쳐서 이불 하나당 다섯이 들어가 함께 잠을 잤다. 이불 속에서 누가 방귀라도 뀌면 다섯 명이 그 냄새를 맡으며 함께 꿈나라로 떠났다. 사람은 스무 명이지만 작은 옷장이 몇 개뿐이라 옷장은 나눠 썼는데, 나중에는 내 것 네 것 할 것 없이 옷이 다 뒤섞여 집히는 대로 옷을 입었다. 겨우 잠만 잘 수 있는 방이 전부이니 공부할 책상 따위는 언감생심이었다.

몇 년 후에는 유치원생, 초등학생, 중학생이 함께 사는 집으로 이사했다. 당시 나는 겨우 초등학교 4학년이었지만, 유치원에 다니는 동생들을 돌봐야 했다. 애가 애를 돌보는 격이었다. 나이 어린 동생들이 울기라도 하면 야단을 치고, 나이 많은 중학생 형들에게는 억울하게 혼나면서 살았다. 형들은 어찌나 나를 괴롭히던지 죽고 싶을 정도였다. 형들의 빨래나 청소는 물론, 잔심부름도 다 내 몫이었다.

그렇게 눈물겨운 나날을 보내고 중학교 1학년이 되면서 나는 고등학생 형들이 사는 곳으로 또 한 번 이동했다. 중학생이면 중학생들과 함께 사는 집에서 지낼 수 있었지만, 이번에도 나의 의지와는 상관없이 거처를 옮기게 되었다. 나는 나이가 비슷하지도 않은 형들 사이에 껴서 다시 새로운 생활을 시작하게 되었다.

그곳은 괴로움의 차원이 다른 곳, '본관'이었다. 고등학생, 큰형들이 사는 곳을 우리는 '본관'이라 불렀는데, 이유는 이렇다. 본관은 가족들이 사는 중심이 되는 집이라는 뜻을 가진 '본가'에서 가져온 말이다. 시설의 가장 우두머리, 그러니까 가장 큰형들이 사는 곳이기에 그렇게 부른 것이다.

그렇게 시작된 본관에서의 삶은 그 전과는 비교도 할 수 없을 만큼 고통스러웠다. 중학교 1학년부터 고등학교 3학년까지 총 스물다섯 명가량의 남자들이 모여 살았다. 본관에는 15평가량의 방이 두 개 있었는데, 방마다 열다섯 명이 함께 생활했다. 같은 시간에 일어나고, 똑같이 밥을 먹고, 같은 시간에 잠을 잤다.

중학교 1학년에게 고등학생 형들은 그야말로 거대한 산 같았고, 전지전능해 보였다. 형들과 말을 할 때는 눈 한번 마주치지 못했고, 죽으라면 죽는시늉도 해야 하는 처지였다. 본관은 하루도 조용할 날이 없었다. 모두가 분담해야 할 청소나 설거지 등 집안일을 막내들이 도맡아 하는 것은 기본이었다. 가벼운 인사 한마디라도 제대로 하지 않으면 말 그대로 혼이 빠지도록 맞았고, 혹여나 간 큰 아이가 형들의 물건에 손을 대기라도 하는 날이면 잠을 자기는커녕 바로 단체 기합이 시작되었다. 만약 보육사의 말을 듣지 않고 말썽을 일으키거나 가출한 후에 보육원으로 돌아오면 그날도 여지없이 단체 기합으로 하루를 마감하였다.

형들이 피곤하면 안마를 해 줘야 하고, 목욕을 함께 하면 강제로 등을 밀어 줘야 하고, 양말이나 속옷을 대신 빨아 정리해 주는, 매일매일 고달픈 하루를 견뎠다. 견디고 견디다 보니 나도 어느새 고3, 본관의 '큰형'이 되었다. 그리고 또 한 번의 이사를 했다. 새로 이동한 집에서는 또 다른 어려움이 나를 기다리고 있었다. 동생들과의 문제라기보다는 엄마들, 보육사들과의 관계가 쉽지가 않았다. 각 숙소를 담당하는 엄마들은 자신만의 가치관이나 스타일에 맞게 숙소를 운영하고 아이들을 보살핀다. 새로운 집으로 갔으니 새로운 규칙이 나를 기다리고 있었다. 새로운 집은 전과 같은 분위기가 전혀 아니었다. 보육사의 지시가 곧 법이었다. 집마다 분위기와 생활 방식이 무척 다르기에 숙소를 옮기는 일은 보육원 생활에서 가장 큰 스트레스였다.

평범한 가정에서도 이사는 흔하게 일어나는 일이다. 하지만 이사를 한다고 해서 보호자가 바뀌지는 않는다. 지금도 이해가 가지는 않지만 내가 보육원에 살던 90년대에는 나이에 따라 거처를 옮겨야 했다. 교도소와 같은 교정 시설에서도 새로운 사람이 들어오면 텃세를 부린다고 하는데, 나이가 어리고 한창 예민한 유소년기 아이들은 오죽했을까. 숙소를 옮길 때마다 그곳에 살던 형들의 지나친 텃세를 감내하고 소위 신고식을 치르는 일은 어린 나에게 너무도 가혹한 일이었다. 아이들끼리의 가벼운 장난이라 해도 이것은 평생 씻을 수 없는 트라우마로 남기도 한다.

오늘날 보육원은 20년 전과는 완전히 다르게 아이들의 거처 이동을 매우 신중하게 결정한다. 나이에 따라 불가피하게 이동할 경우, 반드시 아이의 의사를 존중하여 심리적인 불안을 느끼지 않도록 관리하고 있다. 중요한 것은 가급적이면 동일한 보육사와 지속적으로 생활을 할 수 있도록 하여 아이에게 안정감을 주어야 한다는 점이다. 시설이나 보육사가 아닌 아이가 중심이 되어야 하고, 아이를 가장 우선으로 생각해야 한다.

짓궂었던 형들의 심부름

형들의 말은 보육사의 말보다 훨씬 무서웠다. 하늘이 두 쪽 나도 형들의 말은 들어야 하는 게 보육원의 불문율이다. 심부름한 대가도 없다. 반항도 할 수 없는 형들의 심부름은 매우 다양했다.

아침에 일어나면 먼저 형들의 도시락을 준비해야 한다. 나는 중학교 1학년임에도 불구하고 새벽 5시 30분경에 일어나 형들의 양은 도시락을 차디찬 우물물로 씻었다. 특히 겨울에는 도시락에 붙은 밥알이 잘 떨어지지 않았고, 손이 너무 시렸다. 어렵게 설거지를 한 후에는 식당으로 가져가서 30개나 되는 도시락을 쌌다. 고사리 같은 손으로 뜨거운 밥을 도시락에 담아서 집으로 가져왔다.

 형들은 귀가 시간이 늦었지만, 우리는 서둘러 잠자리에 들곤 했다. 밤 9시가 지나서야 들어온 형들이 자고 있는 우리를 깨워서 식당에 가서 밥을 가져오라고 시키곤 했기 때문이다. 막 잠에 들었지만 눈을 비비며 일어나 식당의 밥을 가져다주어야 했다. 속으론 '내가 먹을 밥도 아닌데…'라며 불평했지만, 형들 앞에서는 아무런 말도 하지 못했다. 형들이 밥을 다 먹을 때까지 기다렸다가 그릇을 치우고 나서야 다시 잠을 청할 수 있었다. 짓궂은 형들은 자고 있는 동생들을 깨워 라면을 끓이라고 시킨 적도 있다. 이렇게 형들이 시키는 심부름을 하기 싫어서 우리는 형들이 오기 전에 서둘러 잠자리에 들곤 했지만, 소용은 없었다. 자고 있는 나를 깨워서 큰 냄비에 10개 정도의 라면을 끓이게 한 적도 있다. 여러 동생 중 굳이 나를 지목하여 시킬 때는 확 짜증이 났다. 짜증이 쌓이다 보면 분노가 치밀어 오르기도 했지만, 표출할 수 없는 상황이다 보니 우울감에 빠지기도 했다. 왜 내가 그런 심부름을 해야 하는지…. 너무 억울하지만 어쩔 도리가 없었고, 그 상황을 벗어나고 싶어도 아무도 관심을 가져 주지 않는 현실에 더 좌절하며 눈물을 흘리곤 했다.

형들은 옷 빨래도 동생들에게 시켰다. 작은 옷은 그나마 괜찮았지만, 점퍼 같은 큰 옷을 빨 때면 너무나 힘들었다. 청소를 직접 해야 하는 것은 기본이었다. 형들의 청소하라는 한마디에 우리는 바닥에 혀를 대도 될 만큼 깨끗하게 방을 청소해야 했다. 말을 듣지 않으면 맞을 수도 있음을 알고 있었기 때문이다.

청소 정도는 심부름에 속하지도 않을 만큼 우리의 일상이었고, 청소에 있어서는 전문가가 될 정도로 우리는 청소를 잘했다. 특히 가을에는 낙엽, 겨울에는 눈을 치워야 했다. 내 키만큼 큰 빗자루를 들고 아침 일찍 일어나 집 주변을 청소해야 했다. 당시 보육사들이 있었는데 왜 우리가 청소를 다 했을까? 이제야 의문이 든다. 왜 형들은 하지 않고 우리에게만 시켰을까? 아마도 보육사들이 형들에게 시키면 형들은 하지도 않고 또다시 우리에게 청소를 강제로 시켰던 것 같다.

많은 심부름을 했지만 가장 충격적이고 기억에 남는 것은 세 살 많은 어느 형이 자신의 여자 친구에게 가서 속옷과 양말을 받아 오라고 시킨 것이었다. 남자 집과 여자 집은 떨어져 있었는데, 나는 자주 여자 집으로 가서 형의 여자 친구가 빨아 놓은 옷을 받아 왔다. 그 형의 여자 친구는 나보다 한 살 많았지만 다정다감하고 온화한 편이라 나도 개인적으로 호감을 느끼고 있었는데, 어느 날 그 형이 누나에게 옷을 받아 오라고 하니 괜히 신경질이 났다. 세 살 많은 형이 시킨 심부름이라 안 할 수도 없어서 일단 가서 옷을 받은 다음 그 누나의 신발을 세게 밟아 버렸다. 나의 짓궂은 반항이었지만 속은 무척 시원했다.

무엇보다 가장 싫었던 심부름은 보육원 앞 문구점에 있는 물건을 작은 구멍을 통해 훔쳐 오라는 것이었다. 주로 새벽 시간에 시켰는데, 형들은 곤히 자는 우리를 깨워 따라오라고 하고선 문구점의 물건을 훔쳐 오라고 했다. 중학생이라 담력이 너무 작은데다 시키면 안 할 수가 없어 우리는 두 눈을 꾹 감고 도둑질을 하곤 했다. 다음 날, 가게 주인이 보육원에 범인이 있다 여기고 분명히 찾아올 것을 알기 때문에 우리는 다음 날 하루 종일 정문을 주시하며 낯선 이가 들어오는지 살폈다. 그냥 넘어가면 괜찮았지만 사무실에서 조사를 나오면 형들보다는 우리가 더 많이 혼나곤 했다. 그게 얼마나 억울했던지⋯. 잘못은 했지만, 마지못해 행동한 것 때문에 꾸중을 듣고 벌 받는 게 너무나 억울했다.

악습의 대물림 끊기

형들이 동생들에게 모이라고 하는 이유는 여러 가지다. 다 같이 축구를 하러 가기 위해서, 누군가의 생일을 축하해 주기 위해서, 보육사를 통해 받은 생활 규칙을 전달하기 위해서, 다 같이 공부를 하기 위해서. 그러나 혼나기 위해서 모이는 일이 더 많았다. 실은 혼난다기보다 일방적으로 욕설을 듣기 일쑤였다. 형들은 또 그들의 형으로부터 배운 심한 욕설을 우리에게 했고, 또 얼마나 오래 걸릴지 모르는 시간 동안 우리는 무릎을 꿇고 혼이 났다.

때리기 전, 적당한 시간 동안 형들은 훈계를 하며 우리의 긴장감을 고조시킨다. 왜 그렇게밖에 행동을 못 하는지, 누가 형들에게 까부는지, 청소를 왜 잘 못 했는지 등 개인적으로 누구를 호명하지 않고 누군가 마음에 들지 않는다며 집단으로 혼을 내는 식이었다. 차라리 몇 대 맞고 끝나면 덜 긴장되겠지만 언제 때릴지, 어떤 도구로 때릴지, 몇 대를 때릴지 모르는 상황에서 우리의 몸과 마음은 지칠 대로 지치곤 했다. 무릎을 꿇은 상황에서 고개를 숙인 채 묻는 말에는 최대한 예의 있게 고개를 끄덕이며 형들의 마음에 들도록 행동해야 한다. 딴생각을 하다가 묻는 말에 즉시 대답을 하지 않으면 도구를 활용하지 않고 바로 정신이 멍해질 정도로 발로 머리나 상체를 차이기 때문이다. 혼날 때면 우리는 혹시라도 선배의 화를 더 자극하지 않도록 함께 혼나는 친구나 동생 중 자세가 바르지 못한 친구들의 옆구리를 쿡 찔러 정신을 차리도록 했다.

드디어 형들이 한 명씩 나오라고 한다. 혹시나 제일 먼저 맞는 사람이 가장 세게 맞게 될지도 모른다는 두려움에 우리는 순간 서로의 눈치를 보며 한숨을 내쉰다. 매도 빨리 맞는 게 낫다는 말이 있지만, 자주 맞는 매일지라도 맞기 위해서는 마음의 준비가 오랜 시간 필요하다.

나는 대부분 처음으로 매를 맞기 위해 두 눈을 꾹 감고 가장 먼저 엎드려뻗쳐 자세를 취했다. 형들의 성향이나 상황에 따라 도구는 매번 달라진다. 몇 분간 혼을 내고 때리는 형이나 폭력성이 짙어 자주 화를 내는 형은 주변에서 눈에 띄는 물건을 사용하곤 했다.

때리기 전, 혼을 내는 형은 누군가에게 빨리 구타 도구를 구해 오라고 했다. 지목된 친구는 최대한 빨리 도구를 구해 와야 했다. 그렇지 않으면 형의 화가 더 치솟는다는 것을 알기 때문이다. 하지만 때로는 형의 성향을 보고 천천히 가기도 해야 한다.

어떤 형은 혼을 내면서 화를 누그러뜨리거나 겁만 주기도 했다. 눈치 없는 동생들이 도구를 가지러 갔다가 불쏘시개 같은 가는 나무 꼬챙이를 가져오면 머리를 맞고 다시 가져오라고 하기도 했다. 다시 구해 온 도구가 너무 단단하면 주변 친구들이 다 맞고 난 다음 왜 그런 도구를 가져왔느냐며 짜증을 내거나 왕따를 시키기도 했다.

　나는 대체로 매를 맞을 때 가장 먼저 맞고, 자세도 바르게 해서 맞았다. 형들은 엉덩이를 집중적으로 때렸는데, 몸을 움직여 허리를 잘못 맞아 더 심한 아픔을 호소하는 장면을 자주 목격했기 때문이다. 그리고 잘못하여 허벅지를 맞게 되면 다시 맞기 때문에 최대한 바른 자세로 맞기 위해 이를 꽉 물고 자세를 잡았다. 맞으면 아프지만, 빨리 맞고 쉬는 것이 현명한 처사라 판단했기 때문이다. 시간이 흘러 퇴소한 동생들과 모여 식사를 하면 동생들이 "형은 맞는 건 정말 잘 맞았어요. 맞는 건 최고였어요."라며 회고하기도 한다. 그러나 나도 맞는 건 아팠다. 하지만 맞는 것에도 모범이 필요하고, 먼저 맞는 사람이 최대한 잘 맞아야 형들의 기분이 덜 상하기 때문에 한 행동이었다.

　형들이 때릴 때는 '오늘 몇 대 맞는다.'라고 미리 이야기를 하기도 하지만, 말하지 않는 형들도 있었다. 10대를 맞겠다고 얘기하면 10대를 때리는 형들도 있고, 그냥 "나와."라고 하고 때리면서 결정하는 형들도 있었다. 맞는 입장에서는 몇 대를 맞아야 하는지 알려 주는 것이 불안을 줄이는 효과가 있는데도 말이다.

맞다 보면 때리는 형의 동생이 있을 때도 있었다. 또는 때리는 형의 친구 동생이 맞는 입장이 되기도 한다. 친구의 동생을 때릴 때는 눈치가 보이는지 요령껏 때렸다. 정확한 강도를 말하자면, 내가 느끼기에 절반의 세기로 때렸던 것 같다. 또는 자신의 친동생을 때릴 때는 강도의 반의반 세기로 줄어들었다. 나는 형이 없어 그러한 특혜를 받은 적이 없었다. 형이 있는 친구들을 보면 무척 부러웠다. 이러한 가족 관계는 일상생활에서도 비슷하게 이루어졌다. 장난을 치거나 괴롭힐 때 형이 있는 친구들은 괴롭힘을 덜 당하곤 했다.

그럼 이쯤에서 독자들은 '필자는 고참일 때 과연 동생들을 때렸을까?'라는 궁금증이 생길 것이다. 나도 물론 동생들에게 매를 들었다. 나에게 매 맞은 동생들은 술을 마시거나 담배를 피우는 경우였다. 변명 같지만 사실이다.

또 내가 고3이 되면서는 집단으로 모이는 것을 폐지했다. 내가 고3일 때는 대학에 진학해서 보육원에서 지내는 형들이 없었고, 동기도 성격이 온화한 한 명밖에 없었기에 나의 의지대로 구타를 없앨 수 있었다. 동기들이 많았다면 나 혼자 결정할 수 없었 겠지만 몇 명 없었기에 가능했다. 내가 맞고 자라면서 맞는 것이 얼마나 아픈지 알기에 동생들만큼은 매 맞지 않고 살기를 바랐 다. 무엇보다 편안하고 안락한 보육원 생활을 영위하기를 바랐 다. 서로 더 먹기 위해, 보육사의 칭찬을 더 받기 위해 눈치를 보 는 일이 다반사인데 형들에게 맞기까지 한다면 동생들의 인생이 너무나 측은하기 때문이다.

동생들을 때리면 안 된다는 생각도 물론 있었지만, 사실은 고3 이라 공부하기도 빠듯하여 매를 들 시간도 없었다. 무엇보다 성 경의 가르침대로 보육원 동생들에게는 사랑을 베풀어야 한다고 믿었다. 나의 감정을 다스리지 못하고 폭력을 행사하는 것은 매 우 어리석은 짓이라 여겼다. 때린다는 것은 가해자에게 무언가 심리적으로 부족함이 있기 때문이다. 감정을 조절하는 힘이 부 족하여 폭력을 통해 화를 풀고자 하는 행동이 내 눈에는 매우 어리석어 보였다. 내가 맞을 때마다 '형들은 대체 왜 때릴까?'라 는 생각을 하면서 '형처럼은 되지 말아야겠다.'라는 생각을 자주 했다. 나는 구타를 통해 형으로서의 존재감을 과시하기보다 자 상함을 갖추고 공부를 잘해서 동생들에게 모범이 되려고 노력했 다. 그리고 지금도 동생들로부터 본보기의 대상이 되려고 노력하는 점은 변함이 없다.

누나들과의 상담 시간

자랄수록 마음을 억누르는 무언가가 있었다. 서러워도 잘 울지 못하고 짜증을 낼 수도 없어 늘 마음이 좋지 않았다. 보육사와 상담을 할 생각도 못 했다. 당시에는 상담이 무엇인지도 몰랐다. 누군가 괴롭히면 괴롭힘을 당하고, 무시하면 무시를 당했다. 먹는 것도 내 마음대로 먹지 못하며 늘 서러운 기분이 들어 '도대체 내 부모는 어디에 있을까?'라는 생각을 하기도 했다.

중학교 3학년이 되니 진로 결정을 앞두고 생각이 많아졌다. 보육원에서는 진학 문제에 관해서 스스로 결정해야 했기에 많은 고민을 해야 했다. 다행히 중학교 3학년 때 공부를 바짝 열심히 해서 성적이 나쁘지 않았고, 사립 고등학교에 진학할 정도는 되었다. 하지만 내 형편에 계속 공부를 하는 것이 무리라는 생각이 들어 그냥 실업계 고등학교에 가야 하나 싶었다.

이런 고민이 있을 때 주변에 의논할 사람들이 없다는 게 더 답답했다. 주변엔 온통 남자들뿐이라 마음을 터놓고 이야기하기가 어려웠다. 시설에 처음 들어왔을 때는 열 살 정도 차이 나는 누나들과 함께 살아서 누나들이 편하게 느껴졌다. 보육원에는 고등학교 3학년 누나들도 있었는데, 누나들이 공부하는 동안 옆자리에 가서 공부도 하고 자연스럽게 고민도 나누게 되었다. 그동안 누구에게도 해 보지 않던 이야기를 꺼내 놓았다. 딱히 해결책을 찾았다기보다는 많은 위안을 얻을 수 있었다. 엄마라고 부르는 보육사들과는 또 다른, 엄마와 같은 포근함이 느껴졌다. 만약 그때 누나들에게 상담을 받지 않았더라면 나의 진로는 어떻게 되었을지 상상이 안 된다. 누군가에게는 사소한 관계이거나 시답지 않은 대화일 수도 있지만, 그런 작은 관심 속에서 나는 바르고 긍정적으로 살고자 노력했다. 짧은 시간이었지만 누군가가 나를 믿어 주고 있다는 생각을 했고, 나도 누군가에게 도움이 되고 싶다고 마음먹게 되었다.

늘 기다리던 저녁 공부 시간

보육원에 사는 중고등학생이라면 7시부터 9시까지는 무조건 모여서 공부를 해야 했다. 가끔 보육원 직원의 감독하에 강제로 영어 단어를 외우고 시험도 보았다. 단 두 시간이었지만 나는 공부 시간이 기다려졌다. 단어 외우는 것이 즐거웠고 시험을 잘 봐서 칭찬받는 일도 행복했다. 하지만 다른 아이들은 그 시간을 너무도 괴로워했다. 벌 받는 사람처럼 두 시간을 보내기도 했다. 도서관에서 가끔 남녀 학생들이 함께 공부할 때도 있었기에 수다도 떨고 즐거웠다. 덕분에 지금도 저녁 7시가 되면 나도 모르게 공부를 해야 한다는 생각이 든다.

그때는 공부를 가르쳐 주는 후원자님도 계셨다. 또 단지 공부만 가르쳐 준 것이 아니라 사회에서 인정받을 수 있는 방법, 사회에 나가 우리가 무엇을 할 수 있는지를 항상 알려 주셨다. 자립을 위해 지금 공부를 해야 하고, 사회로 나가 자립하는 것이 얼마나 어려운 일인지를 말씀해 주셨다. 그러기 위해 지금 어떤 준비를 하고, 어떻게 생각해야 하는지 아이들에게 지도해 주셨다. 지금이야 모든 시설에서 퇴소 전 자립 교육을 하지만, 당시에는 그런 것이 없었다. 아이들을 진심으로 걱정해 주시는 마음이 느껴졌기에 저녁의 공부 시간이 더욱 기다려졌다.

학창 시절의 절정기, 고등학생 시절

고등학교에 입학하니 중학교와는 매우 다른 환경이었고, 더 치열함이 느껴졌다. 의젓해진 친구들을 보며 조금은 의기소침해 있는 내 모습을 발견했다. 하지만 초·중학교 때와는 달리 새로운 환경에 적응하는 것은 그리 어렵지 않았다. 새로운 친구, 선생님과의 만남이 가끔은 흥미롭기까지 했다.

중학교 시절, 성적이 그리 좋은 편도 나쁜 편도 아니었던 나는 빠른 취업을 위해 실업계 고등학교 진학을 희망했다. 고등학교 지원을 앞둔 어느 날, 자원봉사자로 온 선생님이 취업을 하더라도 대학교를 졸업하고 취업하는 것이 좋을 것 같다고 말씀하셨다. 그분의 권유에 인문계 고등학교로 진로를 바꾸게 되었다. 고등학교 입학은 나에게 또 다른 도전이었다. 고등학교 졸업 후 겪게 될 나의 인생에 대한 불안감으로 나는 공부를 열심히 했다. 고등학교 1학년 때 열심히 공부한 결과, 특별히 학원에 다니거나 과외를 받지 않았는데도 전교 1등이라는 성적표를 받게 되었다. 노력의 결과는 스스로 믿기 어려울 정도로 놀랍고 기뻤다. 보육원생 중에서 처음으로 전교 1등을 한 나에게 보육원에서는 보육원의 자랑이라며 매우 칭찬을 해 주었다. 나도 열심히 하면 뭐든 할 수 있다는 자신감이 붙었고, 보육원 동생들에게도 큰 희망이 될 수 있다는 생각에 더 열심히 스스로를 채찍질하며 공부했다.

내가 다니던 고등학교는 성적이 높은 학생들을 모아서 특별반을 편성해서 운영했는데, 3년간 특별반에서 공부할 수 있었고 2학년부터는 2년간 학급 실장을 맡았다. 고등학교 실장은 힘도 있고 리더십도 있어야 한다고 생각했는데 보육원에서 동생들과 지내며 자연스럽게 훈련된 리더십이 충분히 빛을 발했던 게 아닌가 싶다.

나는 다양한 친구와 두루 사귀며 친하게 지냈다. 공부를 못하는 친구나 싸움을 못하는 친구, 몰래 담배를 피우거나 혼자 조용히 지내는 친구 모두를 포용하고 학급을 이끌었다. 고등학생이 되어 보육원 밖 친구들과 마음을 활짝 열고 친하게 지낼 수 있게 되었고, 친구들이 집에 초대해 주기도 했다. 주로 부모님이 계시지 않은 시간에 방문하여 게임을 하곤 했다. 나의 형편을 아는 친구들은 집에 있는 음식도 아낌없이 나누었고, 자신이 소중히 여기는 물건을 선물해 주기도 했다. 친구가 같은 교회에 다니는 여학생을 소개해 주어 만난 적이 있는데, 부모가 없다는 사실을 들키게 될까 걱정되기도 했다. 용기를 내어 몇 번을 더 만났다. 큰돈이 없어 맛있는 음식과 좋은 선물을 사 주지 못해서 미안한 마음이 들기는 했지만, 서로의 고민을 얘기하며 즐거운 추억을 만들어 갔다.

고등학교 생활은 매우 특별하며 흥미로웠다. 그중 가장 기억에 남는 것은 실장으로서 친구들과 함께 기획한 스승의 날 행사였다. 케이크를 준비하고, 남학생들의 꾸밈없는 손편지를 낭독하고, 특별 댄스 공연도 하고 담임 선생님의 애창곡을 들으며 단체로 합창했다. 그리고 마지막으로 특별히 담임 선생님의 사모님을 직접 학교로 모셔서 함께 감사의 마음을 전했다. 우리 반만의 색다른 행사에 다른 반 선생님들도 구경을 오셔서 우리 담임 선생님을 부러워할 정도였다. 우리 반 모든 친구가 한마음으로 준비한 결과가 무척 만족스러웠고 실장으로서 보람을 느꼈다. 이때 함께한 친구들은 졸업한 후 군대에 갔고, 군 면제인 나는 연락할 친구가 없어 외로움을 느꼈다. 그래서 모든 친구의 군대 주소를 조사해 친구들에게 알려 주기도 했다. 고등학교를 졸업한 지 23년이 지난 지금도 그 친구들과는 명절 전날이면 가족 동반으로 다 함께 모이는 정기 모임을 하고 있다. 친구들은 아직까지도 나를 실장이라며 치켜세워 주고 또한 교사인 나에게 자녀의 학교생활에 대해 묻기도 한다. 이렇게 우리는 여전히 굳건한 우정과 신뢰를 쌓아 가고 있다.

공부를 열심히 하고 친구들과 즐겁게 학교생활을 하면서도 졸업 후 진로에 대한 고민은 늘 함께였다. 꿈은 매년 바뀌었는데 1

학년 때는 은행원을 희망했고 2학년 때는 군인을 희망했다. 보육원에서 성장하여 단체 생활에 익숙하기도 했고 힘을 쓰는 직업을 잘할 수 있겠다고 생각해서였다. 체육 시간을 가장 좋아해서 틈나는 대로 친구들과 운동을 하며 체력을 키울 수 있었다. 운동을 통해 더 많은 친구를 사귀게 되었지만 가끔은 혈기 왕성함과 의견 차이로 인해 싸우는 일도 있었다. 운동을 통해 알게 된 친구들은 스스럼없이 보육원에서 함께 놀기도 하고 가끔 함께 교회에 가기도 했다. 고등학생이 되어 처음 동아리 활동이라는 것을 해 보았는데, 호기심이 많은 나는 다양한 동아리에 지원했다. 그중 친구가 시 창작 동아리 가입을 위해 시를 쓰는 것을 보고 멋있어 보여 나도 시집을 참고해 시를 대충 창작해 보았다. 이것을 가입 심사에서 낭송했는데 놀랍게도 합격했다. 하지만 적성에 맞지 않았던 탓인지 흥미를 느끼지 못하고 곧 동아리에서 탈퇴했다. 어쨌든 가입에 도전했던 경험 자체가 엉뚱하기도 했고 재미난 기억으로 남아 있다.

지역의 찬양팀에 들어가서 찬양 인도를 하면서 한참 신앙심이 뜨거워졌다. 그 영향으로 3학년 때는 목회자가 되어야겠다는 희망이 생겼다.

고등학교 2, 3학년 때는 담임 선생님이 같은 분이셨다. 나에게는 매우 큰 행운이었다. 2년간 나를 지도하셨기에 나에 대해 너무나 잘 알고 계신다는 것만으로 학교생활에 큰 도움이 되었다. 친동생 문제로 결석을 할 때도 이해해 주셨고 보육원 귀가 시간이나 찬양팀 연습 등의 일정도 이해해 주셨다. 무조건 참여해야 하는 야간 자율 학습도 시간을 조율해 주셨다. 특히 진학 상담을 자주 해 주시며 진학할 대학을 결정하는 데도 조언을 해 주셨고, 나는 어려움 없이 영남신학대학교로 진학을 결정했다.

비록 보육원 출신이었지만 담임 선생님뿐 아니라 많은 선생님께서 내게 격려와 지지를 아끼지 않으셨고, 힘든 일이 생길 때마다 나는 선생님들을 찾아가 면담을 했다. 그때마다 나를 이해해 주시고 자존감을 높여 주신 고마운 선생님들이 계셔서 무사히 고등학교 생활을 마칠 수 있었다.

모두에게 즐거운 졸업식, 나에게는 슬픈 졸업식

학창 시절의 꽃은 졸업식이다. 정들었던 학교를 떠나는 것은 누구에게나 슬픈 일이지만, 새로운 시작을 앞두고 있기에 설레는 일이기도 하다. 초등학교 때는 학교 아이들과 의지하기도 하고 싸우기도 하며 지냈기에 졸업식은 시원섭섭했다. 보육원 밖 친구들과도 졸업 사진을 많이 찍은 걸 보니 교우 관계가 나쁘지는 않았던 것 같다. 보육사 한 분이 초등학교 졸업식에 와 주셨는데, 남자 동기 아이 네 명과 급하게 사진을 찍고 축하를 받는 둥 마는 둥 보육원으로 돌아온 기억이 난다. 보육원에 사는 티를 내고 싶지 않았기 때문일 것이다.

중학교 졸업식 때는 아무도 오지 않았다. 초등학교와 다르게 중학교 때는 다들 다른 학교에 다니고 있었기 때문이다. 보육사 입장에서도 누구의 졸업식에는 가고 누구의 졸업식에는 가지 않으면 안 되기 때문에 고민이 많으셨을 것이다. 졸업식을 마치고 너무나 서러운 기분이 들었다. 졸업식에서 다른 친구들은 가족, 친지들의 축하를 받고 기뻐하는데 나는 혼자 울면서 터벅터벅 한 시간을 걸어 보육원으로 돌아왔다. 돌아오는 그 길에 참으로 많은 생각을 했다. 왜 나는 이렇게 살아야 하는지, 나의 환경은 왜 이런 건지 원망스러웠다. 보육원에 돌아오니 한 학년 선배가 나에게 축하한다며 날계란을 던졌다. '불난 집에 부채질을 하는구나.'라고 생각이 들었고, 화가 머리끝까지 났다. 다행히 고등학교를 졸업할 때는 보육사와 후원자님이 참석해 주셨다. 보육원 동생들도 학교에 찾아와 함께 기쁨을 나누었다. 또 다른 시작을 한다는 것은 설렘과 불안함을 동시에 주는 것 같다. 그래도 졸업은 아름다운 기억으로 남아 있다.

민수의 힘겨웠던 삶

보육원에서 생활하는 동안 지능이 떨어지는 아이들을 많이 만났다. 지능은 괜찮은 것 같은데 판단력이 부족한 아이들을 만나기도 했다. 학교에 다니거나 보육원 생활은 큰 무리 없이 보냈지만, 그들을 보면 항상 어떻게 살아갈지 걱정이 됐다. 자신의 그런 상황을 아는지 모르는지 마냥 성격 좋은 사람처럼 천진난만하게 살아가는 그들을 보면 부럽기도 했다. 보육원에서 함께 생활하던 형들이 그들을 아껴 주며 돌봐 주기도 했지만, 얄궂은 형들은 순진한 그 아이들을 이용하여 나쁜 짓을 시키기도 했다. 지금 생각해 보면 참으로 비인간적이며 비열한 형들이었다. 보살핌과 이용됨을 동시에 겪으면서 그런 친구들은 나름대로 보육원 생활에 적응하며 지냈고 한 살, 두 살 홀로 서야 할 나이가 되어 갔다. 지능이 떨어지는 아이들은 시설에서는 어느 정도 보호를 받아 안전한 편이었지만, 퇴소 후 그들의 삶은 매우 불확실하고 불행해졌다.

사회생활을 시작하고부터는 돈을 벌기 위해 회사나 공장을 다녀야 하는데, 이런 아이들은 직장 상사와 의사소통을 잘하지 못해 무시당하거나 돈 관리를 잘 못 해 힘들게 번 돈을 날리는 경우가 잦다. 이 아이들은 같은 일을 하면서도 직장에서 남들보다 적은 월급을 받기도 하고, 지나친 업무로 혹사를 당해 과로로 쓰러지거나 몸을 다치는 등의 피해를 보기도 한다. 하지만 그들은 어렵게 일하는 것이 당연한 듯 상사에게 아무런 반응도 못 하고 무기력한 태도로 고스란히 피해를 수용한다. 보육원에서 자립전담요원이 그런 아이들의 사회 적응을 위해 직장을 알선해 주고 잘 적응하고 있는지 종종 전화로 안부를 묻기는 하지만, 이미 성인이 되어 자유를 누린 후에는 자신들만의 생활을 원하기 때문에 시설의 자립전담요원이 일일이 관리하는 것은 매우 어려운 실정이다. 과연 그들의 진정한 대변자는 누구일까? 나는 가끔 그런 동생들이 일하는 직장에 찾아가 보육원에서 자랐지만 혼자가 아니라 가족처럼 지내는 존재가 있다는 정도의 표시를 하고 돌아오곤 한다. 그러나 그들의 힘든 삶을 보고 올 때마다 너무나 안쓰러운 마음이 든다.

어떤 사장들은 지능이 떨어지는 아이들에게 일을 시키면서 이 정도 일에 이 정도 월급이면 상당히 많이 주는 편이라며 자신들의 행동을 선한 것처럼 포장한다. 내가 보기엔 너무나 불합리하고 지나치게 힘든 근무 환경인데, 그들을 자신의 입장에서만 이해하고 어려움은 헤아리지 못한 채 나쁘게 이용한다는 생각이 든다. 그럴 때마다 우리가 평생 짊어지고 살아야 할 짐이자 꼬리 표인 '보육원 출신'이 더욱 무겁게 느껴진다.

주변을 보면 꼭 어렵게 사는 사람들에게 더 크고 잦은 아픔과 불행이 찾아오곤 한다. 이들은 힘든 상황에 더 열심히 살려고 노력하지만 경제적으로는 더 어려워지고, 큰 질병을 얻게 된다. 보육원에서 성장한 아는 동생 민수(가명)도 그랬다. 민수와는 어릴 때부터 같은 집에서 생활했다. 식사 시간에 밥을 챙겨 주지 않으면 밥을 안 먹고, 자라고 하면 자고, 학교 가라고 하면 학교에 가는 순하고 말 잘 듣는 조용한 동생이었다. 어떤 상황에서도 반항 한번 하지 않는 착한 아이였지만, 자신의 감정을 잘 드러내지 않고 외로움을 타는 탓에 사랑과 관심이 필요한 친구였다. 자주 우울한 표정을 지었고, 혼자 노는 것을 좋아하는 동생이었다. 함께 같은 공간에서 생활하다 내가 성인이 되어 퇴소를 하고, 민수도 성인이 되어 퇴소를 한 후에는 일주일에 한 번씩 꼭 나에게 전화를 했다. 오늘 가게에서 깍두기를 잘 만들었다는 둥 사장님이 언제 월급을 줬다는 둥 친형이 전화를 안 받는다는 둥 함께 퇴소한 친구들은 어디에 산다는 둥 특별한 내용이 없는 통화였지만 민수가 전화한 의도를 알기에 나는 항상 전화를 받아 줄 수밖에 없었다.

민수는 외로웠다. 정신이 멀쩡한 퇴소생들도 사회에 나가면 대부분 혼자 있는 걸 좋아하고 회사에서도 적지 않게 조용한 모습을 보이는데, 가뜩이나 외로움을 많이 타고 조용했던 퇴소생이 사회생활을 하면서 느낀 외로움은 말로 표현할 수 없을 정도였을 것이다. "돈 관리는 어떻게 하니?"라고 물어보면 민수는 "사장님이 해요."라고 했다. 좋지 않은 사례를 많이 본 나는 당장 돈을 직접 관리하라고 했다. "절대 다른 사람에게 돈 빌려주면 안 돼. 그리고 저축 얼마 했는지 남들이 물어보면 절대 알려 주지 마!"라고 일러 주었다. 심지어 나랑 정말 친하지만 나에게도 가진 돈에 대해서는 절대 알려 주지 말라고 했다. 그렇게 통화할 때마다 신신당부를 했지만, 민수는 함께 지내는 형에게 결국 돈을 빌려 주었고 받지 못했다. 외로움을 잘 타고 판단력이 부족한 민수는 그 형의 돈 빌려 달라는 성화를 이기지 못하고 돈을 빌려주게 되었고, 마음이 여려 돌려 달라고 말도 못 하고 있었다. 싫은 소리를 못 하는 민수의 성향을 알기에 옆에서 지켜보는 나는 너무나 마음이 아팠다. 내가 돈 관리를 해 주고 싶었지만, 법적으로 가족이 아니라 혹시나 문제가 생길 수도 있기 때문에 그럴 수는 없었다. 너무나 답답하고 안타까웠다. 사실 민수에게는 친형이 한 명 있다. 하지만 친형은 중학교만 졸업하고 보육원을 나가 혼자 살며 동생과는 전혀 연락을 하지 않고 있었다. 민수는 친형이 전혀 연락을 안 했기 때문에 자신을 버리고 갔다는 충격을 느꼈던 것 같다.

성인이 된 후, 보육원을 떠나 식당에서 온갖 어려움과 차별을 받으면서도 열심히 일한 대가는 암이라는 병이었다. 민수는 어릴 때부터 성장 속도가 늦었는데, 아마도 선천적으로 폐에도 문제가 있었던 것 같다. 게다가 음식점 주방에서 일을 했는데, 환기가 잘 되지 않는 비위생적인 환경에서 오랫동안 근무하면서 불행한 병을 얻게 된 것 같다.

처음 민수가 폐암이라는 말을 듣고 나는 큰 충격을 받았다. 나랑 가까운 데서 일하다 스스로 직장을 그만두고 먼 지역으로 떠났을 때 걱정을 많이 했는데, 아니나 다를까 떠난 후 얼마 지나지 않아 몸이 좋지 않아 병원에 갔다가 청천벽력 같은 소식을 접하게 된 것이다. 나는 민수에게 어떤 말도 해 줄 수가 없었다. 병원에 가끔 찾아가 용돈을 줄 때마다 형으로서 이것밖에 해 줄 수 없는 것이 너무나 안타깝고 슬펐다. 투병을 하며 기초 수급자가 된 민수는 스스로 동사무소에 가서 기초 수급자로 등록하고 스스로 자립하려는 끈기를 보여 주었다. 그동안 의료 보험에 대해서는 알지도 못하고, 자립도 못 하던 민수가 자신이 받을 수 있는 것을 스스로 찾아내고 권리를 누리는 모습이 대견하고 대단해 보이면서도 "얼마나 살고 싶었으면 스스로 저렇게 노력할까?"라는 생각이 들어 슬프기도 했다. 민수는 평소에도 자주 연락을 주고받았지만, 투병을 하면서부터는 나에게 더 자주 연락을 했다. 전화 통화를 하면서 다음 병원 진료는 언제인지, 약은 잘 먹었는지, 날씨는 어떤지 등 시시콜콜한 이야기를 자주 했다. 처음으로 접하는 투병 환자와의 대화가 낯설기도 하고, 내가 과연 잘하고 있는 건지 고민도 되었다.

그렇게 5년이라는 시간, 민수는 힘든 투병 생활을 잘 버텼다. 물론 몸은 호전될 기미를 보이지 않았다. 서서히 약해져 가는 민수의 모습이 안쓰러웠다. 그러다가 갑작스레 건강이 악화되기 시작했다. 병원에서 급히 연락을 받고 가 보니 얼마 남아 있지 않은 폐로 매우 가쁘게 숨을 몰아쉬고 있었다. 자꾸만 감기는 민수의 눈을 보니 상태가 예상보다 훨씬 더 심각하다는 것을 느낄 수 있었다. 의사 선생님은 산소 호흡기를 빼면 바로 사망할 정도로 몸의 상태가 좋지 않다고 했다. 드라마에서만 접한 장면을 직접 경험하면서 말로 표현할 수 없는 아픔이 몰려왔다. 부모도 없이 죽어 가는 민수의 눈을 보면서 나는 아무것도 할 수 없었다. 밀려오는 아픔을 참고 "민수야, 나 왔어. 민수야, 힘내야지. 힘내자."라고 말했다. 민수는 내 소리를 들을 때마다 고개를 끄덕였다. 얼마 남지 않은 폐를 가지고 자가 호흡이 힘든 상황에서도 내가 말하는 소리를 다 들으며 살고자 하는 의지를 보인 것 같다. 힘들고 불쌍하게 평생을 살았는데 죽을 때도 사람들의 애정과 관심도 없이, 심지어 친형의 얼굴도 보지 못하고 결국 민수는 하늘나라로 떠났다.

슬픈 마음을 진정시킬 틈도 없이 병원 관계자는 어디에서 장례를 치르겠느냐고 나에게 물어보았다. 사망한 지 채 몇 분도 지나지 않은 상황에서 그런 질문을 들으니 너무나 황당하고 실감이 나지 않았다. 슬퍼할 시간도 없이 나는 보육원에 함께 산 형으로서 민수의 마지막 가는 길을 준비해야 했다. 서울에서 장례를 치르는 게 좋을지, 아니면 어린 시절 자랐던 보육원이 있는 곳으로 가야 할지 결정해야 했다. 가족이 없는 상황에서 과연 내가 상주가 되어 움직여도 되는지도 고민이 되었다. 하지만 내가 당연히 해야만 한다는 생각이 들어 결단을 내리고 결국 보육원이 있는 지방으로 시신을 옮기기로 했다. 보육원이 있는 지역에서 장례식을 치르는 것이 고인에 대한 예의라 생각하고 최선을 다해 장례를 준비했다.

평소 내성적이었던 민수의 장례식장에 누가 올지 궁금하기도 하고, 혹시나 장례 비용이 얼마나 나올지 걱정도 되었지만, 시설 출신의 많은 선후배의 조문과 보육원 직원분들의 도움 덕분에 인력으로나 재정적으로나 큰 어려움 없이 장례를 마치게 되었다. 장례식장에는 오십 명의 보육원 식구가 다녀갔다. 생각지도 못한 조문객 수에 나는 많이 놀랐다. 내가 알지 못했지만 민수는 평소 다른 사람들에게 착하고 좋은 친구이자 선배, 후배로 인정받았던 것이다. 너무나 착해 남들에게 나쁜 말 한마디 못 하던 민수는 그야말로 이 땅에 사는 천사였다. 평소에 연락도 잘 안 하고 살았는데 이렇게 많이들 모이니, 민수 덕분에 큰 선물을 받는 기분이었다. 생각해 보니 퇴소 후 이렇게 많은 보육원 식구가 모인 적이 없었다. 피는 한 방울도 섞이지 않았지만, 어릴 때 함께 생활한 기억을 떠올리며 슬픔을 나누는 자리에 자연스럽게 모두 모인 것이다. 민수의 장례를 치르며 문득 과연 내가 하늘나라에 가게 된다면 이렇게 많은 보육원 식구가 찾아올지 궁금해졌다.

장례식을 마치고 민수의 유골을 어떻게 할지 고민이 생겼다. 그동안 고기 잡는 어선을 타느라 연락이 어려웠다는 민수의 친형과 나는 고민 끝에 추모장에 유골을 보관하기로 했다. 하지만 앞으로 누가 추모장 비용을 계속 지불할 것이며, 누가 수시로 민수를 찾아 주느냐가 또 문제였다. 추모장 가까운 곳에 사는 내가 자주 찾아오겠다고 했지만, 보육원 선생님은 나의 생활과 가정도 있으니 너무 큰 부담을 갖는 것은 좋지 않다고 만류했다. 민수의 친형도 스스로 먹고살기가 쉽지 않고 원거리에 있어 추모장을 유지하고 찾아오는 것이 쉽지 않을 것 같다고 했다. 결국 우리는 유골을 들고 민수가 어릴 때부터 자주 이야기했던 고향 동네를 찾아가 큰 나무 밑에 묻었다. 그렇게 민수와 마지막 인사를 했다.

가족과도 같은 민수의 죽음을 생각하며 아직 이 땅에서 힘들게 살아가는 이들을 떠올린다. 부모가 있었더라도 민수가 저런 삶을 살았을까? 민수에게 친부모가 있었더라면 어릴 때부터 특별히 신경을 쓰면서 약도 먹고 치료도 받으며 건강을 관리할 수 있었을 것이고, 부모의 뒷바라지 속에서 공부해 좋은 직장에도 취직해서 행복한 삶을 살 수 있었을 텐데 말이다. 보육원이라는 특수한 환경에서 자란 동생이 자라면서 겪었던 어려움에 더해 성인이 되어서도 힘든 삶을 살다 하늘나라로 떠난 것은 지금도 마음이 아프다.

민수의 삶이 나에게는 고아들을 다시 생각하게 하는 전환점이 되었다. 어떻게 보면 태어날 때부터 신체적으로, 정신적으로, 심적으로 다소 부족했던 민수가 충분한 사랑도 받지 못하고 35세의 젊은 나이로 세상을 떠나게 된 일은 남아 있는 우리에게 최선을 다해 살아가라는 메시지를 남기기 위함일지도 모른다는 생각이 든다. 평안한 곳으로 먼저 간 민수, 착한 민수가 오늘따라 더 보고 싶다.

어색했지만 그리운 사람들

보육원에서 맺은 인간관계는 글로 표현하기가 어려울 만큼 참으로 어색하다. 친형제나 친자매 사이도 아니고 그렇다고 전혀 모르는 사이도 아니다. 함께 크면서 아픔도 기쁨도 함께했기에 전쟁터에서 살아남은 전우 같기도 하지만, 보육원 퇴소 후에는 그냥 비즈니스 관계가 되는 것 같다. 짧게는 10년, 길게는 20년 가까이 함께 살았어도 경조사가 있을 때는 모른 척하는 어색한 관계가 되기도 한다. 하지만 늘 그렇지는 않다. 마음이 통하는 아이들끼리는 자주 연락하며 웬만한 친형제들보다 더 가까이 지내는 경우도 있다. 나도 아픈 기억이 있기에 다시는 보고 싶지 않은 형들이 있다. 하지만 나를 정말 예뻐해 준 누나들은 만나고 싶다. 어릴 적에 나를 참 귀여워해 주고 정을 주었기에 평생 잊지 못할 것 같다.

보육원에서는 보통 백삼십 명이 넘는 식구들이 함께 살았다. 만 18세가 지나 퇴소하는 형들만 해도 한 해에 열 명씩 되었다. 그중에 보육원을 다시 찾아오는 사람들은 한두 명도 채 되지 않았다. 짧게는 5~6년, 길게는 18년 가까이 생활하던 곳인데, 보살펴 준 보육사들과 남겨진 동생들은 아랑곳하지 않고 보육원을 나가자마자 남남이 된다는 생각에 야속한 마음도 들었다.

여러 가지 이유가 있을 것이다. 보육원에서의 생활이 그다지 행복하지 않았을 수도 있고, 보육사들을 다시 만나고 싶지 않을 수도 있다. 무엇보다 막상 사회로 나가니 사는 게 만만치 않아 떠나온 곳을 그리워하는 감정은 말 그대로 '사치'일 수도 있다. 간혹 증빙 서류 등이 필요해 보육원을 들른 형들의 표정은 한결같이 어두웠다. 양손 가득 간식을 사 들고 찾아온 형들이 그저 반갑기도 하고 어린 마음에 간식에만 정신이 팔리곤 했지만, 돌이켜 보면 자신이 떠나온 곳에 남겨진 어린아이들이 안쓰럽고 딱해서 형들의 표정도 어두웠으리라 생각한다. 보육원 퇴소 후에 간혹 대학에 진학한 형들도 있었다. 하지만 어렵게 들어간 대학을 얼마 다니지 못하고 금세 휴학하고는 했다. 변변치 않은 형편에 공부에만 집중하기는 힘들었을 것이고, 무엇보다 사회로 내던져졌다는 생각 때문에 적응이 쉽지 않았을 것이다. 그런 형들

1980년대 보육원 가족들

나는 행복한 고아입니다

⋮

을 보며 나도 점차 퇴소 후 자립에 대해 고민하게 되었다.

어릴 때, 나와 같은 고민을 하는 동갑 친구가 있었다. 그 친구는 중학교를 중퇴하고 제 발로 보육원을 나가 서울로 올라갔다. 나중에 소식을 들으니 닥치는 대로 온갖 잡일을 하며 자립하기 위해 무던히 애를 쓰며 살았다고 한다. 몇 년 뒤, 그 친구가 술을 마시다가 자기도 모르게 검은 비닐봉지를 뒤집어쓰고 잠이 들어 그만 질식사했다는 안타까운 소식을 들었다.

보육원을 퇴소한 많은 사람이 사회에 적응하기 위해 몸부림을 친다. 보육원에 있을 때야 보육사들이 보살펴 주고, 주변에 많은 형, 동생들이 서로 챙겨 주기도 하지만 사회는 그렇지 않다. 철저하게 혼자가 되는 것이다. 그동안 먹여 주고 재워 줬으니 정착금을 받고 자립하라고 한다. 보육원을 떠난 사람들은 어디서부터 어떻게 시작해야 할지, 어디로 가야 할지 모르고 막막한 마음이 든다. 아기 때 부모로부터 버려졌다면 이제는 사회로부터 또 한 번 버려지는 기분이 들 것이다. 나도 그랬으니까.

인간은 누구나 외롭다고, 혼자라고 말하기는 쉽다. 하지만 그 외로움이 누구 한 사람에게조차 털어놓을 수 없는 끝없는 감정이라고 하면 얘기가 달라진다. "모든 시련은 어깨동무를 하고 찾아온다."라는 말이 있다. 외로움과 불안, 초조, 미래에 대한 불확실성 등으로 인해 보육원에서 퇴소한 많은 이가 술에 의지해 하루하루를 보낸다. 그러다가 보육원 동기를 만나 함께 유흥가를 떠돌며 세월을 보내기도 하고, 일용직으로 하루하루를 근근이 먹고사는 경우를 흔히 볼 수 있다. 한 사람의 잘못이라고 하기에는 사회는 참으로 냉정하기 때문에 안타까운 마음이 든다.

고아들의 잦은 가출

보육원 아이들은 가출을 많이 한다. 평범한 가정에서도 청소년기 아이들이 가끔 가출하는 모습을 볼 수 있지만 보육원에서는 더 빈번하게 가출하는 아이를 볼 수 있다. 아이들이 보육원을 나가는 가장 큰 이유는 '이유 없는 구타' 때문이다. 함께 사는 형들로부터 정말 많이 맞는다. 때리는 형들은 자신도 맞고 자랐기 때문에 동생들을 때린다고 항변한다. 그리고 맞고 자란 동생들은 형이 되면 똑같이 또 동생들을 때린다.

보육원에서 구타를 단순히 폭력으로만 해석하는 것은 조금 무리가 있다. 보육원 동생들을 때리는 것은 단순한 놀이이자 장난이고, 애정 표현이라고 생각하는 아이들도 있다. 내가 보기엔 세상 사람들을 향해 아이들이 불만을 표출하는 방법인 것 같다. 보육원에서 형에게 맞는 아이가 있어도 보육사는 손을 쓰기가 어렵다. 홀로 열다섯 명이나 되는 아이를 돌봐야 하기 때문이다. 어떨 땐 보육사의 말을 듣지 않는 아이들이 형들에게 맞는 걸 보기도 했다. 보육사의 역할을 형들이 대신해 주기도 했다.

아이들이 가출하는 또 다른 이유는 부적응 때문이다. 유소년기 아이들이 많게는 스무 명까지 한집에서 사는데, 보육사 혼자 아이 하나하나를 세심히 돌보며 관리하는 것은 불가능에 가깝다. 보육원 생활도 만만치 않은데 자신이 왜 보육원에 들어왔는지, 도저히 이해하지 못하고 받아들이지 못하기에 아이들은 집을 나간다.

나이가 조금 더 어린 아이들은 부모를 찾겠다는 막연한 생각으로 가출하기도 한다. 생각해 보면 어린 마음에 얼마나 부모가 보고 싶었으면 집을 나갈까 하는 생각도 든다. 심지어 초등학교 때까지 보육사를 친엄마라 여기는 아이들도 적지 않다. 어차피 나중에 밝혀질 일이라 굳이 생모가 아니라는 걸 미리 밝히지도 않지만, 영문도 모르고 해맑기만 한 아이들을 보면서 한편으로는 참 안쓰러웠다.

 가출한 아이들은 짧게는 몇 시간, 길어도 하루 이틀 내에 반드시 잡혀서 돌아온다. 보육원을 도망 나온 어린아이들이 갈 곳은 그다지 많지 않기 때문이다. 터미널이나 기차역, 광장 등에서 잡혀 오기도 하고, 가게에 들어가 먹을 걸 훔치다가 걸려 경찰관과 함께 돌아오기도 한다. 머리가 조금 큰 중학생 정도는 친구 집으로 가출하기도 한다. 하지만 그 집의 부모들 마음이 편치 않기에 바로 보육원으로 인계한다. 이런 일을 겪으면 자신을 이해해 줄 것이라 믿은 친구 어머니에게도 버림받는 것 같은 기분이 들어 슬픔이 더할 때도 있다. 외진 곳에서 혼자 서글프게 울며 밤을 지새우다가 터벅터벅 집으로 돌아오는 아이들도 있다.

 가출한 아이들이 보육원에 돌아오면 '체벌'이 기다리고 있다. 집을 나간 아이뿐 아니라 나머지 아이들도 모두 함께 맞는다. 왜 친구를 챙겨 주지 않았냐며 함께 맞고, 누군가 또 집을 나가면 이렇게 맞을 것이라고 경고하기 위해 다 같이 맞는다. 동생들을 잘 관리하지 못했다고 보육사에게 꾸중을 들은 형들은 화풀이 삼아 동생들을 더욱 때린다. 구타와 체벌을 견디지 못한 아이들은 또다시 집을 나간다. 보육원에서 가출이 계속되는 이유이다.

이 밖에도 보육원 밖 친구들과 어울리던 아이가 친구와 함께 가출해서 친구의 부모가 보육원으로 찾아와 더욱더 호되게 혼나는 경우도 보았고, 1년에 스무 번도 넘게 습관적으로 가출하는 아이도 보았다. 정글 같은 보육원에서 어쩌면 가출이 탈출구처럼 느껴졌을지도 모른다. 나는 친동생과 보육원에 함께 살고 있었기 때문에 함부로 행동할 수가 없었다. 모범을 보여야 했고, 동생을 돌봐야 했기 때문이다. 한편으로는 '어차피 잡혀 들어올 것이 불 보듯 뻔한데 뭐 하러 가출을 하나.'라는 생각도 들었다. 하지만 아이들이 보육원 생활에 적응하지 못하고 가출을 감행하고 고통스러워할 때마다 나도 함께 고통스러웠다.

내가 너무 부정적인 부분만 들춘 것 같아 마음이 조금 무겁다. 보육원 출신이자 교사, 보육 전문가로서 나는 가출하는 아이들을 비난하고 싶지 않다. 다만, 가출할 수밖에 없는 상황이 반복되는 것이 안타깝고 아이 중심의 보육 정책이 현실성 있게 이루어지기를 바랄 뿐이다.

요즘 아이들은 보육원 안에서 개인의 자유로운 공간이 부족하고, 단체 생활에 따른 답답함을 호소하면서 보육원 밖의 생활을 경험해 보고 싶어 한다. 학교를 중단하고 아르바이트를 하고 있는 친구나 집에서 쉬고 있는 친구들과 자주 어울리면서 자연스럽게 시설에서 무단 외출과 무단 외박을 하고 일탈 행동들을 하게 된다. 예전보다 아동 인권 의식이 강화되어 생활지도원들이 아동 양육과 지도에 어려움을 겪고 있다. 더 큰 문제는 형들의 이러한 행동들에 동생들이 동요되어 형들의 나이가 되면 같은 행동들을 반복한다는 것이다.

현재 인권 문제로 어려움은 있지만 마음의 상처가 큰 아이들에게는 보호치료시설을 마련해 그 아이들을 전문적으로 치료하고 도움을 줄 기관이 필요할 것 같다.

의지할 곳 없는 아이들

나는 친부모에 대해 아는 것이 전혀 없다. 보육원 원장님께서는 내 이름만큼은 정확하지만 출생지도, 주민등록번호도 알 수가 없다고 하셨다. 보육원 아이 중 열에 여덟은 친부모에 대해 알고 있지만, 나는 아니다. 다섯 살 때 보육원에 들어온 이후 친부모의 소식을 들은 적이 없다. 보육원에 사는 아이 가운데 장애로 인해 부모에게 버림받은 경우가 생각보다 많았다.

보육원 입소의 가장 큰 이유 중의 하나는 부모의 이혼이나 별 거 때문이다. 부모가 이혼이나 재혼을 할 때 아이는 어쩔 수 없 이 보육원에 맡겨진다. 피치 못할 사정으로 아이를 보내야 하는 부모의 마음도 이해를 못 하는 것은 아니다. 하지만 자신을 보육 원에 맡기고 뒤도 돌아보지 않고 떠나는 부모의 뒷모습을 보고 충격을 받아 몇 주 동안이나 시무룩한 표정으로 지내던 아이를 보면 참 마음이 아프고 안쓰러웠다.

부모 중 한쪽이 집을 나가 아이가 보육원에 맡겨지기도 한다. 요새 말처럼 '싱글 맘'이나 '싱글 대디'가 된 사람들이 생계를 해결 하기 위해 아이를 보육원으로 보내는 것이다. 이 경우에는 보호 자들이 자주 아이를 만나러 온다. 함께 외출도 하고, 그동안 베 풀지 못한 사랑과 정을 나누며 아이와 좋은 관계를 유지한다. 친 부모가 여전히 자신을 찾아 준다는 안도감 덕분인지 아이 또한 보육원 생활에 잘 적응하는 편이다.

문제는 부모가 이혼을 하고 각자 재혼을 한 경우다. 이런 상황 에서는 부모 둘 다 아이를 찾지 않는다. '상대방이 알아서 가끔 찾아가겠지.', '나 먹고살기도 바쁜 걸 어떡하나?', '나도 이제 새

가정을 꾸렸고 아이도 생겼는데 어쩔 수 없지.' 등등 이유도 가지 가지다. 어른들의 잘못된 욕정과 이기적인 판단 때문에 아이는 희생양이 된다.

그럼에도 불구하고 부모를 그리워하는 아이는 각자 가족을 꾸린 부모들과 연락하며 친부모라 부르기에도 이상하고 어색한 관계를 유지한다. 아이에겐 친아빠, 새아빠도 있고 친엄마, 새엄마도 있는 것이다. 명절에 새엄마 집에 가더라도 이복형제, 자매들 때문에 편히 지내지 못하고 마음에 상처를 입고 보육원으로 돌아오기도 한다. 이 아이들이 대체 뭘 잘못했다고 이런 고통을 당해야 하는 걸까? 어른이 겪어도 불편한 이 상황을 어린아이들은 어떻게 받아들일까? 무엇보다도 이들이 어른이 되면 과연 올바른 마음가짐으로 가정을 꾸릴 수 있을까? 슬프게도 부모 중 그 누구도 이에 대한 책임은 지지 않으려고 한다.

배우자와의 사별로 경제적인 어려움을 겪고 아이를 보육원으로 보내기도 한다. 혼자 돈을 벌며 아이를 키우는 것이 버겁기 때문이다. 다행히 이 경우에도 부모는 아이를 만나러 자주 온다. 하지만 새로운 사람과 재혼을 하면 이마저도 중단된다. 나는 처음부터 부모의 존재를 몰랐기에 기대할 것도 없었다. 그래서인지 어른들이나 세상을 원망하는 것도 덜했다. 하지만 부모가 멀쩡하게 살아 있는데도 어른들의 이기심 때문에 아이가 부모를 만나지 못한다면 아이의 심정은 어떠할까? 같은 실수를 반복하는 어른들의 어리석음 때문에 아이들의 상처는 커져만 간다.

가장 안타까운 경우는 미혼모의 아이가 보육원에 맡겨질 때다. 만 18세가 되기 전에 아기를 낳은 미혼모들은 주변의 시선을 의식해서인지 보육원에 아기를 맡겨도 절대 보러 오지 않는다. 심지어 보육원에서 매우 가까이에 사는데도 말이다. 보육사들은 본인 배로 낳은 아이를 맡겨 놓고 한 번도 찾아오지 않는 사람들을 볼 때마다 한숨이 저절로 나오며 이해할 수가 없다고들 했다. 또 부모의 술주정과 가정 폭력 때문에 보육원에 오는 아이도 있다. 아빠, 엄마 할 것 없이 알코올 중독이 되면 정상적인 자녀 양육이 불가능해지는데, 이 경우 부모가 휘두른 무자비한 폭력까지 더해져 아이를 분리시켜 보육원에 맡기는 것이다. 힘든 삶 때문에 술에 의존하고 싶은 마음은 이해가 되기도 한다. 하지만 그것이 아이를 바르게 양육하고 보호해야 할 의무를 가진 부모의 변명이 될 수는 없다. 이 중에는 부모 또한 어린 시절 정상적인 보살핌을 받지 못한 경우가 많다고 한다.

마지막 경우는 태어나자마자 거리에 버려지거나 장애를 갖고 태어나 병원에서 버려지는 아이들이다. 신체적인 장애를 갖게 된 아이들이 이름도 없이 탯줄이 붙어 있는 채로 보육원으로 온다. 세상에 태어나 무조건적인 사랑과 축복을 받아도 모자랄 판에 홀로 외로움을 견디고 슬픔을 이겨 내야 하는 보육원에서의 인생을 시작하게 된다.

이런 아이들이 입소하면 원장님은 이름을 정하고 시청에 등록해서 아이들을 어느 가정으로 보낼지 결정한다. 입양이 이루어지지 않는다면 아이에게 보육사가 배정된다. 피 한 방울 섞이지 않은 보육사의 손길에 의해 아이는 인생의 첫걸음을 내딛는 것이다.

보육원에 오는 아이들은 각자 사연도 다양하지만 그중에서도 장애가 있어서 버려지는 아이들이 많다. 장애가 있는 3세 미만의 아이들은 태어나면서부터 차별을 경험하고 아픔을 겪는다. 보육사들도 장애 아이들을 돌보는 일은 쉽지가 않다. 밥을 먹는데에도 오랜 시간이 걸리고, 의사 표현을 제대로 하지 못해 어려움을 겪는다. 장애라고까지 말할 수는 없지만 발달 장애 경계선의 아이들도 함께 생활한다. 밥을 먹었는데 또 밥을 달라고 하는 아이, 계속 안기기를 원하는 아이, 혼자서만 노는 아이 등 신체뿐만 아니라 심리적인 아픔을 가진 아이도 매우 많았다. 신체장애가 있는 아이들은 보육원살이도 쉽지 않다. 크게 차별을 받지 않지만 스스로 조금 위축되어 살아간다. 장애를 가진 아이들과 함께 사는 것은 조금 불편할 수는 있지만, 우리는 형제라고 생각했다. 그래서 서로의 집에 놀러 가며 어울려 지내곤 했다.

시설 퇴소자들의 고달픈 인생살이

어릴 때, 내가 많이 따르던 세 살 위의 형이 있었다. 보육원에서는 종종 나이 많은 형들이 동생들을 때리곤 한다. 나도 예외는 아니어서, 형들의 이유 없는 구타 때문에 괴로워했다. 하지만 그 형만큼은 동생들을 때리지 않고 감싸 주었다. 나는 형에게 기타를 배웠고, 함께 축구를 했다. 보육원을 떠난 그 형은 고기잡이배를 탔다고 한다. 아마도 그 일이 변변한 기술이 없어도 자립이 가능한, 누군가의 도움을 받지 않고 생계를 해결할 수 있는 일 중의 하나였을 것이다.

하지만 배 위에서의 생활이 얼마나 고되고 힘든지 아마 형은 상상하지 못했을 것이다. 배를 타기까지 고민이 많았겠지만, 누구와 상의할 수도 없었을 것이다. 보육원에서는 철저하게 모든 것을 스스로 판단하고 결정해 왔기 때문이다. 그에 따른 책임 또한 본인이 져야 했다. 바다에 나간 지 얼마 되지 않아 형이 불의의 사고로 물에 빠져 죽었다는 소식을 들으며 나는 너무나도 슬프고 마음이 아팠다. 가족이 없어 장례도 제대로 치르지 못했을 것이다. 젊은 나이에 제대로 날개 한번 펴지 못하고 하늘나라로 간 형이 너무 불쌍하고 가여웠다. 또 어떤 동생은 퇴소 후 외로운 생활을 견디지 못하고 가벼운 만남으로 동거를 하다가 준비되지 않은 출산으로 졸지에 아빠가 되기도 했다. 생명의 탄생은 참으로 복된 일이다. 하지만 축복받지 못한 만남과 갑작스러운 출산은 당사자에게 큰 짐처럼 느껴질 수도 있다. 출산 후 아기의 엄마는 갑자기 떠나 버리고 그 충격으로 그 동생은 마음의 병을 얻게 되었다. 결국 지금은 정신 병원에서 치료를 받고 있다.

2019년에는 한 동생이 생활고를 견디지 못하고 자살을 했다. 스물한 살밖에 되지 않는 동생은 퇴소 후 자립이 너무나 힘들어 외로움을 많이 느꼈다. 친아버지는 베트남에서 온 새엄마와 살고 있었는데 평소에 왕래가 적었다. 그럼에도 친아버지의 도움을 받고자 퇴소 후 함께 생활해 보려고 노력했지만, 친아버지가 자신에게 특별한 관심이 없음을 느끼고 그 상실감에 스스로 극단적인 선택을 하게 되었다. 충격적인 소식을 듣고 나는 슬픔을

감출 수 없었다. '동생이 얼마나 힘들게 살았을까?'라는 생각에
너무나 딱하고 가슴이 아팠다. 감정을 추스르고 강원도 시골에
있는 한적한 병원에 가 친아버지를 만나 보니 체구도 왜소하고
술을 많이 드셔서 정신적으로 문제가 있어 보였다. 어느 정도까
지 내가 장례를 도와줘야 할지 몰랐는데, 동생이 다니던 교회 목
사님과 함께 상의하여 장례를 무사히 마쳤다.

이 밖에도 오토바이를 타다가 사고로 죽거나 암에 걸리는 등
보육원을 퇴소한 후 너무도 창창한 나이에 하늘나라로 간 사람
이 많다. 장례는 잘 치렀는지, 하늘나라에서는 외롭지 않게 살고
있는지 궁금하고 보고 싶다. 과연 이들의 삶을 그 누가 기억해
줄까? 고아가 아닌 인간으로서 좀 더 존중받고 가치 있게 살 기
회가 주어졌다면 이들의 삶은 달라지지 않았을까? 나는 그저 안
타깝고 아쉬운 마음만 든다.

행복을 빚어 낸
20대 시절

목회자가 되고자 영남신학대학교에 진학한 나는 새로운 현실과 싸움하듯 직면해야 했다. 집과 떨어진 기숙사에서 생활하면서 새로운 환경에 적응해야 하는 어려움과 보육원을 처음으로 떠나 혼자 살아야 하는 막막함이 엄습해 왔다. 기숙사 신청, 기차표 예약, 교과서 구입비 마련, 수강 신청, 각종 동아리 가입 등 스스로 혼자 결정해야 할 것이 너무나 많았다. 도움을 요청할 형편도 되지 않고 상의할 수 있는 대상도 없는, 생 고아 이성남을 마주하며 다시 한번 세상에 버려진 것 같은 외로움이 나를 휘감았다.

대학생이 되니, 숨만 쉬어도 돈 들어갈 곳이 천지였다. 보육원에서는 규정에 의해 최소한의 생활비만 주셨다. 그것도 감사했지만, 형편이 어려우니 허리띠를 졸라매야 했다. 식사는 학교 식당에서 해결했고, 주말에 보육원에 가고 싶어도 차비가 없어 갈 수가 없었다.

보육원 원장님은 더욱 공부를 열심히 하라는 의미로 생활비를 챙겨 주실 때마다 돈을 아껴 쓰라고 말씀해 주셨다. 잔소리처럼 들리기도 했지만 한편으로는 너무도 죄송스러웠다. 빠듯한 보육원 살림을 알고 있었기에 다른 아이들은 보육원을 나가 자립하는데 나는 대학에 가서 돈을 더 쓰고 있는 게 괜히 눈치가 보였다. 그럴수록 보육원에도 더 잘하고 직원들에게도 인사도 잘하며 싹싹하게 행동했다.

대학에 들어가니 친구들을 보는 눈도 달라졌다. 중고등학교 시절의 친구와 대학에 와서 만난 친구가 조금 다르게 느껴진 것이다. 어릴 때는 나처럼 보육원 출신 빼고는 다들 고만고만한 아이들 같았는데, 대학에는 정말 다양한 사람이 모여 있었다. 나만 힘들고 어려운 환경에서 살아왔다고 생각했지만 대학에서 만난 친구들도 나 못지않게 힘든 생활을 겪었던 것 같다.

부모 없이 할머니와 산 친구, 알코올 중독 아버지로부터 매일 학대받은 친구, 아빠 없이 엄마와 산 친구 등 아픈 사연을 가진 친구들이 유독 내 주변에 많았다. 나 역시 그동안 살아온 이야기를 나누며 친구들과 서로 의지했다. 돈이 없어서 빠듯하게 살았지만 마음을 나눌 수 있는 친구들이 생겨서 그 속에서 행복감을 느낄 수 있었다. 그곳에서 다른 보육원 출신 친구를 만난 일은 놀라웠다. 여학생이었는데, 보육원 출신임을 숨기지 않고 남자인 나보다도 더 당당하게 행동하는 모습에 나도 더 도전하게 되었다. 한편 그 학생 역시 나만큼 노력해서 대학에 왔을 텐데, 얼마나 힘들었을까 생각하니 괜한 동지 의식도 생겼다.

대학 생활은 다양한 사람을 만나며 그간 나의 삶을 돌아보고 주변을 살펴보는 시발점이 되었다. 그중에서도 장애인 봉사 동아리에서 활동한 것은 내 삶에 가장 큰 영향을 끼친 일이 되었다. 나는 학교 근처에 있는 장애인 시설에 매달 한 번씩 방문해서 청소를 하고 식사 배식을 도왔다. 그뿐만 아니라 함께 노래를 부르며 레크리에이션도 진행했다.

겉으로는 티 내지 않았지만 그곳에 갈 때마다 마음속에서는 눈물이 흘렀다. 주어진 삶에 더욱 감사할 수밖에 없는 환경이었다. 사지가 건강하고 이렇게 많은 분의 도움을 받으며 학교에 다닐 수 있다는 사실만으로도 행복하고 감사하게 살아야 했다. 그곳에 방문할 때마다 환하게 웃으며 나를 반겨 주는 분들을 볼 때마다 세상은 결코 혼자가 아닌 함께 살아가는 곳이라는 생각이 들었다. 복지 시설에서 일하시는 직원분들의 노고와 헌신에 늘 감탄하며 내가 조금이나마 보탬이 될 수 있다는 생각에 뿌듯하기도 했다.

학업적으로 성취감을 느끼며 공부를 열심히 하기도 했지만, 나는 특히 대학에서 세상을 이해하는 힘을 길렀다. 어떤 봉사를 해야 하는지, 어떻게 살아가야 하는지, 나아가 대한민국에서 함께 살아가는 수많은 약자를 어떻게 돌보아야 하는지 깊이 고민할 수 있는 귀중한 시간이었다.

인생의 터닝포인트, 편입

신학을 공부해 보니 내가 정말 쉽지 않은 길을 선택했다는 것을 깨달았다. 그래서 기독교교육학과에 다니며 목회보다는 교목으로 학생들을 가르치기로 했다. 내 인생의 스승으로 생각하는 목사님의 길을 따라가고 싶었다. 그분은 내가 자란 보육 시설의 1대 원장이자 목회자이고, 사립 학교의 이사장이셨다. 늘 존경하고 의지하는 분이었기에 자연스럽게 그분의 길을 따르고자 마음

먹은 것이다. 막상 대학교 3학년이 되자 목회자가 되기에는 너무도 부족한 나 자신을 발견했다. 보육원이라는 곳에서 살아남기 위해 치열하게 살아왔던 과정 때문인지 나의 성품은 온화하거나 차분한 편은 아니었고, 때로는 이기적인 면도 있어서 목회자가 되거나 교목을 하기에는 자질이 부족하다는 생각이 자꾸만 들었다.

  대학 생활은 고등학교 때처럼 마음을 터놓고 친하게 지낼 수 있는 친구가 많지 않은 것도 크게 다가왔다. 고등학교 시절에 함께 운동하며 지내던 친구들이 체대에 진학해서 계속해서 즐겁게 지내는 모습을 보니 부러운 마음이 들었다. 몇 날 며칠, 아니 한 달 이상을 고민하다가 결국 영남대학교 체육교육과에 편입을 결심하게 되었다. 체대에 입학하기 위해서는 까다로운 실기 시험도 치러야 했는데, 편입학도 마찬가지였다. 그때도 사설 학원에 다니면서 체대 입시를 준비하는 사람이 많았지만, 돈이 없는 나는 보육원 근처의 학교 운동장에 가서 달리기, 매달리기 등 실기 시험에 필요한 종목을 시간을 기록해 가며 성실하게 연습했다. 방학 때는 보육원 동생들이 따라와 시간이나 횟수도 측정해 주고 응원을 해 주기도 했다. 열심히 준비하고 편입학 시험에 응시했는데 감사하게도 2학년으로 편입할 수 있는 기회를 얻게 되었다. 그러나 합격의 기쁨도 잠시, 등록금 걱정이 밀려왔다. 고민하다

합격증을 원장님께 보여 드리고 그간의 고민과 앞으로의 결심을 말씀드리니 흔쾌히 편입을 허락해 주시고 등록금까지 준비해 주셨다.

원장님은 졸업까지 등록금을 걱정하는 나를 위해 여러 장학 재단에 추천서를 써 주셨다. 장학생 선발 소식을 기다리는 몇 주간 입이 바싹바싹 말라 왔다. 내 간절함이 통했는지, 다행스럽게도 나는 아산사회복지재단의 장학생으로 선발되었다. 서울에 있는 재단 사무실에 가서 합격 증서를 받았는데, 소위 'SKY' 대학이라 불리는 명문대 학생들과 어깨를 나란히 하며 기념사진을 찍으니 나도 모르게 으쓱하며 자신감이 생겼다. 다양한 분야의 전공을 선택해 열심히 공부하고 있는 친구들과 대화하면서 덩달아 학구열도 불타올랐다.

그러나 등록금 문제를 해결하고, 좋아하는 스포츠 강의를 듣는다는 사실에 즐겁기만 한 시간은 한 달도 채 가지 못했다. 사범 대학에 예체능 계열이라 등록금도 비쌌지만 단체 운동복, 신발, 과 회비 등 수업 준비비가 편입학 전보다 몇 배나 더 필요했다. 돈을 낼 때마다 압박감을 느끼면서 괜히 편입을 했나 싶을 정도로 후회했다. 그럴수록 임용 시험에 합격해 꼭 교사가 되어야겠다는 꿈도 더욱 커져만 갔다.

생활비를 마련하기 위해 방학이면 건축 일용직이며 식당 서빙, 갈빗집 불판 닦기 등 할 수 있는 최대한의 아르바이트를 했다. 학기 중에는 도서관 도우미와 근로 장학생 등 학교 일을 하며 생활비를 마련할 수 있었다. 모든 일이 쉽진 않았지만 보육원에서 익힌 근면성과 끈기로 포기하지 않고 하루에 한 걸음씩 내디디며 살아갈 수 있었다.

몸이 힘들면 이를 악물고 견딜 수 있었지만, 인간관계의 어려움은 쉽게 해결되지 않았다. 근로장학생으로 과 사무실의 조교 밑에서 보조를 할 때였다. 사실 어릴 때부터 형들과의 단체 생활에 익숙하긴 했지만 형들의 강압적인 태도에 형들과의 대화는 항상 나에게 심리적 위축감을 안겨 주었고, 그것은 대학생이 된 후에도 쉽게 사라지지 않았다. 내가 편입생이어서인지 텃세를 부리는 선배들도 있었고, 선배들에게 부탁을 해야 한다거나 어떤 이야기를 전달해야 할 때마다 내면의 불안함이 상대에게 고스란히 전달되었다. 일을 잘 처리하지 못해 선배에게 혼날 때 온몸을 사시나무처럼 떤 적도 있다.

하루는 조교가 "넌 왜 이렇게 일을 못하냐?", "너 아버지는 뭐 하시냐?", "너 같은 건 절대 교사가 못 돼."라며 무시하며 혼을 냈다. 기분이 나빴고, 때려치우고 나오고 싶은 생각이 간절했지만,

나는 근로장학금을 받아야 했기 때문에 아무 말도 못 한 채 참으며 일했다. 그 선배의 말이 틀렸다는 것을 보여 주기 위해 더이를 꽉 깨물고 임용 공부를 했다.

ROTC 지원 탈락과 군 면제

「아동복지법」에 따르면 보육원에서 5년 이상 거주한 남자는 입대가 면제[2]된다. 신체검사를 받지만 '1급 국민역'이라는 생소하고도 불명예스러운 판정을 받는다. 이런 사실을 알면 남들은 '신의 아들'이라며 부러움과 조롱이 섞인 반응을 보인다. 정작 당사자인 나는 매우 불쾌하다. 특히 체육을 전공한 내게 몸은 건강한데 왜 군대를 가지 않았느냐고 나의 사정을 잘 모르는 사람들이 질문하면, 말 못 할 지병이 있다거나 집안을 부양해야 하는 독자라고 둘러대거나 집에 돈이 많아 군대에 안 갔다고 우스갯소리를 했다.

---

2 아동양육시설에서 18세 미만의 나이에 5년 이상 보호된 사실이 있는 사람에 대해서 면제신청서 출원을 통해 병역판정검사 없이 전시근로역으로 병역 처분한다.

군대를 면제받았기 때문에 대학에서는 동기들이 입대할 때 같이 지낼 친구들이 없었다. 친구들이 해병대 몇 기인지, 몇 년도 제대인지 서로 이야기를 나눌 때마다 그 사이에서 한없이 작아졌다. 한때 군인이 되는 꿈을 꾸기도 했는데, 이제는 군대 이야기만 나오면 슬슬 피해야 하는 처지가 된 현실이 싫었다.

가끔은 어쩔 수 없는 거짓말도 한다. 누군가가 군대에 대해 물으면 친구의 해병대 기수를 기억해 두었다가 "해병대 ○○기입니다."라고 말한다. 현역으로 복무하여 국가에 봉사한 남성들에게는 조금 미안하기도 하지만, 적당히 둘러대지 않으면 오히려 이야기가 길어지고 나에 대한 쓸데없는 편견이 생기는 것 같아 피곤할 때도 많기 때문이다.

보육원 출신 친구 중에는 군대에 간 아이들도 있다. 보육원에서 만 5년 이상 살지 않고 친부모의 집으로 돌아간 경우이다. 군대에 다녀온 보육원 친구들과 이야기를 나눠 보면 보육원 생활은 군대보다 더 힘들고 고되다고 말한다. 보육원 생활에 비하면 군 생활은 너무도 편안하다는 말이다. 나 역시 군 생활을 겪어 보지는 않았지만, 보육원에 살면서 '군대에서 사는 것도 이와 비슷하겠구나.'라는 짐작을 해 왔다. 여러 사람이 같은 시간에 기상, 취침하고 밥도 같이 먹고 함께 생활하기 때문이다.

나는 영남대학교 재학 시절 2학년 마지막에 학생군사교육단, 즉 ROTC에 지원했다. 20여 년을 보육원에서 살았기 때문에 굳이 군대에 갈 필요가 없었지만, 남자라면 한 번쯤 다녀와야 하는 곳이라 생각했기에 지원을 결심했다. 평생 '군 면제'라는 꼬리표가 내 인생에 붙어 다닐 생각을 하니 졸업 후 사회생활에도 지장을 주지 않을까 걱정스러운 마음도 있었다. 당시 임용 시험을 준비하고 있었는데, 만약 임용에 떨어질 경우 군에 입대해서 직업 군인이 되어야겠다는 생각도 들었다.

시험 당일, 신체검사를 하고 면접을 보았다. 대위 둘이 면접관으로 들어왔다. 체육 전공 출신은 체격 조건이나 건강 상태도 좋고 성격도 활발할 뿐만 아니라 리더십도 있기 때문에 대부분 쉽게 합격한다는 얘기를 들어 왔다. 그래서 나 역시 큰 부담을 갖지 않고 면접장에 들어갔다. 기본 인적 사항에 대한 질문 후, 부모님에 대한 질문이 이어졌다. 면접장에서 거짓말을 할 수는 없으니 나는 보육원에서 자랐다고 솔직하게 말했다. 내 답을 들은 면접관들은 눈이 휘둥그레졌다. 그리고는 보육원에서는 어떻게 살아왔는지, 부모님의 소식은 모르는지 등 지나치게 사적이고 군대와 관련 없는 질문들을 던졌다. 면접만 아니라면 대답하지 않았을 이야기였지만, 어쩔 수 없었다. 적당히 얼버무리며 답변을 마쳤고, 면접관 둘은 잠시 이야기를 나눴다. 그러더니 면접이 다 끝난 후 좀 더 이야기를 하자고 했다. 몇 시간 후 모든 면접이 끝나고 재면접을 위해 면접장으로 들어서니 면접관이 하나 더 늘어 있었다. 새로 온 면접관은 대령이었는데, 그 정도 높은 지위의 군인은 처음 만나는 것이어서 나도 모르게 긴장이 되어 입술이 바싹 말랐다.

첫 면접 때와 같은 질문이 이어지고 나는 변함없는 답변을 내놓았다. 여러 가지 질문이 오고 간 후, 결국 내가 들은 답은 '부모가 없어 신원이 불확실하기 때문에 장교가 될 수 없다.'라는 것이었다. ROTC에 불합격한 것이다.

당시 영남대학교 ROTC 지원자 중에서는 체육교육학과 학생이 열 명가량으로 가장 많은 수를 차지했는데, 그중에 나 혼자만 떨어지는 불명예를 안았다. 합격하지 않으리라는 생각은 추호도 하지 않았는데, 막상 떨어지고 나니 좌절감이 너무 컸다. 또 새삼 나의 처지가 억울하고 싫었다. 그 이후 남은 2년간의 대학 생활 동안 나는 'ROTC 불합격자'로 친구들에게 기억되어 다소 의기소침한 시절을 보냈다.

사실 보육원 생활이 군 생활과 비슷하기에 보육원에서 살다 나온 아이들은 사실상 군대에 다녀온 것과 같다는 생각을 자주 한다. 나뿐만 아니라 보육원 출신 아이들도 비슷하게 생각할 것이다. 일반인이라면 좀처럼 겪지 않을 단체 생활을 어릴 때부터 경험하게 되고, 이 단체 생활을 통해 배우는 것도 많기 때문이다. 그만큼 남모를 아픔을 더 많이 겪고 상처도 받는다. 한편으로는 어린 시절부터 어려움을 겪고 살아가는 고아에 대해 나라가 배려해 주어 군 면제 혜택을 주는 것이니 감사한 마음도 든다. 하지만 나처럼 군대에 가고 싶은 사람들도 분명 있다. 원하는 사람에게는 제도적으로 입대를 막는 것이 차별이라는 생각이 들어 솔직히 화가 나기도 한다. 보육원을 퇴소한 후 대학에 가는 경우를 제외하고는 대부분 사회로 일찍 진출해서 돈을 번다. 제대로 된 일자리를 구하지 못해 아르바이트를 전전하거나 열악한 일을 하는 경우가 많은 편이다. 보육원에서도 힘든 인생을 살았지만, 열여덟 살이 되어 자립하는 것이 결코 쉬운 일은 아니다. 쉽게 방향을 잡지 못하고 의지할 곳 없이 방황한다. 망망대해에서 정처 없이 떠다니는 돛단배처럼 인생을 살아가는 아이들에게 입대의 기회를 준다면 그 또한 의미 있는 일일 수 있다.

물론 군대에 가지 않고도 성실하게 살아가며 차곡차곡 돈을 모으고 사회에 잘 자리 잡은 아이들이 있기에 입대를 의무화하자고 말할 수는 없다. 다만, 원하는 사람이 있다면 나라에 봉사하고 잠시만이라도 군인으로서 살아갈 수 있는 기회를 주었으면 좋겠다.

20대 형이 10대 동생들에게

대학교를 졸업하고 학교 발령을 기다리며 보육원 퇴소 준비를 했다. 어느 날 문득, '보육원에 있는 동생들에게 나는 몇 점짜리 형이었을까?'라는 생각이 들었다. 보육원 생활이 길어지면서 나에게는 동생이 많이 생겼다. 한 학년마다 열 명이 넘는 아이가 있었기에 대학생이 될 때까지 수십 명의 보육원 동생이 생겼다. 동생들의 성격은 천차만별이었다. 단체 생활에 잘 적응하면서 말을 잘 듣는 아이도 있었지만, 소통이 잘 안 되거나 늘 어두운 표정에 도벽이 있는 동생들도 있었다. 어린 나이에도 불구하고 술에 의존하다가 알코올 중독에 빠진 아이도 있었다. 동생들과 마찬가지로 형들도 개성이 다양했다. 보육사들도 지도하기 어려워하는 아이들이 오히려 형들을 잘 따르기도 했다.

동생들에게 나는 어떤 형이었을까? 돌이켜 보면 나는 매우 엄격하고 바른 생활을 하는 형이었던 것 같다. 나부터가 부모 없이 자라 버릇이 없다는 소리를 듣기 싫었기 때문이다. 보육원 동생들에게도 늘 바르게 생각하고 행동하기를 강요하다시피 했다. 그만큼 동생들도 힘들었을 것 같아 어린 시절 나를 따르던 아이들에게 나는 어떤 형이었을지 잠시 떠올려 보곤 한다.

새벽까지 술을 마시고 보육원으로 들어오는 동생들에게 나는 '호랑이 형'이 되었다. 미성년자인 동생들이 술을 마실 때는 때때로 체벌도 하면서 무섭게 혼을 냈다. 친부모의 마음이 이런 걸까, 하는 생각이 들 정도로 잘못된 길로 빠지는 아이들에게는 매서운 모습을 보였다. 부모도 아닌 내게 혼이 나면 동생들은 반항도 하고 짜증을 내기도 했다. 평범한 가정에서도 사춘기가 되면 반항심을 갖기 쉬운데 보육원 아이들은 오죽했을까. 오랜 시간이 지났는데도 동생들을 혼낼 때 마음이 정말 편치 않았던 기억은 아직도 생생하다. 형이라고는 하지만 나도 고등학생이라 나하나 앞가림하는 것도 버거울 때가 많았다. 학교생활도 적응해야 하고, 공부도 열심히 해야 했으니까 말이다. 하지만 평소 아끼는 동생들에게 무슨 일이 생기면 발 벗고 나서는 정의로운 형이기도 했다.

한번은 운동을 좋아하던 나를 유난히 잘 따르고 함께 운동도 많이 했던 두 살 아래 동생이 보육원에서 가출했다. 보육원 인근의 도시로 갔다는 소식을 전해 듣고는 사무실 직원분에게 동생을 데리고 와 줄 것을 부탁드렸다. 나는 너무 속상했고 친동생 같은 녀석이 집도 없이 거리에서 방황하는데 보호자 역할을 해야 할 보육원에서 마땅한 의무를 다하지 않는다고 생각하니 화가 치밀어 올랐다. 그날 결국 나는 큰 사고를 쳤다. 어디서 그런 무모한 용기가 나왔는지, 빗자루를 집어 들고 보육원 사무실 창문을 사정없이 깨 버린 것이다. 얌전하고 바른 생활을 하던 평소의 나와는 180도 다른 모습이었다. 참으로 건방진 행동이라 지금 생각하면 정말 어이가 없다. 하지만 나는 '친부모가 있었다면 동생의 일탈을 그렇게 방관하지 않았을 텐데. 보육원에서조차 이렇게 버림을 받다니, 너무 부당하다.'라고 생각하며 억울해했다. 그 억울함과 분노가 나를 돌변하게 했고, 동생들에게는 '정의의 사자'로 불리기도 했다. 그 후 나중에 알게 되었는데 내가 화를 내고 창문을 깨고 있던 밤늦은 시간에 사무실에서는 집 나간 동생을 찾기 위해 회의를 하고 있었다고 했다. 그날 이후 사무실 선생님과 보육사는 여러 번 동생을 찾기 위해 인근 지역을 돌아다녔으며 결국은 집 나간 동생을 데리고 들어왔다.

무엇보다 나는 동생들에게 친구 같은 형이고자 노력했다. 지루하고 단조로운 보육원에서의 시간을 조금이라도 즐겁게 보낼 수 있도록 각종 게임을 개발하는 '게임 황제'이자 재밌는 형이었다. 딱지나 구슬, 각종 놀이 도구는 아낌없이 빌려주고, 맛있는 게 생기면 늘 동생들과 나누어 먹는 형이었다. 보육원 출신이라고 학교에서 괴롭힘을 당하거나 부당하게 맞고 오는 동생이 있으면 한걸음에 달려가 동생을 달래 주고 위로해 주었다. 잘못을 저지른 아이들에게는 한없이 무서운 형이었고, 어떨 때는 억울함을 대신 풀어 주는 형이기도 했지만, 무엇보다 친구 같은 자상한 형이 되고자 노력했다.

나는 과연 동생들에게 몇 점짜리 형이었을까? 그래도 100점 만점에 70점 정도는 줄 수 있을 것 같다. 부지런히 공부하면서 신앙생활도 열심히 했고, 동생들에게 모범이 되는 모습을 보여 주었다. 하지만 각자가 좋아하는 것, 생각하는 방향, 추구하는 삶이 달랐기에 모든 동생에게 100점짜리 형은 될 수 없을 것이다.

인생의 가장 중요한 시기라 할 수 있는 유소년기에 나는 보육원에서 참으로 많은 형, 동생과 함께 자랐다. 가끔은 치고받으며 싸우기도 했지만, 즐거운 일이 있으면 세상을 다 가진 것처럼 함께 웃으며 열심히 살았다. 한편으로는 아쉬움도 든다. 여러 사람이 함께 공존하는 법, 서로 다른 이들이 상대를 이해하는 법과 같은 생활의 기술들을 누군가 잘 가르쳐 주었다면 어땠을까? 그랬다면 그 시절의 우리들은 좀 더 행복한 마음으로 성장할 수 있었을 것이다.

되돌아보니 가장 후회되는 일

보육원을 나온 지 벌써 십수 년의 세월이 흘렀다. 그사이 나는 교사가 되었고, 결혼해서 한 가정의 가장이 되었다. 보육원 퇴소 후 자립을 위해 정신없이 살아오다 이제 좀 안정이 되니 지난 시간을 돌아보게 되었다. 마음의 여유가 생기니 글도 쓰게 되었고, 나의 삶을 누군가와 나눌 수 있게 된 지금이 꿈같이 느껴지기도 한다.

책을 쓰고자 결심하면서 한편으로는 걱정도 되었다. 내 삶은 그리 특별하지도 않는데, 혹시나 사람들이 고아에 대해 오해를 하지는 않을까 우려가 되었다. 글 쓰는 일이 쉽지만은 않지만 나는 이 일을 통해 과거의 아픔을 치유할 수 있었고, 묵었던 아픔도 서서히 잊을 수 있었다. 무엇보다 내가 살아온 이야기를 다른

이들과 나눌 수 있다는 생각에 참 설레기도 했다. 사실 이렇게 말은 해도 지난날을 되돌아보는 일은 용기가 필요했다. 사람의 천성은 변하지 않기에 노력을 해도 나 자신에게 부족함이 느껴진다. 과거를 생각하면서 후회가 되는 부분도 있다. 오직 인간만이 후회를 한다는 말도 있지만, 이러한 과정을 통해 지나온 시간을 반성하고 부족함을 조금이나마 채워 보려 한다.

첫째, '그때 엄마 말을 잘 좀 들을 걸⋯'이라는 생각이 가장 먼저 들었다. 보육원에서 자라는 동안 비교적 모범생이었기에 엄마(보육사)에게 크게 반항하지는 않은 편이었다. '공부 열심히 해라.', '깨끗이 씻어라.', '잘 챙겨 먹어라.' 등 일상적인 엄마의 가르침은 군소리 없이 잘 따랐다. 하지만 '후원자들에게 인사를 잘해야 한다.', '늘 감사한 마음을 가져라.', '도둑질을 하면 사회에 나가서 큰 벌을 받는다.', '베푸는 삶을 살아라.'와 같이 잔소리처럼 느끼는 말에 대해서는 귀를 기울이지 않았다. 성가시고 귀찮은 것이 솔직한 심정이었다. 하지만 지금에 와서 생각해 보니 그 모든 잔소리는 내가 제대로 된 인간으로 자라길 바라는 엄마들의 진심 어린 조언이었다. 일반적인 가정에서 부모가 자녀에게 습관적으로 하는 잔소리에 비할 수 없을 만큼 피가 되고 살이 되는 말들이었다. 하지만 어린 나는 그걸 깨닫지 못했다. 모든 것이 불편하고 만족스럽지 못했기에 엄마들의 말을 새겨듣지 않았다. 그때 내가 좀 더 엄마에게 순종하고 엄마의 잔소리를 헤아렸더라면 지금보다 더 나은 사람이 되었을 것 같다는 생각이 든다.

두 번째로 든 생각은 친구 관계에 대한 아쉬움이다. 나는 친구들과 많이 싸웠다. 누군가와 갈등이 생기면 나는 대화보다는 몸싸움을 하며 풀었다. 코피가 나고 이가 부서질 정도로 싸운 뒤에 상대와 더 친해지는 것은 영화 속의 일이다. 현실에서는 사이가 더욱 악화되기만 한다. 그때 내가 좀 더 참고 대화로 해결했더라면, 나로 인해 보육원 아이들에 대한 인식이 조금 나아지지 않았을까 하는 생각이 든다. 보통 사람들은 시설에 사는 아이들의 성격이 거칠고 다소 폭력적이라고 생각한다. 그런 편견에 나도 일조한 것이다. 싸우더라도 잘 풀었으면 좋았을 테지만, 나는 상대에게 괜찮은지 묻지도 않았고 행여 내가 잘못을 했더라도 절대 미안하다고 말하지 않았다. 돌이켜 보면 나는 너무 쪼잔했다. 이런 성격이 고등학교 때까지 계속되었던 걸 보면 나는 나쁜 성격을 고치려고 하지도 않았던 것 같다. 보육원 안에서의 생활이 너무도 힘들고 여러 환경이 나를 압박했기에 나는 늘 화가 나 있었던 것 같다. 그럼에도 불구하고 '조금 더 어른스러운 마음을 가졌더라면, 조금 더 인내했더라면…'이라는 아쉬움이 든다. 나 자신을 좀 더 칭찬해 주고 사랑했더라면 좋았을 텐데, 후회가 된다.

세 번째 후회는 공부에 대한 것이다. 열악한 환경 속에서도 나는 학업에 충실하려고 애를 썼다. 하지만 여러 방면의 책을 읽지 못한 것이 후회가 된다. 보육원에서는 더더욱 책을 읽을 수가 없었다. 늘 많은 아이와 어울리며 뛰어노느라 몸은 컸지만 책을 읽지 않아 생각은 많이 크지 못했다. 기억을 더듬어 보면 보육원에도 분명히 책이 있었다. 위인전도 있었고 영어 책도 많았다. 그런데 책 읽는 습관을 들이지 못했다. 그래서 책을 읽는 일이 너무 따분하고 힘들었다. 그때 만약 누군가가 나의 미래에 대해 함께 진지하게 고민을 해 주고 독서의 중요성을 말해 주었더라면 얼마나 좋았을까. 나는 이 세상에서 무언가를 배우는 일이 가장 즐겁다는 사실을 보육원을 퇴소한 후에 깨달았다.

마지막 후회는 부모 찾기에 대한 것이다. 이 세상에 부모 없이 태어난 사람은 없을 것이다. 친부모의 존재를 모른다고 해도 친척이나, 하다못해 부모의 지인이라도 있을 것이다. 나는 세상에 자식을 버리고 싶어서 버리는 사람은 없다고 생각한다. 피치 못할 사정이 있기에 피눈물을 흘리며 자식을 보육원에 맡기는 경우가 대부분이다. 그렇게 먹고살기 위해 애쓰다 보니 시간이 지나 버려, 자식을 되찾을 형편이 되지 않아 미안한 마음에 아이와 헤어지는 것이다.

나는 왜 나의 뿌리에 대해 궁금해하지 않았을까? 왜 나의 정체성에 대해 고민하지 않았을까? 그때는 그런 생각보다는 그저 주어진 환경을 받아들이며 하루하루 열심히 살고자 했다. 다른 고민이나 걱정보다는 지금 내가 살아남기 위해 노력하는 수밖에 없었다. 만약 단 한 번이라도 부모를 찾기 위해 노력했더라면 지금처럼 깊이 후회하지 않았을 것이다. 자신의 뿌리는 매우 소중하고, 부모의 존재가 이렇게도 한 사람의 인생에 많은 영향을 줄 수 있다는 것을 자식을 키우며 깨닫게 되었다.

적어 놓고 보니 별것 아닌 내용 같아 남들이 보면 대수롭지 않게 생각할 수도 있다. 하지만 내 입장에서는 지금보다 잘 성장했더라면 친부모가 제 발로 나를 찾아오지 않았을까, 하는 생각이 든다. 나이가 들수록 부모에 대한 생각이 간절해지고, 더욱 보고 싶다. 부모가 자식과 만나기를 꺼린다 하더라도 인간이라면 부모를 찾는 것이 마땅한 도리라는 생각도 든다. 무엇보다 아직도 보육원에 사는 아이들이 자라면서, 또 퇴소를 한 후에 이 글을 보며 마음을 다잡을 수 있다면 더는 바랄 게 없다.

나는 행복한 고아입니다

:

지금까지 지난날들의 후회를 적어 보았지만, 더는 후회하고 싶지 않다. 앞으로의 나의 삶이 보육원 아이들에게 도움이 되기를 바라며, 아이들이 나와 같은 후회를 하지 않도록 그들을 힘껏 돕고 싶다.

내 인생의 가장 큰 도전, 임용 시험

대학에 다닐 때 술을 마시지 않았기에 선배들에게 많이 혼나기도 했고 돈이 없어서 고달팠다. 하지만 그 시절도 지금은 젊음이 그리워서인지 재미있게 기억된다. 물론 돈이 없어서 하지 못했던 여러 가지 일을 떠올리면 그때의 감정도 고스란히 떠오르기 마련이다. 책도 여유 있게 못 사고 끼니는 항상 학교 식당에서 가장 싼 메뉴로 해결했다. 주말에는 학교 식당이 열지 않아서 예배도 드릴 겸 주말마다 보육원에 갔다. 사실 주말에 혼자 기숙사에 있으면 너무 외로웠고 식비를 받기 위해서는 보육원에 가야 했기 때문이라는 말이 더 정확하겠다. 어디 놀러 가는 건 꿈도 꿀 수 없었다. 보육원에 가면 원장님께 대학 생활에 관해 말씀드리고 필요한 것을 얻기 위해 원장님을 설득해야 했다. 용돈을 쉽게 받아 갈 순 없었다. 계좌 이체는 꿈도 꾸지 못했다. 대학 생활에 뭔가 필요할 때마다 눈치를 보며 고개를 조아려야 했다. 용돈을 받아 갈 때는 마치 죄지은 것 같은 태도를 보여야 하는 내 모습에 가끔은 자존심이 상하기도 했다.

보육원에서 받은 용돈과 친동생·후원자들의 후원금, 근로장학생을 하며 받은 돈으로 빠듯한 생활을 하면서 열심히 공부했다. 3학년 2학기에는 4.5점 만점에 평점 4.45점을 받아 등록금 전액 면제 혜택도 받았다. 저녁에는 총학생회에서 운영하는 대학 지킴이 활동을 새벽까지 했다. 교내 순찰을 돌기도 하고 밤늦게 귀가하는 학생들의 안전을 위해 길목을 지키기도 했다. 다양한 봉사를 했고, 용돈을 벌거나 방학 때 하는 아르바이트는 3학년 말까지 지속되었다. 4학년 때는 임용 시험공부를 해야 했기에 사범대 도서관 도우미를 하면서 용돈을 벌었다. 도서관 환기를 하거나 청소를 했다. 도서관 도우미는 지정석을 이용하는 혜택도 있어서 여러 가지로 유익하였다.

사범대생 대부분은 임용 시험 준비를 위해 학원에 다녔다. 대구는 물론이고 서울에 있는 학원에 다니는 학생도 있었다. 나는 돈이 없었기에 학원에 다니는 동기들의 자료를 받아 공부했다. 동기들은 자료를 쉽게 주지 않았다. 그래서 자료를 받기 위해 그들에게 다른 도움을 주어야 했다. 울며 겨자 먹기로 커피를 사

주거나 실기 연습을 할 때나 학과 공부를 할 때 돕는 등 내 쪽도 합당한 대가를 주어야 자료를 받을 수 있었다.

물론 어렵게 공부하는 나에게 먼저 다가와 시간을 절약하라며 자전거를 주거나 자료를 선뜻 내주는 동기들도 있었다. 전공과목의 학원 강의는 일요일마다 열렸다. 하지만 나는 일요일에는 무조건 교회에서의 예배와 봉사에 집중했다. 그러다 보면 일요일에 혼자만 공부를 안 하는 것 같아 불안하기도 했다. 남들과의 생활을 비교하지 않고 나만의 길을 가려고 노력했지만 마음이 불안해지는 건 어쩔 수 없었다. 시간 절약을 위해 일요일 오후에 학교로 돌아가는 동안 미리 녹음해 놓은 자료를 들으며 공부했다.

동기들은 대부분 부모님의 도움을 받으며 임용 시험을 준비했다. 부모님의 관심과 지원 덕분에 그들은 더욱 책임감을 느끼며 열심히 공부했다. 반면 나는 그 누구의 관심이나 지원도 없이 공부해야 했다. 나는 오로지 교사가 된다면 그동안 간절히 바랐던 꿈을 이룰 수 있으며, 지금까지 살아온 환경을 완전히 뒤집을 수 있다는 생각으로 열심히 공부했다.

교육학을 공부하면서 교육의 사회적 불평등에 대해 알게 되었고, 내가 살아온 환경이 현재의 나를 만들었다는 것을 알게 되었다. 왜 내가 이러한 사고방식을 갖게 되었는지, 왜 보육원생들이 불평을 많이 하며 사회적으로 인간관계를 잘 맺지 못하고 살아가는지, 그 이유를 비로소 알게 되었다. 그동안 제대로 된 가정 교육과 부모의 따뜻한 사랑을 받지 못한 상황에서 완전한 인격을 형성하지 못했던 것이다. 소위 말하는 '흙수저'로 태어나서 사회적으로 인정받는 사람이 되기 위해서는 얼마나 힘이 드는지를 온몸으로 처절하게 체험했다. 하지만 절대로 남들과 비교하지는 않았다. 나에게 주어진 환경에 만족하며 내 능력이 미치는 한 최선을 다했고, 스스로 마음을 다독이며 공부에 집중했다.

대학교 2학년에 편입학한 후 대학 기숙사에 들어갔으나, 생각보다 돈이 많이 들어 다른 방법을 찾아야 했다. 어렵게 숙소를 구하던 중에 우연히 경산에 있는 '경북학숙'을 알게 되었다. 경상북도에서 운영하는 기숙사로, 영남대학교 재학생뿐만 아니라 주변의 대학교 학생들이 저렴한 비용으로 거주할 수 있는 곳이었다. 경북학숙에 들어가려면 무엇보다 성적이 중요했다. 기숙사 신청자가 워낙 많고 비용이 저렴할 뿐만 아니라 시설도 좋아 경쟁이 치열했기 때문이다. 들어가기도 어려웠지만 계속해서 그곳에서 지내려면 우수한 성적을 유지해야 했다. 좋은 성적을 받아야 한다는 강력한 동기 덕분에 정말 열심히 공부했고 나는 2학년 2학기부터 3학년 2학기까지 경북학숙에서 지낼 수 있었다.

4학년 때는 임용 시험 준비를 위해서 학교 가까운 곳에 방을 구하게 되었다. 2평 남짓한 방 하나에 1년에 60만 원을 주고 친구와 함께 지냈다. 월세가 5만 원밖에 되지 않는 매우 허름한 곳이었다. 화장실은 방 밖에 있는 공동 화장실을 이용해야 했고, 빨래도 공용 세탁기를 사용해야 해서 불편했다. 학교 도서관에서 공부하다가 12시경 집에 들어와서 잠만 자고 아침 일찍 일어나 다시 등교하는 삶이 1년간 지속되었다. 작은 방에 친구와 누우면 몸이 닿아 서로의 온기를 느낄 수 있었다. 우리는 그렇게 서로 위로하며 그 시간을 보냈다.

어렵게 공부해서 임용 시험을 본 후, 합격자 발표를 기다리는 몇 주가 어떻게 흘러갔는지도 모르겠다. 합격자 발표 날, 보육원에서 인터넷으로 합격자를 확인했다. 너무 떨려서 심장 박동 소리가 귓가에 맴돌았다. 내 수험 번호를 합격자 명단에서 찾자마자 너무나 기쁜 마음과 함께 알 수 없는 감정들이 교차했다. 교회로 뛰어가서 감사 기도를 하는 동안 뜻밖에도 눈물이 주르륵 흘렀다. 정확하게는 눈물이 폭포수처럼 터져 나왔다. 이 눈물은 하나님의 은혜에 대한 감사와 그동안 도와주신 분들에 대한 감사의 눈물이기도 했지만, 그보다 솔직하게 말하자면, 20년간 보육원과 학교에서 느낀 서러움과 편견에 위축됐던 마음, 그리고 누군가를 향한 원망과 억울한 감정이 온몸을 휘감아 나오는 눈물이었다.

　나도 이제 누군가를 가르칠 수 있다니! 교사로서의 기대와 제대로 된 집에서 사람답게 살 수 있다는 생각에 마음이 무척 설렜다. 내가 번 돈으로 여행을 갈 수 있고 동생들에게 맛있는 음식도 사 줄 수 있으며 차도 살 수 있다고 생각하니 가슴이 벅차올랐다.

　교육사회학에서 알 수 있듯이 교육은 사회 신분을 이동시킬 수 있는 유일한 수단이다. '흙수저' 출신, 아니 흙수저도 없이 시작된 인생에서 내 손으로 들 수 있는 수저를 마련한 순간의 감개무량함은 말로 표현할 수가 없다. 보육원생들은 계층 이동을 해야만 한다는 사실이 매우 슬프지만, 일반 가정에서 자란 성인들도 취업 전선에서 힘들게 노력하는 모습을 보면 모두가 힘든 상황은 사실 마찬가지이다. 그렇게 포기하지 않고 노력한다면 사회에서 인정받는 자리를 얻거나, 적어도 사회의 안정된 일원으로서 자리 잡을 수는 있지 않을까 싶다.

　임용 시험에 합격하고 난 이후 대학 생활을 되돌아보니 나를 후원해 주었던 원장님, 후원자님, 그리고 가장 큰 도움을 받았던 아산장학재단이 떠올랐다. 앞으로의 삶은 나 자신의 성취나 성공에만 몰두하는 것이 아니라 나를 도와준 사회에 기여하고 나처럼 도움이 필요한 어려운 이들을 돕는 삶이 되어야 한다는 신념이 더욱 확고해졌다. 끝이 없을 것 같았던 어두운 터널도 지나면 결국 밝은 빛이 비치듯이, 참으로 힘들었던 과거를 돌아보니 모든 것이 내게 추억으로 남게 되었다. 도와주신 분들 덕분에 나는 꿈과 희망을 잃지 않았다. 많은 분의 관심과 사랑으로 여기까지 왔으니 이제 내가 그 사랑에 보답할 차례다.

나는 2002년 월드컵이 개최되는 해에 경북의 체육 교사로 발령을 받았다. 첫 발령지인 구미 신평중학교에 부임하자마자 레슬링부 감독에 교육부 연구학교 업무를 맡았다. 고민하며 보낸 그 시간은 지금 되돌아보니 무척 힘들기는 했지만 19년 교직 생활의 자양분이 된 시간이었던 것 같아 나름 보람되고 만족스럽다. 그 후에 펼쳐진 19년이라는 시간도 녹록지만은 않았지만 체육 교사로서의 삶은 웃을 일도 많았고 참 행복했다. 그래서 앞으로 학생들과 함께 웃으며 재미난 체육 수업을 만들어 갈 것을 생각하면 남은 교직 생활이 참 기대가 된다.

교사는 수업에 대한 전문성과 함께 학교 업무 처리 능력과 교사 간 융화 능력, 학부모 상담 능력 등 많은 역량을 필요로 하는 전문직이다. 따라서 교사는 사회 변화에 맞게 끊임없이 새로운 수업 방법을 연구해야 하고 성장해야 한다.

　　교직 1년 차 겨울 방학을 맞으며 방학을 보람차게 보낼 방법을 고민하던 중 음악 줄넘기 연수 30시간을 신청하게 되었다. 체육 교사이니 당연히 실기 연수가 도움이 될 것이라는 생각에 도전하게 되었다. 그 후 연수생 중 줄넘기를 좀 잘한다는 이유로 음악 줄넘기 강사의 기회가 주어졌고, 구미 체육 교사 위주로 '구미 줄 사랑 연구회'를 만들어 줄넘기의 매력을 전파하기도 했다. 줄넘기 강사 경력은 그 후 나의 교직 경력에 많은 흔적을 남기게 되었다. 줄넘기 강사 경력을 통해 교사로서 새로운 도전에 용기를 얻게 되었고, 다양한 수업 연구 대회에도 출전하는 자신감을 가지게 되었다.

결혼과 가족,
새로운 행복의 시작

　가정이 무엇일까? 가정에는 아빠, 엄마가 있어야 하고 자녀가 있어야 한다(요즘 가정의 형태가 다양해지고 있는데 이 문장에 공감하지 못하는 독자들도 있을 것 같다. 보통 '가정'이라 하면 아빠, 엄마와 자녀가 있다). 보육원 시설에는 엄마만 있고 자녀는 무려 열 명 이상이 된다. 먹고 입는 것뿐 아니라 신뢰와 지지로 애착 형성이 잘 되어야 하는데 우리는 항상 혼자라는 생각으로 살아왔다. 누구보다 더 잘 먹기 위해, 잘 입기 위해 눈치를 보며 살아야 했다. 대학생이 되자 가정을 빨리 만들고 싶다는 생각이 들었다. 결혼도 빨리 하고 싶었다.

　시설 퇴소생들은 극명하게 두 부류로 나뉜다. 결혼을 하기 싫은 사람과 그냥 결혼을 막연하게 생각하는 사람이다. 나처럼 결혼을 빨리 하고 싶다는 생각을 가진 사람은 거의 없다고 생각된다. '나와 결혼해 줄 사람이 이 세상에 과연 있을까? 정상적인 가정에서 성장하지 않은 나를 어떤 아가씨가, 어떤 부모가 가족 구성원으로 받아들여 줄까?'라는 고민을 했다.

시설 퇴소생인 나를 잘 이해해 주는 아가씨와 이성 교제를 하고 싶다는 생각을 했다. 그래서 '나와 같은 시설 출신이면 어떨까?'라는 생각도 해 보았다. 시설 출신이라면 서로 잘 이해하고 이야기의 공감대도 형성할 수 있을 것이라 생각했다. 부모가 있는 아가씨를 만나 교제한다면 나에 대해 설명하는 것이 힘들 것 같았다. 설령 그녀는 나를 받아들인다고 하더라도 주변 지인들의 시선도 생각해야 했기에 여자 친구를 사귈 자신감이 부족했다.

한번은 오랫동안 알고 지내던 시설 밖의 여동생을 만나 교제를 했다. 마음이 예쁘고 배려심이 있다는 것을 알게 되었기 때문이다. 그런데 작은 다툼이 있어 서로 냉랭한 분위기가 되었다. 우리는 그 상황에서 벗어나지 못했고, 관계도 회복하지 못했다. 왜 그랬을까? 우연히 알게 된 사실인데, 그 여동생은 오랫동안 할머니와만 생활했다고 한다. 그래서 아마도 그녀에게도 조금의 정서적인 결핍이 있었던 것 같다. 그 후 나는 다복하고 신앙심이 있는 여자를 만나 올바른 가정을 만들어야겠다는 생각을 하게 되었다.

26세에 임용 시험에 합격한 후 한 중학교로 발령받았다. 학교 업무를 익히고 체육 수업을 하면서 바쁘게 지내다 보니 2년의 세월이 물 흐르듯 흘렀다. 선배 교사들의 지도를 받으며 그들은 교사로서, 가장으로서 어떤 삶을 사는지 옆에서 지켜보았다.

학창 시절에는 선생님들은 정말로 학교에서처럼 모범적인 사회 생활과 가정생활을 하는지 궁금했다. 선생님들은 모두 정직하며 사회의 정의 실현과 학생들의 올바른 성장을 위해 힘쓰는 성자 같은 분들이라고 알고 있었기 때문이다. 하지만 학교 현장에서 직접 보고 느껴 보니, 교사라고 늘 열정적이며 소명감을 지닌 건 아니었다. 그보다는 매너리즘에 빠져 있거나 흔히 동네 아저씨들처럼 실없는 이야기도 하는 평범한 사람이라는 사실을 알게 되었다. 또 많은 선배 교사가 부부 교사라는 점도 새로운 발견이었다. 부부가 모두 교사면 방학을 함께 보낼 수 있고, 직종이 같으니 공감대 형성도 잘되며 서로 도와줄 수도 있다고 했다. 그래서 나도 선배 교사의 권유로 교사 배우자를 만나길 희망했다. 나도 교사 부부가 되어 안정적이며 인정받는 자리에 서고 싶었다. 주변에 어떤 과목의 여교사가 나와 호흡이 잘 맞을지 관심을 가지고 둘러보았다.

연애 시절

나는 행복한 고아입니다

⋮

148

그렇게 2년의 세월이 흐르던 어느 날, 우연히 이모라 부르는 후원자님과 식사를 하게 되었다. 그분께서 "결혼은 언제 할 거야?"라고 묻기에 빨리 하고 싶다고 했다. 여교사와의 교제를 생각하고 있다고 말씀드리자, 후원자님께서는 세상을 너무 좁게 바라보지 말고 생각을 넓혀서 배우자를 찾아보라고 권유하셨다. 그 말씀은 충격적이었지만, 맞는 말씀이라고 생각되었다. 내가 배우자의 기준으로 가장 우선시한 것은 '안정된 가정에서 성장한' 아가씨였다. 결국 교회에서 가장 온화하고 이해심이 많은 자매에게 호감을 갖게 되었으며, 흔히 말하는 '교회 오빠'로 그녀와의 만남이 시작되었다. 아내는 배우자로 키가 크고 신앙심이 있으며 평범한 회사원인 사람을 만나기를 꿈꾸었다고 한다. 물론 본인이 학창 시절에 앞구르기도 잘하지 못했기에 운동을 잘하는 사람에게도 호감을 가지고 있었다고 했다. 결국 대학교 3학년 때 이상형인 나를 만나 영화 몇 편을 함께 보고 평생의 반려자로 선택했다고 하니 나에겐 행복한 일이 아니겠는가!

나에게 부모가 없다는 것은 아내에게 전혀 문제가 되지 않았다. 오히려 자신을 보호해 줄 사람이라는 믿음에 결혼하게 되었다고 한다. 나 역시 처가가 경제적으로 안정되어 있으며 어른들이 같은 교회 집사님이라 평소 편안한 느낌을 가지고 있었다. 우리는 어렵지 않게 교제를 허락받았고 2년간 연애를 한 뒤, 아내가 대학을 졸업하던 해에 결혼하게 되었다.

특별한 결혼식

결혼을 마음먹으니 이제 살 집과 살림을 장만해야 했다. 보육
원 퇴소 후 교사 발령을 받은 지 4년이 지난 때여서 모아둔 돈이
조금 있었다. 아내와 결혼을 결심한 나는 그 돈에 대출을 보태
전세금과 매매 비용 차이가 1,000만 원도 나지 않는 5,500만 원
짜리 26평 아파트를 장만했다. 평생 집을 사 본 적이 없기에, 어
디서부터 어떻게 시작해야 할지 막막했다. 집을 고를 때는 어떤
걸 확인해야 하는지도 몰랐기에 그 과정이 마냥 즐겁지는 않았
다. 솔직히 말하자면 집을 보러 다니고 대출을 받기 위해 은행을
찾아다니며 복잡한 서류를 준비하는 이 모든 일을 혼자서 해결
해야 하는 게 너무 힘들었다. 누구에게 물어봐야 하는지 모르면
서도 한편으로는 사람들에게 간섭받기 싫었다. 결혼할 때 집을
장만하는 것은 남자의 책임이고 일종의 자존심이 걸린 문제라고
생각했기에 스스로 해결하고자 했다. 결혼을 약속한 아내와 몇
군데 집을 보러 다니며 겨우겨우 학교 근처의 작은 아파트를 사
기로 했지만, 결혼 준비는 이제 시작일 뿐이었다.

경주에서 아내와

1장 절망을 행복으로 바꾼 특별한 아이

⋮

151

결혼 날짜를 정하고 나니 걱정이 줄을 이었다. 가장 큰 고민은 혼주석이었다. 친부모가 없지만 그렇다고 해서 혼주석을 비워 놓고 싶지 않았다. 누군가에게 부탁하기에는 부끄러운 마음이 들었고, 막상 부탁하려니 누구에게 연락해야 할지 무척 조심스러웠다. 보육원 원장님이나 그동안 나를 키워 주신 보육사 엄마들, 또 물심양면으로 도와주신 후원자분들의 얼굴이 스쳐 지나갔다. 만약 거절이라도 당하면 그 자체가 너무 큰 상처가 될 것 같기도 했다. 며칠을 고민한 끝에 보육원 원장 어머님께 혼주석 어머니 자리를 채워 달라고 부탁드렸다. 이제까지 내가 이렇게 잘 성장하도록 너무 큰 도움을 주신 고마운 분이었다. 이제 남은 자리는 혼주석의 아버지 자리였다. 고심 끝에 나는 보육원에서 일하고 계신 직원의 남편분께 혼주석을 채워 주십사 부탁을 드렸다. 그분은 평소 보육원에도 자주 드나들며 나의 형편에 대해서도 너무나 잘 알고 계신 분이었기에 허물없이 부탁할 수 있었다.

보육원에 함께 살던 선후배들이 퇴소하고 나면 다시는 보육원에 찾아오지 않는 경우가 대부분이다. 결혼한다고 소식을 전해 오는 경우는 더더욱 드물다. 본인이 보육원 출신이라는 것을 알리고 싶지 않기 때문일 것이다. 보육사가 친부모도 아니고, 보육원 아이들이 혈육도 아닌데 헤어지면 그만이라고 생각할 수 있을 것이다. 무엇보다도 어린 시절 보육원에서의 생활이 너무나 힘들었기에 그곳을 생각하면 어릴 때 받았던 마음의 상처가 떠올라 괴로워서 그럴지도 모른다. 그런 심정을 너무나 잘 이해할 수 있기에 나는 다시 한번 고민에 빠졌다. 결혼식에 과연 누가 찾아와 줄지 걱정되었다.

다행히도 내 친동생을 비롯하여 보육원에서 함께 살던 동생들이 나의 결혼식에 와서 축하해 주었다. 이미 결혼을 해서 가정을 꾸린 동생들부터 형들까지 그동안 보고 싶던 많은 사람을 만날 수 있었다. 피로연 자리에서는 보육원에서의 옛날얘기도 꺼내게 되었다. 재미있는 추억들도 있었지만 단체 생활을 하며 서로 싸우거나 갈등을 겪은 일들도 자연스럽게 털어놓았다. 덕분에 몇몇 사람은 분위기가 살짝 서먹해지기도 했지만, 그래도 많은 사람의 축하를 받을 수 있어 참으로 감사하고 행복한 날이었다.

내 일생의 숙원 사업과도 같았던 결혼식의 마지막 고민거리는 바로 가족사진이었다. 왜냐하면 나의 가족석에 앉은 사람들은 대부분 여성, 즉 보육사들이었기 때문이다. 나는 보육원 출신 중에서도 대학을 졸업하고 어엿한 교사가 되었기에 성공한 퇴소생으로 여겨졌다. 덕분에 많은 보육사가 결혼식에 와 주시고 축하해 주셨다. 그 한 분, 한 분은 모두 나를 보살펴 주신 엄마라고

결혼식 가족사진

나는 행복한 고아입니다

생각했기에 나는 그러한 자리가 참으로 감격스러웠다. 하지만 지금에 와서 보니 보육사로서의 업무와 별개라고 할 수 있는 일에 일부러 시간을 내어 결혼식까지 와 주신 것이 얼마나 감사한 일인가 생각이 들며 그분들의 사랑과 관심에 가슴이 벅차오른다.

신혼여행으로 제주도에 가고 싶었지만 신혼여행은 평생 한 번이니 해외로 가야 한다는 아내의 성화에 못 이겨 필리핀 세부로 떠나게 되었다. 결혼 전에 해외여행을 한 번도 한 적이 없어서 부담스러웠지만, 세부에서 평생 잊을 수 없는 추억을 만들었다. 단체 여행으로 여섯 팀이 함께 다녔는데, 마지막 날 어른들의 선물을 살 때 우리 부부만 싸우지 않았다. 싸우지 않은 게 별거 아닌 것 같아 보여도, 우리 부부에게는 분명 특별한 면이 있었다. 모두들 양가 어른들에게 드릴 선물을 결정하느라 서로 의견이 맞지 않아 즐거웠던 신혼여행을 망치는 상황에서는 더더욱 말이다. 당연히 내겐 집안 어른이 안 계시니 아내 가족의 선물만 부담 없이 살 수 있었다.

돌아오는 날 공항에서 탑승을 기다리고 있는데 방송으로 나의 이름이 호명됐다. 탑승구로 가 보니 비즈니스석이 비어 있어서 나만 자리 변경을 해 주겠다고 했다. 순간 당황하며 나는 신혼여행을 온 거라서 혼자서는 비즈니스석으로 가지 않겠다고 했다. 이에 직원은 어딘가로 전화하더니 아내의 좌석도 비즈니스석으로 바꾸어 주었다. 신혼여행부터 우리 부부에게 주어진 행운이 앞으로 어떤 행복으로 다가올지 기대하며 즐거운 마음으로 탑승했다. 너무나 행복하고 좋은 결혼의 시작이었다.

새로운 가족과의 만남

시끌벅적한 보육원에서 자란 나는 늘 가족이 많으면 좋을 것이라고 생각했다. 형제자매가 많으면 늘 친구처럼 재밌게 지낼 수 있고 함께 공부도 하고 평생 서로를 의지하며 살 수 있기 때문이다. 나의 이러한 바람을 아내는 이해해 주었고, 우리는 계획대로 세 명의 자녀를 낳게 되었다. 결혼 후 나는 어여쁜 세 공주님의 아빠가 되었다.

첫딸이 태어나 얼굴을 보니 누구를 닮은 건지 조금 헷갈렸다. 아내를 닮은 듯도 하고, 또 어느 날은 나를 쏙 빼닮은 것도 같았다. 주변에서는 첫딸이 나를 많이 닮았다는 말을 해 주었는데, 참 흐뭇한 마음이 들었다. 나와 닮은 존재가 이 세상에 태어나다

사랑스러운 세 딸

니. 한동안은 기분이 얼떨떨했다. 딸이 태어나기 전, 나에게 혈육이라고는 남동생뿐이었기 때문이다.

딸이 태어나니 부모님 생각도 많이 났다. 부모님의 얼굴을 전혀 모르니 나는 그저 나의 생김새를 통해 어떻게 생긴 분들이었을지 상상만 해 볼 수 있다. 나는 키가 크고 운동 신경도 뛰어나니 그런 것들은 부모님으로부터 물려받았을 것이다. 그런데 동생을 보면 나와 성향이 정반대라서 아버지나 어머니 어느 쪽에서 더 영향을 받았는지 알 수가 없다. 그래서 첫애의 얼굴과 동생의 얼굴, 내 얼굴을 종합해서 친부모의 모습을 상상해 보곤 했다.

첫애는 외모만큼이나 성격도 나와 비슷하다. 활발하며 뚝심이 있고 독립적인 편이다. 뭐든지 스스로 하려고 해서 가끔 나와 부딪히기도 한다. 내가 부모 없이 자라서 그런 걸까? 부모와 자식 관계가 다소 낯설게 느껴질 때도 있다. 유년기에 흔히들 겪는 오이디푸스 콤플렉스도 겪지 못했다. 오랜 기간 교육학을 공부한 교사로서 교육에 대한 이론과 지식은 갖추었지만, 자녀 교육은 이론이 통하지 않는 현실이기에 살아온 경험이 중요했다. 그런 면에서 나는 아내에게 많은 도움을 받는다. 단란한 가정에서 자란 아내의 모습을 보며 나도 화목한 가정을 만들어 가고자 다짐하고 많이 노력하게 된다.

둘째 딸이 태어나면서 우리 집에는 더 큰 웃음이 넘쳐 났다. 사람들은 나를 '딸딸이 아빠'라고 불렀고, 나는 그 누구보다 기쁘고 행복한 마음으로 두 딸을 키웠다. 아내와 나, 그리고 두 아이가 한마음이 되어 가족이라는 이름으로 똘똘 뭉치니 그것은 정말 강력한 에너지가 되어 나에게 돌아왔다. 비록 두 어깨는 무거워졌지만, 세상을 다 가진 것처럼 행복하고 힘이 넘쳐 났다.

어릴 때부터 음악 듣는 것을 좋아하던 둘째 아이는 특히 피아노에 관심이 많다. 내가 모르는 나의 부모 누구에겐가 음악적 재능이 있었던 것이 아닐까 생각이 들 정도로 음악을 좋아하고 재능도 있어 보인다. 나에게는 없는 재능을 가진 둘째 딸을 보면 참으로 대견하고 뿌듯하다.

결혼 전 아이 셋을 갖자고 계획했지만 셋째는 생각처럼 쉽게 찾아오지 않았다. 2년 터울로 딸 둘을 낳았기 때문에 셋째만큼은 아들을 바랐지만, 하나님께서는 쉽사리 허락해 주지 않으셨다. 결국 둘째를 낳고 4년이 지난 후에야 셋째 아이를 가질 수 있게 되었다. 하지만 원하는 대로 흘러가는 것이 인생이 아니라는 것을 이번에도 깨달았다. 그토록 아들을 바랐지만 결국 또 공주님이 우리에게 찾아오며 아들을 낳아 대(代)를 잇고 싶은 내 계획은 무산되었다. 아들과 함께 신나게 뛰어놀며 축구도 하고 목욕탕에 다니는 상상을 했지만 어쩔 수 없었다. 다행히 실망은 잠시뿐이었다. 주변 사람들은 딸 부잣집이 제일 행복하다며 나를 부러워하고 나도 날이 갈수록 참 행복하다는 생각이 든다.

보육원을 퇴소한 지 20년 가까운 시간이 지났지만, 아직도 가끔 그곳에서 지내던 시절이 꿈속에 나타난다. 당시 많은 아이와 부대끼며 단체 생활을 했던 기억은 꽤 강렬하게 가슴속에 남아서 좀처럼 지워지지 않는다. 가끔은 이렇게 내가 가정을 꾸리고 가장이 되어 아내와 세 자녀와 함께 한집에서 사는 현실이 놀랍고 이에 감사한 마음도 든다. 가족과 함께하는 생활도 일종의 단체 생활이라고 할 수 있으니 여러모로 비교되기도 한다. 특히 세 자녀를 키우면서 함께 집을 청소하거나 서로 양보가 필요할 때는 나도 모르게 보육원에서 보낸 어린 시절의 기억을 떠올린다. 자녀들을 양육할 때면 보육원에서 함께 살던 어린 동생들을 보살피던 생각도 난다.

희망의 증거가 되고 싶은 아빠의 진심

가끔 세 딸이 아빠의 부모님은 어디에 계시냐고 물을 때면 나는 매번 "너희 할머니, 할아버지는 미국에 사신단다."라고 말했다. 하지만 첫아이가 커 가면서 이런 식의 대답이 더는 소용없다는 것을 깨달았다. 첫애가 나와 함께 한 달에 한 번씩 보육원에 놀러 갈 때마다 보육원 아이들이 나를 형이라 부르며 격 없이 지내는 모습을 보게 되었다. 또 내가 보육사들과 자연스럽게 인사하며 이야기를 나눌 뿐만 아니라 그곳 사무실의 여직원분이 자신을 '고모'라고 하며 용돈까지 쥐어 주자 첫애는 자연스럽게 내가 보육원에서 자랐다는 사실을 눈치챘다.

가끔 아이들이 '고아 출신인 아빠'를 어떻게 여길지 생각하게 된다. 내가 고아이기 때문에 아이들에게 혹여나 피해를 주는 것은 아닌지, 친할아버지가 친할머니가 없어서 더 외로움을 타는 것은 아닌지, 가족의 의미와 가치가 조금 퇴색되는 것이 아닌지 등 남들과는 조금 다른 삶을 살아온 나의 인생이 자녀들에게 부정적인 영향을 주지 않을까 솔직히 걱정이 되기도 한다. 하지만 내 삶에 있어서 가장 소중한 것, 최우선 순위는 누가 뭐래도 가족이다. 가족이 있기에 지금 나의 삶이 존재하는 것이다. 이렇게

우리 가족

나는 행복한 고아입니다

⋮

소중한 가족이, 사랑하는 아내가 나의 과거를 축복해 주고 함께 추억해 주기에 나는 오늘도 앞으로 나아가며 살아갈 큰 힘을 얻는다.

　어떠한 삶을 살고 어떻게 가정을 꾸려 나갈 것인가를 종종 생각한다. 내 생각은 일반적인 가정에서 성장한 사람과는 아무래도 다른 면이 있을 것이다. 딸들에게 바라는 점이 있다면, 다름을 비교하며 우위를 가르기보다는 그 다름을 인정하고 자신들의 주변을 보살피며 성장했으면 좋겠다는 것이다. 조금 특별한 환경에서 자란 아빠를 생각하며 어려운 사람들을 도울 줄 알았으면 좋겠고, 또 인정받는 교사가 되기 위해 늘 공부하고 책을 읽으며 노력하는 아빠의 모습에 딸들이 자부심을 가졌으면 좋겠다. 혼자만 잘 사는 모습이 아닌 주변을 살피며 함께 사는 인생을 살기를 바란다. 나 역시 아이들에게 살아 있는 교과서이자 진심 어린 희망이 되기 위해 오늘도 노력한다.

아내가 생각하는 보육원 출신 남편

　나는 스스로 '남자는 남자다워야 한다.'라는 신념을 가지고 결혼하기 전까지 악바리처럼 살았다. 사람들에게 비치는 모습을 의식하며 어떻게든 살아남기 위해 공부나 운동 등 삶의 모든 면에서 최선을 다하며 살았다. 그런 모습은 결혼한 후에도 그대로 나타났다. 아침에 정해진 시간에 일어나 밥을 먹어야 했고, 아이들을 양육할 때 강압적인 방식으로 대화하기도 했다. 내가 가끔 화를 다스리지 못해 감정적인 모습을 보일 때면 아내는 나의 어릴 때 모습을 생각해 보는 것 같다. 아내는 먼저 화를 내지 않는 성품이다. 그에 반해 나는 마음에 거북한 일이 생기면 바로 표출하는 편이라 서로를 이해하기 위해 노력하며 살고 있다.

아내는 나를 어떻게 생각하고 있을까? 고아 출신인 내가 일반 가정의 성인과 다른 부분이 있다고 여길까? 아니면 다른 게 없다고 생각할까? 아마도 다른 게 있다고 생각할 것 같다. 왜냐하면 나는 늘 아내에게 이런 말과 생각을 표현했기 때문이다. 첫째로는 자녀가 무조건 많았으면 한다는 것, 둘째로는 미래에 대해 크게 고민하지 않는다는 것, 셋째로는 고집이 매우 세다는 것, 넷째로는 주변에 있는 많은 엄마를 잘 챙긴다는 것이다.

한번은 보육원 출신 남편을 만나 편한 게 무엇이 있는지 물어본 적이 있다. 아내는 "뭐, 그렇게 좋은 건 없어."라고 했다. 그 말이 좋은 점도 많지만 안 좋은 점도 있다는 뜻임을 안다. 최근에

2018년 성탄 행사 사회

1장 절망을 행복으로 바꾼 특별한 아이

⋮

친부모를 찾기 위해 경찰서를 다녀온 후 좌절한 적이 있다. 옆에서 지켜보던 아내는 나에게 너무 애쓰지 말라고 했다. 그동안 부모 없이도 잘 자라 온 내가 힘들어하는 모습을 보이니 안쓰러워하는 마음인 줄은 안다. 하지만 한편으로는 친부모를 찾고 싶은 마음이 어쩌면 나만을 위한 것은 아니었는지 돌이켜보게 되었다.

세상에서 누구보다 나를 가장 잘 이해해 주고 사랑해 주는 아내는 맞벌이를 하며 가족을 위해 오늘도 열심히 살아간다. 남편을 잘못 만나 고생하는 것은 아닌가 하는 생각도 가끔 하지만, 어릴 때 나 자신을 믿으며 후회 없는 인생을 산 것처럼 앞으로 아내와 아이들을 위해 더 아름다운 인생을 만들어 나갈 것이다.

아내의 색다른 명절 나기

명절이 다가오면 여느 집 주부들처럼 아내도 바빠진다. 하지만 아내의 명절 준비는 조금 특별하다. 우선 대형 마트에 가서 선물 세트를 사는데, 그 종류와 수량이 조금 많은 편이다. 나를 키워 주신 보육원 원장님과 그리고 나를 후원해 주셨던 양어머니와 이모들, 보육원 직원분들의 선물까지 준비하기 때문이다.

10년이 넘도록 명절 때마다 선물을 준비해 감사 인사를 드렸다. 그 일이 어느덧 일상이 되어서인지 아내는 이 일을 크게 어려워하지 않는다. 하지만 아내는 어떤 선물을 골라야 할지 선물 선정을 할 때마다 깊은 고민에 빠지기도 한다. 그럴 때면 이번에는 내가 고르겠다고 나서지만, 아내는 나를 도와준 고마운 분들이기에 선물만큼은 자기 손으로 직접 고르고 싶다고 말한다. 아내의 진심을 알기에 고마우면서도 어쩐지 조금 미안한 마음이 든다. 명절 준비는 선물 선정에서 끝나지 않는다. 선물을 전달하는 일이 남아 있기 때문이다. 우선, 보육원 사택을 방문해 원장님께 인사를 드린다.

가족을 이끌고 내가 자랐던 보육원에 찾아갈 때면 감회가 새롭다. '어느새 시간이 이렇게 지났구나.'라는 생각도 들고 이렇게 가족을 꾸린 현실이 꿈만 같이 느껴지면서도 참으로 기쁘다. 보육원을 찾아갈 때마다 그곳에서 겪었던 괴로웠던 기억들도 떠오르지만, 어린 시절의 나를 보살펴 준 원장님께 감사하는 마음이 더 크기에 이겨 낼 수 있다.

명절에는 보육원 사무실에서 일하는 직원들에게도 인사를 드린다. 사무실에서 일하는 직원들은 대부분 나보다 보육원 경력이 짧아 사실상 내가 보육원 생활 선배 같은 입장이 된다. 내가 초등학교 때부터 봐 왔던 분들인데 시간이 어느새 이렇게 지나 버린 것이다. 결혼 후 처음 보육원을 방문했을 때, 숫기가 없는 아내는 보육원 사람들을 조금 낯설어했다. 하지만 10년이 지난 지금은 서로 사는 얘기를 나누는 등 가까운 사이가 되었다.

보육원 사택과 사무실 방문을 끝내면 마지막으로 나를 키워 준 엄마를 찾아뵙는다. 엄마는 지금은 보육사를 퇴직하시고 보육원 근처에 살고 계신다. 엄마를 찾아뵐 때마다 항상 "바쁠 텐데 이렇게 또 찾아왔니? 인사드릴 곳도 많잖아."라고 말씀해 주신다. 솔직히 엄마를 찾아뵙는 것은 순전히 나의 만족 때문이다. 나와 가장 가까운 곳에서 나를 보살펴 주시면서 내가 성장하는 모습을 지켜봐 주신 분을 만날 때면 마음이 너무도 편안하다. 어느덧 장성한 엄마의 친자녀들을 만나 지난 이야기를 나누기도 하고, 내가 키우는 세 딸아이 이야기를 하다 보면 시간 가는 줄도 모른다. 명절은 뭐 특별한 게 아니다. 사랑하는 사람들과 함께 즐거운 시간을 보내면 그게 명절이라는 생각이 든다.

나를 후원해 준 후원자 엄마도 잊지 않고 찾아간다. 후원자 엄마는 음식점을 운영하시는데, 내가 고등학생일 때부터 나를 후원해 주신 고마운 분이다. 내가 교사가 되고 나서 학교에 신규 배치되었을 때는 감사 떡을 맞춰서 돌리셨고, 내 친동생의 결혼식에도 참석해 주셨다. 당신의 생신 모임 때도 나를 불러 주실 만큼 우리 가족과 가깝게 지내고 있다. 족발집을 운영하고 계셔서 내 딸들은 후원자 엄마를 '족발 할머니'라고 부르며 친할머니처럼 잘 따른다. 드리는 선물보다 항상 더 많은 반찬이며 과일을 아낌없이 챙겨 주시고, 친자녀 셋과 손자·손녀 다섯 명이 있음에도 우리 세 딸의 입학이나 생일도 빼먹지 않고 챙겨 주시는 정이 많고 고마운 분이다. 나는 그저 감사할 따름이다.

후원자 엄마가 아내에게 아이들 양육과 건강에 대해 이런저런 조언을 해 주실 때마다 아내는 전혀 귀찮아하지 않고 시어머니처럼 깍듯하게 대한다. 나이가 많은 어른이라 아무래도 훈계처럼 들릴 수 있는 말에도 언짢아하지 않는 아내에게 늘 고맙다.

명절에는 보육원 동생들이 우리 집에 와서 함께 즐거운 시간을 보내곤 한다. 아내는 내가 18세나 나이 차이가 나는데도 형이라고 불리며 피도 안 섞인 동생들과 게임을 하고 격 없이 대화하는 모습을 늘 재미있는 표정으로 바라보곤 한다. 동생들이 직장에서 퇴근한 후 홀로 집에 있을 때 찾아가거나 일요일에 함께 축구를 하자며 안부 전화를 할 때는 "가끔은 쉬어 가."라며 충고 아닌 조언을 하기도 한다.

때로는 명절 전에 미리 보육원 식구들을 찾아뵙고 명절에는 처가 식구들과 시간을 보내기도 한다. 처가에 허락을 받고 아내, 세 딸과 함께 여행을 떠나기도 한다. 이 모든 일은 몇몇 사람에게는 조금 낯선 풍경일 수 있다. 하지만 누구보다 가족에게 헌신하고자 하는 나의 마음을 아내는 잘 헤아려 준다. 그동안 내가 받은 배려와 보살핌에 보답하고 싶은 마음을 누구보다 잘 알고 함께해 주는 사람도 아내이다.

조금은 특수한 나의 성장 환경 때문에 우리 가족의 명절 풍경은 남들과는 조금 다르다. 하지만 그 어느 집안보다 화목하고 웃음이 넘친다. 이 모든 것은 오로지 나의 아내 덕분이다. 아내에게 정말 고마움을 느끼고 있다. 장인, 장모님께도 아들 같은 사위 노릇을 하기 위해 노력하고 있다.

사위와 장모, 아들과 엄마 그리고 처제

'아들', 장모님이 나를 부르는 말이다. 딸만 둘을 두신 장모님은 사위를 '아들'이라고 부르신다. 처음에 아들이라고 불러 주시는

장모님 생신 때

것이 나로서는 무척 낯설었다. 평생 누구에게도 아들이라고 불리지 못했기 때문이다. 주변에서 남자아이를 이름 대신 '아들'이라고 부르는 어머니들을 보거나 친구 집에 놀러 가서 친구 엄마가 친구를 '아들'이라고 부르는 것을 보며 부러워한 적은 있다. 하지만 내가 결혼하기 전까지는 그 누구도 나를 아들이라고 부르는 사람이 없었기에 현실적이지 않은 호칭이었다. 결혼한 지 15년이 지난 지금도 나는 장모님을 '어머니'라고 부른다. 그리고 장모님은 나를 줄곧 '아들'이라고 부르시니 서로의 호칭이 조화롭다는 생각이 든다.

나는 장모님을 '엄마' 대신 편하게 '어머니'라고 부른다. 내게 부모님이 안 계시니 장모님은 나를 친아들처럼 여기셔서 아들이라고 부르시는 것 같다. 지금은 이러한 호칭이 덜 부담스러워졌지만, 처음에는 익숙해지려고 노력도 많이 했다. 가족끼리 있을 때는 아들이라는 호칭이 덜 부담스럽긴 하다. 그런데 교회에서 지인들과 있을 때 큰 소리로 "아들" 하고 부르시면 가끔은 부끄럽기도 하다. 때로는 아들이 아닌, 사위로 대해 주셨으면 하는 생각도 없지 않다. 하지만 그런 생각도 잠시뿐이다. 요즘은 아내와 장모님과 같이 있다 보면 가끔 내가 친아들이고, 아내가 며느리 같다는 생각을 하곤 한다. 그만큼 장모님이 나를 친아들처럼 살

뜰히 잘 챙겨 주시기 때문이다.

처음으로 경험한 3대 가족

맞벌이인 우리 부부는 첫아이를 낳은 후 장모님의 도움을 받기 위해 살던 집을 처분하고 처가살이를 시작했다. 아내와의 신혼 생활에 적응하기도 전이라 처가살이에 부담을 느꼈지만 어쩔 도리가 없었다. 장모님과 장인어른은 늘 바쁘신데도 손녀와 함께 살게 돼 아주 좋다며 우리를 선뜻 받아 주셨다. 처가에서 함께 하는 일상에 적응하면서 괜한 걱정이었다는 생각이 들었다. 따뜻한 가정에서 어머님이 해 주시는 밥을 먹으며 3대가 함께 사는 기분이 어떤 것인지 드디어 알게 되었다. 첫 손녀를 보신 장모님은 아이를 무척이나 예뻐하시며 잘 돌봐 주셨다. 내게 친부모가 없다 보니 장모님께만 의지하는 것이 죄송하기도 했지만, 내가 더 열심히 효도해야겠다는 생각을 하며 마음을 달래곤 했다. 3대가 함께 사는 집은 항상 아이의 웃음소리가 흘러넘쳤고, 나역시 이런 가정을 이룰 수 있음에 감사했다.

결혼하면서 처외가의 경조사도 함께 챙기게 되었다. 아내의 외할아버지가 돌아가셨을 때도 내가 상주를 했다. 처외삼촌들도 계셨지만, 어머님은 평소 아들로 대하는 나에게 상주로 수고해 달라고 당부하셨다. 평생 상주를 해 본 적이 없고, 할 거라는 생각도 하지 못했던 터라 처외가 어르신들께 배우면서 성심껏 고인의 마지막 길을 배웅해 드렸다.

장례 마지막 날, 모든 일정을 마치자 처외삼촌들께서 내게 수고했다고 말씀해 주셨다. 그때 내게도 많은 가족이 생겼다는 사실이 실감 나며 든든함을 느꼈다. '가족이 많아 좋다는 말이 이런 것이로구나.' 새삼 알게 되었다. 또 기념일 등 때마다 아이들의 옷을 준비해 주시고 선물을 주시는 처외가 식구들 덕분에 친척의 소중함도 알게 됐다. 나 역시 늘 친척들에게 도움을 주고자 노력해야 한다고 생각한다.

장인어른, 장모님은 아내가 대학을 졸업한 해에 결혼할 수 있도록 허락해 주셨다. 정말 감사했다. 내가 보육원 출신임을 아시면서도 흔쾌히 결혼을 허락해 주셨기 때문이다. 고아로 자란 나의 성품에 대해서도, 사돈이 없는 결혼식에 대해서도 아무 걱정없이 사랑하는 딸을 내게 보내 주셨다. 나이 어린 딸과 당시 이렇다 할 경제력이 없던 나와의 결혼을 기꺼이 허락해 주신 점도 놀랍다.

내가 결혼할 당시 젊으셨던 장모님은 어느새 환갑을 훌쩍 넘기셨다. 어느새 곱디고왔던 피부에 주름이 거친 파도처럼 몰려왔고, 머리에는 실지렁이 같은 흰 머리카락이 보이곤 한다. 하지만 이제껏 장모님은 편찮으신 적이 없었다. 아니, 어쩌면 사위에게 약한 모습을 보이지 않기 위해 노력하시는지도 모르겠다. 가끔 내가 슬쩍 우리 집에서 함께 살자고 말씀드리는데, 장모님은 그때마다 "나중에"라고 말씀하신다. 언제쯤 한집에서 모시고 살게 될지 모르겠지만, 그날을 위해 이제부터라도 차근차근 준비해야겠다는 마음이다.

장모님은 결혼하신 뒤 자영업을 하셨다. 하나님께서 사업을 번창하게 해 주셔서 경제적인 풍족함을 얻었고, 주변의 이웃들에게 봉사하며 지역 사회에서 많은 일을 하셨다. 결혼 후 장모님의 여러 사회 활동 소식을 들었는데, 온화하고 내성적인 성품이신 분께서 그토록 왕성한 활동을 하셨다는 사실이 놀랍고 자랑스러웠다.

장모님은 여러 활동을 하시면서 오래전부터 내가 성장한 보육원에 대해서도 알고 계셨다. 보육원이 불우한 환경의 아이들이 사는 곳이고, 그들에게 아픔과 상처가 있음을 충분히 이해하고 계셨다. 단체 생활을 하면서 아이들이 서로 자주 싸우기도 하고, 자유롭지 못한 생활을 한다는 것도 잘 알고 계셨다. 그래서 가

처제 생일 때

끔 당신 딸들이 아침에 늦게 일어나 게으름이라도 피우면 "너 저기 보육원에 보낼 거야."라며 으름장을 놓았다는 이야기도 들었다. 아마 그때 아내를 보육원에 보내셨으면 나와 좀 더 일찍 만났을 수도 있지 않을까? 그런 객쩍은 생각도 해 본다. 보육원의 환경과 상황에 대해 잘 아시는 장모님을 만나게 된 것은 나로서는 다행이고 매우 축복이다. 그동안 나에게 베풀어 주신 사랑을 잊지 않고 평생 갚으며 남들이 하는 효도도 부족함 없이 할 것이다.

처제의 조카 사랑은 잊을 수가 없고 다 갚기가 힘들 것 같다. 아내가 첫아이를 출산했을 때 갓 대학을 졸업한 처제는 조카의 재롱과 온갖 장난을 진심으로 잘 받아 주었다. 아내는 평생 처제와 싸운 적이 없을 정도로 우애가 좋았다면서 자랑을 하곤 했는데, 그 말이 사실인 것처럼 느껴졌다. 처제는 조카들에게 미술을 가르쳐 주기도 하고 놀이동산에도 함께 가 주곤 하는데, 새삼 가족 구성원의 소중함을 느낄 때가 많다. 누군가는 이러한 가족의 소중함을 대수롭지 않게 여기고 성장했겠지만, 부모 없이 자란 나로서는 가족 구성원 모두가 소중한 존재라는 걸 느끼게 되었다.

최근 처제가 둘째를 출산하게 되었다. 작년에 첫째를 출산한 후, 둘째를 연년생으로 낳게 되었다. 딸만 있는 우리 가정과는 달리 처제는 아들을 둘 낳았다. 우리 딸들은 사촌 남동생을 매우 아꼈고 우리 집에서 자주 같이 놀았다. 처제가 둘째를 낳은 뒤 조리원에 있는 동안 첫째 조카를 우리 집에서 돌보았다. 우리 딸들이 얼마나 좋아하는지, 사촌끼리 잘 지내는 모습이 보기 좋았다. 내가 어릴 때 학교 친구들이 서로 사촌이라며 챙겨 주기도 하고, 평소 사촌 집에서 자기도 한다며 자랑할 때 정말 부러웠는데 우리 딸들이 사촌 동생과 함께 노는 모습을 보니 그저 흐뭇했다.

결혼 후 매우 놀란 사실은 아내의 사촌 오빠가 네 명이나 된다는 것이다. 친척이 전혀 없는 나에게 형님들은 낯설지만 든든한 분들이었다. 아내는 형님들과 어릴 때부터 함께 살기도 하며 돈독한 관계를 유지하고 있었다. 명절이 되면 형님 가족들과 함께 시간을 보내는데, 그게 꼭 텔레비전에서만 봤던 정이 넘치는 가족의 모습 같았다. 형님들은 내가 가족이 없다는 사실에도 아무런 내색도 하지 않고 오히려 불편함을 느끼지 않도록 항상 먼저 다가와 "이 서방"이라고 불러 주며 안부를 물었다. 게다가 더 행복한 것은 형님들의 자녀인 조카들이 생긴 것이다. 내 인생에 조카가 여러 명이 생기다니 놀랍기 그지없었다. 조카 중 한 명은 같은 학교에서 생활하며 나에게 체육을 배우기도 했다. 조카들이 나를 "고모부"라고 부를 때마다 조금은 낯설지만 행복한 마음이 든다.

아내의 가족들은 나를 가족의 일원으로 선뜻 받아 주었다. 친부모는 안 계시지만 아내의 가족들이 있어 행복하고, 부모 없이 자란 상실감도 떨쳐 버릴 수 있었다. 왜 고아들이 가정에서 자라야 하는지도 새삼 깨닫게 되었다. 나는 이러한 행복을 놓치지 않도록 평생 노력해야 할 것이다. 그리고 가족의 소중함을 나만 알 것이 아니라 자라나는 이 땅의 모든 고아가 알 수 있도록 도와주고 싶다. 앞으로 그렇게 되기를 진심으로 소망해 본다.

교사,
행복을 나누는 사람

줄넘기 대회 전국 투어

2004년 1월로 기억한다. 겨울 방학이라 집에 있던 나는 심심한 차에 컴퓨터를 켜고 인터넷 서핑을 시작했다. 그때, 우연히 《MBC》에서 주관하는 줄넘기 대회에 관한 안내를 접하게 됐다. 방송국에서 주관하는 줄넘기 대회라니, 갑자기 엄청난 관심이 생겼다. 당시 나는 줄넘기 강사로 활동하고 있었다. 살면서 한 번쯤은 텔레비전에 출연해 보고 싶다는 남모를 작은 소망도 품고 있던 때였다. 체육 교사로서 방송에 출연한다는 것만으로도 학생들의 이목을 집중시킬 수 있을 것만 같았다. 체육 시간에 대한 관심을 이끌어 낼 수 있는 좋은 기회라는 생각이 뇌리를 스쳤다. 그리고 과감하게 출전을 결심했다. 한편으로는 그 방송을 보고 얼굴조차 본 적 없는 나의 부모가 나를 찾지 않을까 하는 기대 감도 있었다.

그러나 대회 장소가 부산의 요트 경기장이었다. 고민이 됐다. 과연 부산까지 가는 이 일이 나에게 도움이 될까? 많은 생각은 하지 않기로 했다. 참가 신청서를 쓰고 방송국으로 보냈다. 결정을 내렸으니 이제 물러설 수는 없는 일이었다.

그 후로 3주 동안 매일 줄넘기에 매진했다. 하루 종일 온몸이 땀으로 범벅이 되도록 줄을 돌렸다. 대회의 진행 방식은 단순했다. 한번 시작하면 줄을 멈추지 않고 오래 뛰는 사람이 이기는 것이었다. 끝까지 살아남겠다는 각오를 다지고 혼자 외로운 싸움을 벌였다. 평소에도 줄넘기에는 자신이 있었지만, 오래 뛰기 경험은 그다지 많지 않았다. 오래 뛰기가 이렇게 힘든 것이라는 사실을 그제야 온몸으로 느낄 수 있었다. 대회에 참가 신청을 한 것이 후회가 되기도 했지만, 이미 늦었다. 학생들에게 대회 출전을 알린 뒤였고, 스스로도 도전이 필요했다. 최선을 다하는 것 말고는 방법이 없었다. 훈련을 거듭한 결과, 내 실력은 월등히 좋아졌다. 3주 만에 10분이 넘는 기록을 만들었고, 마침내 대회 날이 다가왔다.

텔레비전에 나올 기회를 잡았다는 생각에 마음이 들뜨기 시작했다. 대회 당일, 새벽 다섯 시에 일어나 부산으로 출발했다. 경기장에는 이미 방송 관계자들이 도착해 준비가 한창이었다. 과연 이곳에서 내가 좋은 성적을 거둘 수 있을까? 심장이 두근거렸다. 장소를 둘러보던 중에 이상한 느낌이 들었다. 주변에 출전 선수로 보이는 이가 한 명도 보이지 않았다. 긴장한 탓에 너무 빨리 도착한 모양이었다. 지나치게 빨리 도착해 괜히 관계자 눈에 띌까 싶어 태연한 척 주변을 맴돌다 멀찌감치 떨어져 있기로 했다. 방송을 준비하는 과정을 멀리서 지켜보는 것만으로도 나에게는 굉장히 흥미로운 일이었다.

그사이에 해가 떠올랐다. 주변으로 참가자가 하나둘 모여들기 시작했다. 나도 막 도착한 것처럼 줄을 서서 번호표를 받았다. 57번, 번호표를 받아들고 나니 심장이 저 혼자 미친 듯이 요동쳤다. 내 몸이지만 내가 제어할 수 없다는 걸 어느 때보다 절감한 몇 시간이 그렇게 흘렀다. 참가자는 총 이백 명으로, 선착순이었다. 내 뒤편으로 저 멀리에서부터 뛰어오는 사람이 상당히 많았다. 번호표를 가슴에 달고 잘 보이지 않는 곳에서 가볍게 몸을 풀기로 했다. 곁에서 함께 준비 운동을 하는 참가자들을 보자니 모두 줄넘기의 달인 같이 느껴졌다. 학생부터 나이 지긋한 어른

느낌표 줄넘기 대회 출전

까지 누구 하나 줄넘기에 서툰 이는 보이질 않았다. 얄궂게도 긴장감은 점점 더 심해져 갔다. 이러면 안 되는데 말이다.

몇 시간이 더 지나고 방송 관계자의 안내 방송이 나왔다. 참가자는 지정된 장소로 모이라는 내용이었다. 자기의 끼를 드러내고자 요란한 복장을 하고 온 사람도 눈에 띄었다. 이 사람들이 정말 줄넘기를 잘해서 출전한 것인지 아니면 단지 텔레비전에 얼굴을 비추려고 온 것인지 속내가 궁금해지기도 했다. 드디어 경기가 시작된다는 안내가 들렸다. 그때서야 당시에 가장 유명했던 연예인인 주영훈, 김진수, 김미연 씨를 실물로 마주하게 됐다. 텔레비전에서만 보던 유명인을 실제로 보니 묘한 느낌이 들었다. 그러나 오늘의 목적은 줄넘기인 만큼 대회에 집중할 필요가 있었다. 사회자의 익살맞은 말장난에도 웃지 않았다. 지금 이 순간만은 마음을 가다듬는 게 첫 번째였기 때문이다.

자리는 1번부터 차례대로 정해졌다. 57번인 나는 비교적 앞쪽이었다. 경기가 시작되고 줄을 돌리기 시작했다. 이제부터는 정말 최선을 다해 젖 먹던 힘까지 짜내야 했다. 줄을 돌리는 와중에도 다른 이의 줄넘기 소리가 들렸다. 이전에도 열 명쯤은 함께 줄넘기를 하곤 했지만, 이백 명이 한꺼번에 줄을 돌리는 소리는 실로 굉장했다. 귓전을 때리는 느낌이랄까. 그 자체로 겁을 먹기에 충분했다. 그런데 의외의 상황이 벌어지기 시작했다. 이백 명모두가 자신만만하게 줄을 돌리더니 채 1분도 안 돼서 삼십 명이탈락했다. 2분쯤 지나니 육십 명, 5분이 지나고 나서는 절반인백 명 정도만이 남아 있었다. 운이 따라 준다면 충분히 순위권에 들어갈 수도 있겠다는 생각이 들었다.

10분이 경과한 상황, 생각보다도 탈락자가 훨씬 많았다. 남은건 이십 명 정도였다. 예상치 못한 전개였다. 이쯤 되자 우승 욕심이 슬그머니 올라왔다. 해 볼 만하겠다는 자신감이 몸을 지배했다. 그러나 시간이 지날수록 집중력이 흐트러지는 게 느껴졌다. 코 위에 얹어 놓은 안경도 미끄러져 내려왔다. 얼굴을 일그러뜨리며 떨어지려는 안경을 제자리로 되돌려 놓으면서 줄넘기에집중하려고 안간힘을 썼다. 그 와중에도 진행자는 자세 좋은 사람을 찾아 가며 해설을 이어 갔다. 누가 봐도 줄을 넘는 모양새가 안정적인 사람을 두고 우승 후보라 점찍는 듯했다. 하지만 그누구도 나를 언급하지는 않았다. 사실 나에게 관심을 두지 않는편이 나에게는 더 나은 상황이었다. 그렇지만 일견 서운한 느낌이 드는 것도 어쩔 수는 없었다.

시간은 계속 흘러갔다. 얼마 지나지 않은 것 같은데 이제 여섯 명이 남았다는 소리가 들렸다. 한 명만 더 이기면 '최후의 5인'이었다. 상품을 받을 수 있는 자격이 생기는 것이었다. 몇 분이 더 지나자 마침내 누군가가 줄에 걸렸다. 아쉬운 6등의 주인공은 여중생이라는 진행자의 소리에 깜짝 놀랐다. 어린 나이에도 대단한 실력이었다. 진행자 중 누구도 나를 최후의 5인에 들어갈 후보로 지목하지 않았지만, 우선 여기까지는 해냈다. 나중에 방송을 보며 알게 됐지만, 경기 당시 진행자들은 최후의 5인을 두고 절대 지존이니 최강 줄넘기니 천하무적 같은 별칭을 붙여 주었다. 그런데 나는 그냥 파란 반바지였다. 담당 피디도 나를 우승 후보와는 거리가 먼 사람인 것처럼 편집했다. 하지만 그들의 예상과 달리, 나는 최후의 두 명까지 살아남아 여전히 뜀뛰기를 이어 가고 있었다. 마지막 두 명이 남은 상황, 조금만 더 버티면 1등도 가능했다. 나의 움직임에 집중하고 있던 그때, 드디어 경쟁자의 발이 줄에 걸렸다. 1등에 등극한 순간이었다. 나는 바로 멈추고 싶지 않았다. 그 순간부터 2단 뛰기를 10개쯤 하고서야 뜀뛰기를 멈췄다. 나의 기록은 16분 38초였다!

시합을 마치고 기록을 전해 들었을 때 속으로 꽤 놀랐다. 한 시간쯤 지난 것만 같았는데, 불과 16분이라니. 아마도 몸이 힘들어서 더 그런 느낌을 받았는지도 모른다. 경기가 끝나고서야 1등이 되던 순간이 주마등처럼 머리를 스쳐 지나갔다. 1등으로 결정된 순간, 다가오는 다섯 대의 큰 카메라에 당황하지 않은 척하며 얼굴에 맺힌 땀을 닦고 주변을 둘러봤다. 수많은 시선이 오로지 나를 향하고 있었다. 이런 주목은 생전 처음이었다. 당황스럽기도 하고 부끄럽기도 했지만, 무엇보다 내가 1등을 했다는 사실이 믿기지 않았다.

진행자들은 축하한다는 말과 함께 나를 소개해 달라고 했다. "경북의 모 중학교에서 근무하는 체육 교사입니다." 나의 이야기에 진행자를 비롯한 주변의 사람들이 모두 적잖이 놀라는 표정이었다. 단지 참가에 목적을 두었을 뿐인데 1등이라니. 그것도 방송국에서 주최한 대회에서의 우승은 생각지도 못했다. 마음속으로 '할렐루야!'라는 말이 절로 터졌다. 우승이라는 사실도 기뻤지만, 주변에 사람이 워낙 많아 정신을 차릴 수가 없었다. 소감을 묻는 인터뷰를 하게 됐는데, 너무 긴장해서 무슨 말을 했는지도 모르겠다.

우승 상품은 트럭에 전시해 놓은 온갖 종류의 운동 기구 중에서 100만 원어치를 선택하는 것이었다. 알고는 있었지만, 현장에서 직접 확인하고 나니 내 두 눈을 믿을 수가 없었다. 진열해 놓은 운동 기구는 하나같이 국가 대표가 사용하는 용품들이었다. 진행자가 선글라스를 써 보라는 말에 멋진 포즈를 취해 보기도 하고, 운동 기구를 타는 흉내도 내 보았다. 이 모든 과정이 진행자가 방송 분량을 확보하기 위한 것이었겠지만, 내심 즐겨 보자는 생각이 들었다. 이제 우승 상품을 선택할 시간이었다. 진행자가 어떤 선물을 갖고 싶은지 물었는데, 당시만 해도 인라인스케이트 열풍이 불 때여서 그걸 선택할까 싶은 생각이 들었다. 그러다 멈칫했다. '나를 위한 것도 좋지만 줄넘기 대회 우승 상품인데, 기왕이면 학교에서 학생들과 함께 줄넘기를 할 수 있다면 훨씬 좋은 선택이 되지 않을까?' 어떤 걸 고르겠냐는 질문에 망설임 없이 줄넘기를 100만 원어치 선택하겠다고 답했다. 줄넘기부 학생들에게 여기서 받은 줄넘기를 주면 모두가 좋아할 것이라는 생각에 흐뭇해졌다. 학생들의 함박웃음이 눈에 선했다. 진행자들은 나의 선택에 다시 한번 놀랐다는 표정을 지었다. 학생들을 위한 최고의 선택이라며 어떻게 그런 생각을 했냐는 반응이 돌아왔다. 그러나 무엇보다 나를 행복하게 만들어 준 것은 "이런 선생님이 있어서 학생들이 행복하겠다."라는 말이었다. 나에게는 그것이 최고의 칭찬이었다.

그로부터 한 달쯤 뒤인 2004년 3월 6일, 가족이 모두 모여 함께 방송을 시청하기로 했다. 이미 한 달 전에 지나간 일이었지만, 방송으로 다시 보니 몸이 저절로 반응하면서 다시 긴장이 됐다. 줄넘기를 하는 내 자세와 표정을 보면서 내심 흐뭇한 기분이 들었고, 이런 기회를 마련해 준 《MBC》 측에도 감사한 마음이 들었다. 방송의 위력은 정말 대단했다. 방송이 나간 이후 초등학교 친구부터 교회 성도님들까지 수도 없는 연락을 받았다. 15년이 훌쩍 지난 지금까지도 친구를 만날 때면 그때 이야기를 꺼낸다. 그때 내 선택이 정말 현명한 결정이었다는 걸 지금도 곱씹게 된다. 또 그 일은 나 스스로도 교사로서 한층 더 성장하게 된, 말하자면 내 인생 최고의 기회였다.

우승 상품인 줄넘기는 200개 정도가 학교로 배송됐다. 역시나 학생들은 《MBC》에서 보내 준 줄넘기를 손에 들고 나보다도 더 기뻐하는 모습을 보였다. 그날부터 학생들은 학교 체육 시간이 아니어도 틈만 나면 줄넘기를 하기 시작했다. 개중에는 줄넘기가 궁금하다며 직접 찾아와서 물어보는 아이도 있었다. 줄넘기 강사로서 이보다 더 보람찬 일이 있을까? 그때부터 지금까지 나는 '줄넘기 달인', '줄넘기 선생님'으로 불리고 있다.

그해 4월,《MBC》쪽에서 연락이 왔다. 5월 1일에 줄넘기 왕중왕전을 하려고 하는데 거기에 참가해 달라는 섭외 요청이었다. 단 한 번의 방송 출연으로 정말 많은 도움을 받을 수 있었지만, 일요일에 행사가 열린다는 점은 주일인 관계로 부담스럽기도 했다. 고민이 됐지만, 담당 작가님의 극성에 다시 한번 출연을 결정했다. 하기로 했으니 가만히 있을 수는 없는 법이다. 3주간의 개인 훈련을 다시 시작했다. 그런데 내가 출연한 이후로 1시간 이상 줄넘기를 하는 달인들이 속속 등장했다. 그렇다고 포기한다는 건 내 자존심이 허락지 않았다. 이번에도 우승을 하겠다는 목표를 정하고 1시간 이상 줄넘기를 할 수 있도록 몸을 만들기로 했다. 훈련을 하는 것 자체는 그리 어렵지 않았다. 하지만 아무리 해도 1시간을 실수 없이 연달아 뛰기란 불가능해 보였다. 주어진 시간 동안 죽어라 연습을 거듭한 결과, 최고 43분까지는 줄넘기를 할 수 있게 됐다. 그러나 그 기록에 도무지 만족이 되지 않았다. 되든 안 되든 1시간 이상 뛸 수 있는 기초 체력은 만들어 놔야겠다는 판단에 줄에 걸리더라도 무조건 1시간씩은 줄넘기를 반복했다.

드디어 5월 1일 대회 날이 밝았고, 서울 여의도공원으로 가기 위해 기차에 몸을 실었다. 그때까지 총 8회의 줄넘기 대회가 방송됐고, 그간의 우승자를 비롯한 최후의 5인이 모두 한자리에 모였다. 전부 사십 명이었다. 여기에 더해 전국에서 올라온 기라성 같은 실력자 삼백 명이 함께 참가했다. 우승자 중에는 1시간 이상 줄넘기를 하는 사람이 여러 명이었다. 진행자의 그 이야기가 들릴 때마다 긴장감이 고조되었다. 여러 인터뷰를 진행한 끝에 왕중왕전 순서가 됐다. 다시 도전의 시간이었다. 삼백 명의 선수가 동시에 줄을 넘기 시작했다. 하필 1시간 이상 줄넘기가 가능하다는 두 우승자 사이에 자리가 배정돼 긴장으로 다리마저 후들거릴 지경이었다. 곁에서 줄을 넘는데, 과연 명불허전이었다. 내로라하는 고수가 한자리에 모인 만큼 모두 실력이 대단했다. 그런데 또 의외의 상황이 벌어졌다. 양옆의 두 우승자가 모두 줄에 걸려 탈락해 버렸다. 이번에도 우승이 가능할지 모르겠다는 자만심이 스멀스멀 피어났다. 그런데 줄을 넘을 때마다 이마에서 떨어지는 땀방울에 눈을 뜨기가 힘들었다. 줄과 내 몸의 리듬에 집중하지 않으면 위험할 것이라고 뇌 깊숙한 곳에서부터 빨간 경고음이 울렸다. 나 자신과의 싸움에서 이겨 보겠다고 최선을 다했지만, 결국 내 기록은 52분에서 멈춰 버렸다. 체력은 괜찮았지만 바닥에 부딪힌 줄의 반동이 거세게 일어나면서 리듬이 깨져 버린 게 원인이었다. 그 순간 아무 소리도 들리지 않았다. 안타깝게도 나는 12등이었다. 10등 안으로만 들어갔다면 다른 기회가 있었다. 자리를 정리하고 2단 뛰기로 순위를 정하는 식으로 진행될 예정이었다. 이게 나에게 훨씬 유리한 방식이었기에 아쉽기만 했다. 그러나 어쩌겠는가? 나의 도전은 거기까지였다. 경기 당시 10등 안에는 경찰과 학생, 주부 등 다양한 직업군이 있었다. 그 어려운 체력전을 이기고 여성도 세 명이나 선발됐다. 줄넘기는 체력만으로 하는 운동이 아니라는 걸 그들이 똑똑히 보여 주었다.

이날 방송을 마지막으로 《MBC》의 〈느낌표〉 '국민건강 프로젝트'는 막을 내렸다. 이전까지는 나 역시 줄넘기를 비교적 단순하게 받아들이고 있던 게 사실이었다. 그러나 대회 참여 덕분에 줄넘기가 단순한 운동이 아니라는 사실을 깨닫게 되었다. 이 점에서 방송 관계자분들에게 정말 감사드린다. 물론 나에게도 큰 경험이자 소중한 추억이었다. 방송을 통해 국민의 건강도 챙기고 줄넘기로 체중을 감량하려고 했던 두 진행자의 노력에는 아낌없는 박수를 보내고 싶다. 당시 주영훈 씨는 "운동이 정말 나의 운명을 바꾸었다."라고 말해 엄청난 관심을 받기도 했다. 방송이라는 매체가 대중에게 얼마나 크고 긍정적인 효과를 가져다주는지, 그 프로그램이 여실히 보여 주었다.

인도네시아 파견, 그곳에서 다시 찾은 가족애

2014년 교육부에서 주최하고 유네스코 아시아태평양 국제이해 교육원에서 주관하는 '다문화가정 대상국가와의 교사교류사업'에 참여하게 되었다. 임용 후 원어민 선생님과 함께 친하게 지내며 배운 영어 덕분에 높은 경쟁률을 뚫고 선발되어 매우 감격스러웠다. 평소 해외에서 한 번쯤 근무해 보고 싶다는 생각을 자주 했는데 100일간 대한민국 교사 대표가 되어 한국 교육의 우수성을 전할 기회를 얻었다. 3박 4일간의 연수를 통해 인도네시아의 문화와 역사, 인도네시아어, 세계 이해 교육 등을 익히면서 인도네시아에 대해 더 큰 기대를 가지게 되었다.

8살, 6살 그리고 10개월 된 아이 셋과 아내를 두고 100일간 인도네시아로 떠나게 되니 미안한 마음도 들고 걱정도 했다. 하지만 평소에 외국에서 공부해 보고 싶어 하던 나를 잘 알던 아내는 오히려 육아 휴직 중이라 혼자 아이들을 충분히 돌볼 수 있으니 걱정 말고 다녀오라며 흔쾌히 허락해 주었다. 뜻밖의 큰 행운을 차지한 나는 걱정 대신 큰 기대를 품고 인도네시아로 떠났다.

파견 간 학교는 인도네시아에서 가장 유명한 상업 학교로 전교생이 약 1,000명인 공립 학교였다. 학생들은 뜨거운 아스팔트 위에서 맨발로 축구를 했다. 동등한 조건에서 같이 경기에 참여하고자 나도 맨발로 경기에 참여해 보았지만, 5분도 못 되어 양발에 커다랗게 물집이 잡혔다. 인도네시아 학생들은 그런 내 모습이 우스운지 배를 잡고 웃었다. 등교 첫날부터 발에 물집이 잡히는 호된 신고식을 치르기는 했지만 그 덕분에 학생들과 빨리 친해졌다. 그렇게 현지 학생들과 함께 언어와 몸으로 소통하며 100일간의 인도네시아 생활을 잘 시작할 수 있었다.

내가 현지 학교에서 맡은 업무는 한국어 수업과 체육 수업이었다. 체육 교육 전공자인 내가 대한민국의 국가 대표로 인도네시아 학생들에게 한국어를 가르치는 것은 매우 부담스럽고 힘든 일이었다. 부족한 실력으로 학생들을 가르치고자 여러 가지 한국어 교재를 찾아보기도 하고 동영상 강의로 한국어를 가르치는 법을 배우기도 했다. 그러나 이론과 실제는 달랐다. 한국어에 익숙한 한국의 유치원생에게 한국어를 가르치는 일과 한국어가 생소한 외국인에게 한국어를 가르치는 일은 차원이 달랐다. 그러나 한국어를 가르치기 위해 매일 꾸준하고 깊이 있게 공부하면서, 나 또한 이전에는 느끼지 못했던 한글의 우수성을 느낀 것은 물론 한국어의 매력에 푹 빠지게 되었다. 체육 수업에서는 한국의 국기인 태권도를 가르쳤다. 태권도의 한 동작, 한 동작을 가르치고 배우는 과정 속에서 한국의 정신문화가 전수된다는 생각에 절도 있고 당당한 태도로 가르치고자 무척이나 애를 썼다.

인도네시아로 파견을 온 지 한 달 정도 지난 어느 날, 교장 선생님께서 아주 다급히 나를 부르셨다. 교장 선생님은 상기된 표정으로 나에게 교육부 주최 언어 경시대회에 한국어 분야 대표로 출전할 학생을 선발하여 교육해 달라고 협조를 요청하셨다. 갑작스러운 요청에 나는 적잖이 당황했다. 처음 파견을 갔을 때는 학교에서 학생들에게 한국의 문화를 알리고 즐겁게 체육 수업을 해 주고자 하는 마음이었는데, 막상 눈앞에는 점점 더 큰일들이 벌어지고 있었다. 교장 선생님께서는 출전 학생 선발 및 교육과 더불어 자카르타 지역 대표 선발을 위한 출제 위원으로도 활동해 달라고 하셨다. 내가 직접 선발을 위한 한국어 문제를 출제하고 채점까지도 해야 하는, 책임이 막중한 일이었다. 부담스럽기는 했지만 내가 여기까지 와서 이 일들을 수행하지 못하면 대한민국의 대표로서 역할을 제대로 하지 못하고 돌아가는 것만 같았다. 무엇보다 책임감이 더 컸기에 어떻게든 부딪쳐서 해내야겠다고 마음먹었다.

다음 날 학교에서 한국어를 좋아하고 관심을 보이는 학생들을 선발하여 한국어를 가르치기 시작했다. 학교에 있으면서 저녁까

인도네시아 태권도 수업

나는 행복한 고아입니다

⋮

지 학생들에게 한국어를 가르쳤고, 주말에도 쉬지 않고 학생들과 만났다. 한국 드라마를 보고, 한국 노래를 부르고, 한국 동화를 함께 읽는 것 등 다양한 방법을 총동원하여 열심히 가르쳤다.

그렇게 시간이 흐르고 자카르타에서 대망의 한국어 경시대회가 처음으로 열렸다. 교장 선생님을 비롯한 학교의 많은 교사들이 대회 입상 소식을 기대하며 나와 학생들을 응원하였다. 그동안 교민들이 현지 학교에서 2년 정도 한국어 수업을 해 주기도 했는데, 그 수업에 참여했던 학생들을 포함해 대회에 참가한 학생은 총 열두 명이었다. 내가 가르쳤던 학생 중 마하라니(Maharani)는 2위를 차지하였다. 그 후 마하라니는 자카르타 대표로 인도네시아 전국 대회에 출전했고, 전국 대회에서도 2위에 입상해서 학교를 빛내 주었다. 덕분에 대한민국 대표 교사로 한국어를 가르쳐야 했던 나의 모든 부담감이 한순간 깃털처럼 가벼워졌다. 매일 늦은 시간까지, 주말도 반납해 가며 가르쳤던 성과가 눈앞에 드러나 감격스러웠고, 감사한 마음이 들었다. 마하라니의 수상으로 나는 인도네시아 교육문화부의 감사장과 자카르타 교육장의 감사증을 받았다. 그들로부터 축하와 함께 인도네시아의 한국어 보급에 힘써 줄 것을 당부받았다. 이 모든 기쁨이 열심히 참여해 준 학생들로부터 시작되었기에, 한국어를 같이 공부한 그들에게 앞으로도 한국어를 더 열심히 공부해서 좋은 기회를 얻으라고 격려했다.

어려울 것만 같았던 학교생활도 시간이 지나자 점차 적응되었다. 아이들에게 한국어를 가르치며 나의 인도네시아어 의사소통 능력도 점점 나아졌다. 주말이면 자카르타에 있는 쇼핑몰과 시장에도 가 보고 근처의 동물원도 구경했다. 분명히 생활은 점점 더 익숙해지고 있었지만, 덥고 습한 날씨와 현지 음식은 입에 맞지 않았고, 아침 6시에 출근해서 5시에 퇴근하는 강행군을 하다 보니 몸무게가 7kg이나 빠지면서 급격히 체력이 떨어졌다. 몸이 힘들어지니 한국에 있는 아내와 아이들이 보고 싶은 마음은 점점 더 커져 갔다. 그러던 차에 둘째 딸아이가 두통이 심해 병원에 입원해서 검사를 받아야 한다는 소식을 듣게 되었다. 걱정이 되지만 할 수 있는 것이 없어 간절히 기도했다. 다행히 검사 결과는 이상이 없었다. 둘째가 퇴원할 즈음 셋째도 기관지염으로 입원했다. 아내의 고생에 미안한 마음이 많이 들었다. 그 무렵 학교에서 일주일간의 휴가를 준다는 이야기를 듣게 되었다. 셋째 딸의 첫돌이 막 지나기도 했던 터라 더더욱 가족이 그리웠다. 매일 하는 영상 통화로는 그리움을 지울 수 없었다. 결국 우리 가족은 헤어진 지 두 달쯤 지나 인도네시아에서 재회하기로 했다. 아내가 홀로 아이 셋을 데리고 7시간 동안 비행기를 타고 나를 만나러 왔다. 아내는 집에서 공항까지, 공항에서 비행기까지, 인천에서 자카르타까지 족히 15시간 이상을 8살, 6살 두 아이와 이제 갓 돌이 된 셋째 아이를 품에 안고 캐리어 가방 두 개를 끌고 자카르타까지 왔다. 공항에서 나를 발견하고 "아빠"라고 큰 소리로 부르며 뛰어와 와락 안기는 두 딸과 셋째를 품에 안아 보았을 때의 감격이란! 피곤한 기색이 역력하면서도 반가운 웃음을 지어 주는 아내가 참 예뻤다. 두 달 만에 만나는 딸들과 아내의 모습을 눈에 담으니 감회가 새로웠다. 떨어져 있는 동안 그 빈자리가 너무나 크게 느껴져서 처음 자립했을 때와 비슷한 느낌으로 살고 있었는데, 내게도 이 먼 곳까지도 용기 내어 나를 만나러 와 주는 가족이 있다는 사실이 감동적이었다. 가슴 속 깊은 곳에서 끓어오르는 뭉클함과 강렬함이 함께 느껴졌다. 가족과 함께 자카르타와 발리섬으로 꿈만 같은 여행을 했다. 일주일 후, 아내와 아이들은 한국으로 돌아갔고 나는 다시 힘을 얻어 인도네시아에서 내가 맡은 일들을 완벽하게 마무리할 수 있었다.

100일간의 교육 파견은 학교에서 준비한 송별식을 마지막으로 끝이 났다. 학생들이 직접 내 모습을 그려 준 그림과 한글로 손수 써 준 내 이름 석 자를 보면서 '이곳에 오길 정말 잘했고, 그동안의 노력이 헛되지 않았구나.'라는 생각을 했다. 막상 정들었

인도네시아 체육 수업 후

나는 행복한 고아입니다

⋮

던 곳을 떠나려 하니 만감이 교차했다. 마지막 작별을 할 때 학생들이 한글로 적어 준 편지를 보며, 맞춤법은 정확하지 않아도 그들의 순수한 마음과 친절한 미소가 담긴 진심이 느껴져 감사했다. 마지막까지 그들에게 참 많은 것을 배웠다.

100일간의 잊지 못할 추억을 뒤로하고 한국으로 돌아왔다. 인도네시아를 다녀온 후 인도네시아에서 배운 언어들을 잊지 않기 위해 틈틈이 공부를 하고 있다. 교사로서의 내 꿈도 그동안 많이 변했다. 인도네시아와 한국의 교류 활성화, 다문화 가정의 한국 사회 적응과 행복한 삶을 위한 다문화 이해 교육에도 흥미를 느끼게 되었고 한국 사회에서 살아가는 사회적 약자에 대해서도 관심이 생겼다.

2016, 2017년에는 '다문화가정 대상국가와의 교사교류사업' 멘토 교사로 인도네시아와 말레이시아 국적의 한국 파견교사들을 가이드했다. 또한, 국제 교류 사업으로 인도네시아 자카르타의 학교와 자매결연을 맺어 우리 학교 학생 스물다섯 명을 인솔해서 인도네시아에 2년 동안 두 차례 다녀오고, 인도네시아 학생들을 한국에 두 번 초청하여 문화 교류의 장을 열었다. 영어 교사도 아닌 체육 교사가 국제교류사업을 맡느라 힘들긴 했지만 한국과 인도네시아가 서로 존중하는 기회를 만들었다는 사실만으로도 참 뿌듯하다.

인도네시아 파견교사로 지냈던 100일은 내 나라, 내 조국의 소중함과 가치를 깨닫게 해 주었다. 또 대한민국의 국민이자 교사로서의 정체성을 고민하게 하여 참된 교사로서의 자질을 갖게 해 주었다. 그 결과, 우리 학생들이 세계 시민으로 살아갈 역량을 갖추게 할 수업을 고민하게 되었다.

교육부 '학교체육대상' 수상

새내기 교사 시절, 줄넘기 덕분에 일찍부터 용기와 자신감을 얻은 나에게 시련 역시 빠르게 찾아왔다. 교직 2년 차부터 2년간 테니스 레슨을 받으며 한창 테니스의 맛을 알아 가던 중, '허리 추간판 탈출증'이라는 진단을 받은 것이다. 허리가 아파 제대로 걷지도 못하는 몸으로 앞으로 어떻게 체육 교사로 살아가야 할지 걱정이 들었고, 체육 교사라는 길을 택한 것에 대한 회의감이 찾아왔다. 기능 위주의 체육 수업을 제대로 할 수 없을지도 모른다는 불안감 때문에 다양한 방식의 체육 수업을 위한 노력을 기울이기 시작했다. 이때의 시련을 계기로 교수 학습 자료 개발 연구를 시작하게 되었으며, 영상 촬영과 편집 기술을 배웠다.

그 덕분에 체육 수업의 방향을 찾을 수 있었고, 학교와 체육교

교육부 주최 학교체육대상 수상

과연구회에서 다양한 활동을 하며 조금씩 성장할 수 있었다. 이후 10여 년 동안 꾸준한 나만의 체육 수업을 만들어 가던 중, 2015년 체육 교사로서 새로운 전환점을 만났다. '파워발야구'라는 한국 뉴스포츠를 학생들에게 가르치면서 한국 뉴스포츠에 대한 관심을 가지게 되었다. 그 관심이 인연을 맺어 한국 뉴스포츠인 '투투볼'을 개발했다. 이를 학생 활동 중심 수업으로 적용하고 해외에 보급하는 역할까지 하게 되었다.

뜻밖의 인연과 새로운 도전을 지속한 결과, 2017년에는 과분하게도 교육부에서 주최하는 '학교체육대상(학교체육교육 내실화 부문)'을 수상하는 영예를 얻게 되었다. 16년의 교직 생활 동안 힘든 과정을 이겨 내면서 재미난 체육 수업을 하기 위해 기울였던 노력과 열정을 보상받는 것 같아 감사하고 기뻤다.

교사로서 바라보는 나의 학창 시절

학교에서 학생들을 가르치다 보면 나의 학창 시절이 생각나곤 한다. 학창 시절을 너무나 재미있게 보냈기에 그 시절이 늘 그리워서 교사가 되었다. 교사가 된 후에도 가르치는 일이 적성에 잘 맞아 수업 준비도 열심히 했고 최선을 다해 가르쳤다. 나는 학교에서 다양한 수업을 한다. 교과서 중심의 수업이 아닌, 삶의 힘을 키울 수 있고 체육에 흥미를 느끼도록 하는 수업을 지향하고 있다. 이를 위해서는 교육 과정을 잘 이해하고 학생들의 체육에 대한 관심도를 파악하는 것이 우선이다. 그러다 보니 학생들이 수업에 참여하는 모습을 유심히 관찰하는 것이 나의 큰 관심사이다.

수업 중 또래 아이들끼리 함께 노는 것을 보면 참 예뻐 보이기도 하고 부럽기도 하다. 나는 중학교 시절 친구가 별로 없었다. 친구는 고작 놀 때 잠깐 만나는 정도였다. 나의 고민을 말하고 들어 줄 만한 친구는 많지 않았다. 성격이 거친 편이라 또래가 먼저 다가오지도 않았고, 나도 딱히 친구의 필요성을 느끼지 못했다.

친구를 만나다 보면 자연스럽게 서로의 집에도 놀러 가게 된다. 친구가 우리 집에 오고 싶다고 할 때마다 나는 우리 엄마는 집에 친구 초대하는 걸 싫어한다는 둥, 우리 집에는 놀 게 없다는 둥 둘러대곤 했다. 초등학생 때는 보육원에 거주하는 모든 초등학생이 같은 학교에 함께 다녔기 때문에 전교생이 우리의 존재를 알고 있었다. 그런데 중학생 때는 다른 여러 초등학교 출신이

나는 행복한 고아입니다

⋮

모였기 때문에 나의 신분을 밝히지 않는 이상 다른 친구들은 나에 대해 알지 못했다.

학생들이 노는 모습을 보면서 나의 학창 시절을 생각해 본다. 특히 우리 학교의 학생들은 참으로 밝고 명랑하며 예의가 바르다. 대부분이 아파트에 거주하고 부모님의 학력과 경제 수준이 높은 편이라 학생들의 정서적 안정감도 매우 높다. 이들은 어릴 때부터 부모님의 관심과 지원을 많이 받았기에 학습 능력도 좋고, 장래 목표도 구체적이고 뚜렷하며, 스스로 문제를 해결하고자 하는 의지도 남다르다. 새로운 환경에 잘 적응하고 선후배 관계도 매우 원만한 편이며 생각지도 못한 놀 거리를 찾아 스트레스를 해소하곤 한다. 인근 도시로 쇼핑을 가거나 여행을 떠나는 학생도 꽤 많다.

나는 중학생 때 성격이 거칠면서도 소심하여 교우 관계가 좋지 않았다. 새로운 놀이 문화를 즐기지 못했다. 물론 돈도 없었고 귀가 시간이 정해져 있어 놀 시간을 쉽게 낼 수도 없었다. 공부도 그다지 잘하는 편이 아니었다. 만일 수업 중 떠들거나 태도가 좋지 않으면 선생님들이 '보육원생이라 저렇구나.'라고 생각하실까 봐, 그런 편견을 아예 만들지 않기 위해 스스로 위축된 모습으로 중학교 시절을 보냈다.

나의 과거와는 비교할 수 없을 정도로 밝게 성장하는 요즘 중학생들을 보면서 내심 부럽다는 생각이 든다. 한편으로는 내가 가르치는 아이들이 바르게 성장하여 미래의 대한민국을 이끌어갈 인재가 될 수 있다는 생각에 보람도 느낀다. 학생은 그처럼 밝은 모습이 정상이며, 이 아이들처럼 부모의 뒷받침이 있어야 올바르게 성장할 수 있다는 생각이 자주 든다. 물론 학교에는 조용하고 항상 위축되어 있는 학생들도 있다. 아무래도 그런 학생들에게는 유독 관심이 더 간다. 가정에 무슨 사연이 있는지 궁금하다.

지난 5년간 학교에서 다문화 학생과 탈북 학생을 지원하는 업무를 담당하였다. 이들은 고아와는 또 다른 형편과 환경에서 다소 다른 생각으로 살아가고 있음을 알게 되었다. 본인들은 정작 남들과 다르다고 생각하지 않지만, 함께 살아가는 우리가 오히려 편견을 가지고 그들을 바라본다는 사실도 알게 되었다.

고아와 다문화 학생, 탈북 학생의 공통점은 대한민국에서 '소수'라는 것이다. 하지만 이 중에서도 고아에겐 부모가 없다. 이것은 매우 불행한 일이다.

받은 사랑을 나누어 주는 '고아 정신'

'고아 정신'이라는 말이 있다. 독자들에게는 생소하게 들릴 것이다. 고아 정신이라는 말은 조금 우습게도 들린다. 보통 정신이라는 말을 쓸 때는 '기업가 정신'이나, '독립 정신'처럼 좀 더 대단한 의미로 포장되곤 한다. 나는 고아 정신을 다음과 같이 정의 내리고 싶다.

고아 정신이란 무엇인가? 어렵게 살면서 고난을 극복하는 정신, 부모 없이 홀로 살아가는 힘, 아무도 나에게 관심을 가져 주지 않더라도 혼자서 잘 살고자 하는 마음이다. 보육원에서 함께 자란 형, 동생들에게 나는 입버릇처럼 "고아 정신으로 똘똘 뭉쳐 잘 살아야 한다."라고 이야기했다. 농담처럼 하는 말이었지만 영 허튼소리는 아니었다. 혹시라도 못난 행동을 하는 아이에게는 고아 정신이 부족하다고도 했다. 사실 여러 상황에서 쓰이는 말이라 그 정확한 의미를 설명하기가 어렵다.

여하튼 지금까지 나를 키워 준 것, 지금의 나를 만들어 준 가장 큰 원동력은 고아 정신이다. 고아 정신 덕분에 여기까지 올 수 있었고, 앞으로도 고아 정신을 잃지 않고 살아갈 것이다. 사람들은 나에게 말한다. "좀 더 멋진 말, 훌륭한 가치관도 많은데 왜 하필 고아 정신이냐?", "이제는 세 딸과 아내가 있는 한 가족의 가장이기도 한데 고아 정신이 무슨 소용이냐?"라고 말이다. 하지만 때로는 가장 간단하고 적나라해 보이는 듯한 표현이 가장 정직한 역할을 하기도 한다. 그래서 나는 고아 정신이라는 말이 부끄럽지 않고, 고아들이 자신이 처한 상황을 이겨 내게 해 주는 정신력을 나타내는 데 이 말보다 정확한 표현은 없다고 생각한다.

보육원을 퇴소한 후부터 나는 고아라기보다는 사회를 향해 첫 발을 내디딘 사회 초년생이자 신입 교사였다. 고아라는 과거를 잊을 수도 있겠지만, 고아로 성장한 아이가 고아 정신을 잊는다는 것은 자신의 정체성을 버리는 것과 같다. 보육원을 떠났지만 나의 가족이자 의지할 곳, 나를 알아주는 사람들은 보육사를 포함한 보육원 사람들이었다. 그러니 고아 정신을 잊는다는 것은 가족을 잊는 것과 마찬가지다. 또 다른 뜻으로 고아 정신을 해석하자면 '끝까지 버티는 정신'이라 말하고 싶다. 소위 '깡다구'라고 해야 할까. 돌이켜 보면 초등학교 때 친구와 몸싸움이라도 하는 날에는 절대 지지 않으려고 기를 썼다. 보육원 형들에게 맞을 때, "넌 고아 정신이 부족해."라는 말을 듣기도 했다. 고아란 힘들고 고통스러운 환경에서도 잡초처럼 잘 버티는 근성이기도 하다.

고아로 태어나 성장한 이들 가운데는 사업이 성공해 부자가 되고, 사회적으로 출세하여 이름을 날린 사람도 있을 것이다. 그들에 비해 나의 성취는 미약하게 보일 수도 있을 것이다. 하지만 앞에 말한 것들은 나의 '고아 정신'으로 이뤄 낸 자랑스러운 결과이자 성취라고 말하고 싶다. 남들이 뭐라고 해도 나를 이끌어 준 것은 고아 정신이다. 고아 정신이 나에게 도움이 되었는지 아니면 반대인지, 아직 인생의 절반 정도만을 살아왔기에 쉽게 결론 내릴 수는 없다. 하지만 나는 결코 후회하지 않을 자신이 있다. 이것이 나에게 주어진 운명이었고, 내가 가야 할 길임을 굳게 믿기 때문이다.

이러한 나의 논리가 어떤 이들에게는 반감을 살 수도 있을 것이다. 이유를 막론하고 보육원 생활을 경험해 보고, 고아로 살아온 사람이라면 충분히 그럴 수 있다. 그리고 그러한 경험이 아프고 쓰린 경험이라면 고아 정신이라는 말은 절대로 곱게 들리지 않을 것이다. 하지만 인생의 가장 중요한 시기인 유소년기에 보육원에서 오랜 기간을 보낸 이들에게 고아 정신은 쉽게 희석되지 않는다. 그들에게 고아 정신은 어떠한 형태로든 발현된다. 굳이 밝히고 싶지 않다면 감추겠지만, 과거를 고백해야 하는 순간이 온다면 자신의 고아 정신에 관해 용기 있게 말해 보는 것도 좋을 것 같다.

나는 올해부터 새로운 학교에서 근무하며 놀라운 일을 경험하고 있다. 담임을 맡게 된 반에서 보육 시설에 사는 학생을 만난 것이다. 보육원 아이들이 다니는 학교는 드물기 마련인데, 학교 근방 보육원의 모든 학생이 내가 가르치는 학교에 다닌다. 도시와는 떨어진 시골에 위치한 이 작은 학교에서 보육원 아이들이 공부하는 것이다. 나는 이것이 모두 하나님의 큰 뜻 아래 이뤄진 일이라 생각한다.

새 학교로 출근하면서 모든 아이의 가정 환경을 조사했고, 교감 선생님께는 보육원 아이들의 가정 환경과 특성에 대한 이야기를 들었다. 그리고 나는 교사가 된 이후 단 한 번도 밝히지 않았던 고백을 했다. 내가 보육원 출신임을 밝힌 것이다. 교감 선생님은 매우 놀란 표정을 보이셨지만 이내 나의 두 손을 꼭 잡아

체육대회 사회

1장 절망을 행복으로 바꾼 특별한 아이

⋮

주시며 너무도 대견하고 멋지다고 칭찬해 주셨다. 고아 정신이 또 한 번 빛을 발휘하는 순간이었다.

나는 담임으로서 그 아이들을 가르치고 보살필 뿐 아니라 보육원 선배로서 도와주고 싶다. 아이들이 원하기만 한다면 평생 그들 곁에서 인생을 잘 꾸릴 수 있도록 도움을 주는 존재이고 싶다. 더불어 이제껏 이뤄 온 것들보다 더 큰 성취를 이루고 싶다.

교사로서 모든 아이를 평등하게 대하면서도 고아 정신을 바탕으로 관심과 보살핌이 필요한 아이들을 사랑으로 돌보고 싶다. 부담을 주는 존재가 아닌 마음을 열고 의지할 수 있는 존재, 내가 그토록 필요로 했던 사람이 되어 주고 싶다.

행복에
이를 수 있었던 힘

하나뿐인
내 동생

한 살 터울의 동생은 세상에 단 하나뿐인 나의 혈육이다. 동생과 나는 보육원에서도 같은 집에서 자랐다. 장난도 치고 때로는 티격태격 다툼도 해 가며 그렇게 살았다. 남들에게는 평범할 수 있는 가족, 동생이라는 존재가 얼마나 소중하고 나를 안심시켜 주는지 다른 사람들은 잘 이해가 되지 않을 수도 있을 것이다.

보육원에서 살면서 피가 섞인 형제, 친동생이 있다는 것이 얼마나 다행인지 생각하며 나는 하루하루를 감사한 마음으로 살았다. 힘든 일이 생기면 함께 울기도 하고, 맛있는 것이 생기면 작은 것이라도 나누어 먹는 유일한 사람이었다. 동생은 나보다 한 살 어렸지만, 우리는 친구처럼 서로를 의지하며 끌어 주고 밀어 주며 그렇게 자라 왔다.

동생과 함께

나는 행복한 고아입니다

⋮

평소 패션 감각과 유머 감각이 남달랐던 동생은 주변 사람들을 즐겁게 해 주는 재주가 있었다. 잘 웃고 이해심도 깊어 주변 사람들은 동생을 좋아했고, 또래 여자애들에게도 인기가 많았다. 항상 보육원의 생활 규칙을 따르면서 조용하게 살고자 하던 나와 동생은 정반대였다. 정해진 귀가 시간을 어기기도 했고, 공부도 열심히 하지 않았다. 잘못해서 보육사에게 혼이 날 때도 동생은 웃음기를 잃지 않는 천진난만한 성격이었다.

친동생의 일탈

친구들이랑만 어울리는 것을 좋아하던 동생은 커 갈수록 친형인 나의 말을 잘 듣지 않았다. 자유분방한 성격에 호기심도 많았던 동생에게 보육원에서의 단체 생활은 너무도 답답하고 힘들었을 것이다. 그래서인지 동생의 가출이 시작되었다. 처음에야 동생의 깊은 속을 아는 사람이 나뿐이니 나라도 동생을 이해해 보려 했다. 하지만 가출이 잦아지면서 나도 너무 힘이 들었다. 동생 하나 있는 것도 잘 돌보지 못한다며 보육원의 형들이나 보육사들로부터 매번 혼이 나고 무시를 당했다. 형이라고 해도 나도 어린 나이였는데 이만저만 속이 상한 것이 아니었다. 하지만 이런 나의 속도 모르고 동생의 가출은 더욱 빈번해졌다.

중학생이 되면서 학교 친구들과 무단 조퇴를 하는 등 동생은 가출뿐 아니라 소소한 문제들도 일으키기 시작했다. 다행히 큰 사고를 치고 다니지는 않았지만, 생활 습관을 바르게 잡아 주며 동생을 지도하기에 어린 나는 역부족이었다. 게다가 동생이 어디서 무엇을 하는지 매일 쫓아다닐 수도 없는 노릇이었다. 나도 당장 학교생활에 집중하며 공부를 해야 했기 때문이다.

일반적인 가정 환경과는 다를 수밖에 없는 보육원에서의 생활은 많은 규칙으로 이루어져 있다. 알아서 숙제를 하고 학용품을 챙기는 것은 기본이고, 혼자 씻고 혼자 밥을 먹으며 모든 일은 스스로 해야 한다. 많은 아이가 함께 단체 생활을 하는 곳이기에 그만큼 억압이 많다고 느껴질 수 있다. 답답한 보육원 생활을 견디지 못한 동생은 결국 중학교 3학년이 되자 논산으로 가출했다. 보육원에서 자라는 자매들은 보통 서로 아껴 주며 이것저것 챙겨 주고 살갑게 지내지만, 형제들끼리는 거의 남남처럼 지내곤한다. 자기 앞가림도 하기 힘들기 때문일 것이다. 당시 동생은 습관처럼 가출했기에 나는 크게 걱정하지 않았다. 보육원에서도애써 찾으려고 하지 않았다. 워낙 많은 아이가 가출한 후에 다시 돌아오기 때문이다. 하지만 한참이 지나도 동생은 돌아오지 않았다. 당시 고등학생이었던 나는 결국 학교를 결석하고 논산으로 동생을 데리러 갔다. 어느 작은 공장에서 일하고 있던 동생을 보며 많은 생각이 들었다. 내가 형으로서 동생에게 어떤 사람이 되어 줄지, 어떻게 동생을 돌봐야 할지 앞길이 막막했다. 솔직히 말하면 '내가 공부만 할 시간도 부족한데…'라는 생각이 들며 한숨이 나왔다.

사실 내 처지는 소년 가장이나 다름없었다. 보육원에서 먹여 주고 재워 주었지만, 정서적인 부분에서의 보살핌은 받지 못했다. 늘 겉도는 동생을 보살피는 건 전적으로 나의 몫이었다. 그렇게 학교에 가는 둥 마는 둥 하며 학교생활을 하던 동생은 중학교를 겨우 졸업했다. 문제는 그다음이었다. 이제는 중학교도 졸업하고 철이 좀 들었겠구나 생각했는데 그것은 나의 오산이었다. 동생은 고등학교에 절대로 가지 않겠다고 고집을 부렸다. 보육원에서는 일반 고등학교에 진학할 의지가 없는 동생을 설득해 실업계 고등학교로 진학하게 했다. 오전에는 일하고 저녁에 공부를 하는 학교였다. 문제는 그 학교가 보육원과는 너무 멀었기에, 동생은 고등학교 진학을 계기로 보육원을 떠나야 했다.

서울에서도 한참 가야 하는 포천 어디쯤, 정확히 어디인지도 모르는 학교로 진학하게 된 동생은 어느새 보육원에서 자취를 감추었다. 형인 나에게는 제대로 된 설명도 없이 동생은 떠나갔다. 당시 고등학생이었던 나조차도 앞으로의 진로에 대해 생각이 정리되지 않았는데, 동생은 어떻게든 보육원을 나가고 싶어 했기 때문에 우리 형제는 어쩔 수 없이 그렇게 헤어지게 되었다. 형인 나로서는 큰 충격이었다.

고등학생이 된 동생은 입학한 지 몇 달도 되지 않아 패싸움에 연루되어 학교를 그만두었다. 나는 동생이 다니는 학교에 가 보지도 못했는데, 동생은 결국 학교를 떠난 청소년이 된 것이다. 학교라는 울타리를 떠나 동생이 어린 나이에 얼마나 고생을 하며 살았을지 그때를 생각하면 지금도 가슴이 메고 눈물이 난다.

동생은 살아남기 위해 닥치는 대로 일하고 보육원에서 함께 생활했던 친구들을 의지하며 하루하루를 힘겹게 보냈다. 다행스럽게도 형이 챙겨 주지 못한 동생을 보육원 친구들이 보듬어 주었다. 하지만 주변 사람들은 학교에 다니지 않는 동생을 무시하고 차별했다. 사회에서 인정받지 못하고 아무도 관심을 가져 주지 않았지만, 동생은 치열하게 일하며 점차 자리를 잡아 갔다.

한편, 고등학교 졸업 후 대학에 들어간 나는 돈이 필요했다. 보육원에서 생활비를 지원해 주었지만, 식비로 사용하고 나면 남는 게 없었다. 이런 내 사정을 아는 동생은 필요할 때마다 나에게 용돈을 보내 주었다. 동생이 수많은 고생을 하면서 힘들게 번 돈이라는 것을 알면서도 나는 그걸 마다할 형편이 되지 않았다. 우리 형제는 '천사 같은 동생이 공부하는 형을 뒷바라지하는' 참으로 드라마 같은 이야기의 주인공이 되었다. 하지만 나는 결코 동생에게 도움받는 것을 부끄러워하지 않았다. 동생이 나를 도와줄 때마다 나도 언젠가는 훌륭한 사람이 되어 동생을 무시하고 차별하는 세상에 도전하리라고 굳게 마음먹었다. 또한, 언젠가는 동생에게 받은 것들을 모두 갚고 말겠다는 결심도 했다. 반드시 성공해서 동생과 함께 이 세상에서 당당하게 살겠다는 의지를 불태웠다.

우여곡절이 많았던 대학 공부를 마치고 2005년에 나는 결혼했다. 결혼 후 행복한 가정을 꾸렸지만, 나는 계속 동생이 걱정되었다. '동생도 얼른 좋은 아가씨를 만나 결혼해야 할 텐데…'라며 나도 어느새 자식을 둔 부모 같은 입장이 된 것이다. 다행히 유머 넘치고 매너 있는 성격 덕분에 동생은 좋은 아가씨를 만났고, 결혼을 하게 되었다. 동생이 결혼할 때 나는 아내와 상의하여 냉장고를 몇 대 살 수 있는 정도의 축의금을 마련했다. 그동안 나

나는 행복한 고아입니다

⋮

를 도와준 것에 비하면 너무나 작은 액수였지만, 그동안 동생에게 빚진 것을 갚았다는 생각에 형 노릇을 한 것 같아 매우 흐뭇했다.

동생이 결혼한 후 나는 내 가족뿐 아니라 동생의 가족, 그리고 사돈까지 포함해 가족을 이루게 되었다. 고아 형제로 자라 어느새 대가족을 꾸리게 된 것이다. 평생 가족이라고는 우리 형제 둘뿐이라고 생각했는데, 이렇게 많은 가족이 생기니 온 세상이 아름답게 느껴지고 세상을 살아가는 데 자신감을 얻게 되었다. 동생은 세 명의 조카를 극진히 사랑해 준다. 가족이 없던 우리가 온전한 가족을 이루며 살아간다는 것이 새삼스레 놀랍다. 누군가에게는 지극히 평범한 일상이지만, 나와 내 동생에게는 하루하루가 기적같이 감사하다.

보고 싶고 만나고 싶은 엄마

내 동생과 나는 생김새도 성격도, 행동도 완전 딴판이었다. 그래서 사람들은 "진짜 친형제가 맞냐?"라고 재차 묻곤 했다. 이런 질문을 받을 때마다 기분이 썩 유쾌하지는 않았지만, 동생과 나는 한 배에서 나온 것이 의심될 만큼 정말 다른 점이 많았다. 동생은 공부를 싫어했지만, 나는 공부하는 걸 좋아했다. 동생은 자유분방한 성격이라 답답한 보육원 생활이 싫어 자주 가출했지만, 나는 단 한 번도 가출한 적이 없다. 이렇듯 하나부터 열까지 많은 것이 달랐지만, 친부모가 없었기에 형제라는 걸 증명할 방법도 없었다. 보육원 원장님께 여쭤보니 같은 날, 같은 장소에서 발견되어 보육원으로 데려왔으니 당연히 형제라고 생각해 우리를 형제로 맺었다고 하셨다. 다소 미심쩍기도 했지만 우리는 그저 서로를 유일한 핏줄이라 생각하며 의지하고 살았다. 보육원 선배들에게 맞기라도 한 날에는 얼싸안고 서러움을 달래기도 했고, 맛있는 것이 생기면 서로 나눠 먹었다. 외롭고 서러운 일이 많았던 보육원 생활에서 동생이 있다는 건 큰 힘이 되었다. 형제도 자매도 하나 없이 혼자 버려져 보육원에 온 아이들의 외로움은 우리 형제와 비교할 수 없을 만큼 커다란 것이었다.

동생은 보육원을 나가 일찍 사회생활을 시작했기에 우리 형제는 멀리 떨어져 살 수밖에 없었다. 명절이 다가와도 친부모가 없는 우리는 딱히 만날 만한 장소가 없었기에 남남처럼 지냈다. 나도 내 앞가림을 하고 공부에 매달리느라 바빴고, 동생도 어린 나이에 일을 시작해서 먹고사느라 바빠 서로 자주 만나지 못했다.

하지만 하늘 아래 나와 피가 섞인 친형제가 있다는 사실만으로도 큰 위로가 되었고, 서로를 의지하며 지냈다.

　우리 형제는 몸은 멀리 떨어져 있었지만 자주 통화하며 서로의 안부를 물었다. 동생은 술만 마시면 전화해 "형, 엄마 찾아 줘."라고 버릇처럼 말한다. 그러면 난 '또 시작이구나.'라고 생각하게 된다. 그래도 하나밖에 없는 동생이기에 웬만하면 받아 주는 편이다. 동생은 평소에는 친부모에 대해 전혀 묻지 않는다. 술만 마시면 부모님을 찾는 동생에게 나는 형이자 가장으로서 알겠다며 찾아 주겠다고 대답하는 일이 반복된다. 동생은 나보다 마음이 여리다. 동생은 동생인가 보다. 하지만 나는 엄마를 어떻게 찾아야 할지를 모르겠다. 어디서부터 어떻게 시작해야 하는지 모르겠다. 이제까지 부모님을 찾는 데에 별로 관심이 없었기 때문이다. 동생은 부모님을 찾아보자는 이야기를 자주 꺼냈다. 하지만 나는 당장 그것보다 급한 일이 많았다. 취직 걱정도 해야 했고, 결혼해서 안정된 가정도 꾸리고 싶었다. 막상 친부모를 찾는다고 해도 그 이후에 어떠한 일이 벌어질지 전혀 감을 잡을 수가 없었다. 차일피일 미루다가 결국에는 동생의 성화에 못 이겨 결혼을 하고 난 후에 함께 부모를 찾아보기로 했다.

나는 행복한 고아입니다

⋮

본격적으로 친부모를 찾기 위해 보육원의 서류를 찾아보았다. 보육원에서 내 입소 카드와 동생의 것을 확인해 보니 '친형제로 보임'이라고 기록되어 있었다. '친형제로 보임'이라니. 친형제가 아닐 수도 있다는 얘기인가. 나는 머릿속이 복잡해졌다. '40년 가까이 친형제로 알고 살아왔는데 만약 우리가 남남이라면 어떻게 해야 하지? DNA 검사라도 받아야 하나?' 온갖 생각이 들었다. 더군다나 동사무소에 가서 호적 등본을 떼어 보니 동생과 나는 호적상 아무런 관계가 없다고 나왔다. 이렇게 황당한 일이 또 있을까. 마흔 살이 될 때까지 보육원 관계자는 물론 대한민국의 어떤 사람도 나에게 부모를 찾아보라고 한 적이 없다. 모든 아이는 가정에서 자랄 권리가 있는데, 왜 아무도 그런 얘기를 해 주지 않았을까? 만약 입소한 후 바로 보육원에서 부모를 찾고자 했다면 현재보다 찾을 확률이 몇 배나 높았을 텐데 말이다. 대체 왜 이런 일이 벌어졌는지, 동생과 나는 이유를 찾아보기로 했다.

나는 우선 시청의 사회복지과를 찾아갔다. 보육원의 기록은 너무 오래되기도 했고, 보육원 직원들도 여러 번 바뀌어서 자료를 찾을 수가 없었기에 시청 직원과의 면담을 요청했다. 하지만 시간이 너무 많이 흘러 과거 나의 출생과 관련된 서류를 찾을 수 없다는 답변을 받았다. 스마트폰 하나만으로도 모든 일을 해결할 수 있는 첨단 시대에 고아에 대한 인적 기록 하나 제대로 보관되어 있지 않다니. 세상이 고아에 대해 정말 관심이 없고 그들을 도와줄 뜻도 없다는 생각만 들었다. 고아의 권익은 어디에서도 찾아볼 수 없었다.

시청에 방문해서 얻은 한 가지 소득은 호적에 대한 내용이었다. 무연고자 아동은 관할 시장이 법원에 요청하여 호적을 만든다는 이야기를 듣게 되었다. 나는 그동안 보육원 아이들의 호적이 만들어지는 과정이나 부모를 찾는 과정에 대해 어떠한 이야기도 들은 적이 없기에 호적 생성의 과정이 너무도 어이가 없었고, 화도 났다. 세상을 원망하는 마음도 들었지만 부모를 찾는 일을 여기서 그만둘 수는 없었다.

며칠 뒤, 나는 지방 법원으로 향했다. 생전 처음으로 법원이라는 곳에 갔는데 관계 부서를 확인해 보니 내가 가야 하는 곳은 이혼 서류를 제출하는 사무실이었다. 다소 경직된 분위기가 느껴지는 그곳에 들어가 "나의 과거를 알고 싶어서 찾아왔다."라고 말하니 직원은 놀라는 표정을 지었다. 왜 내 호적에 '전주 이씨'라고 나오는지 이유를 물었더니 법원 직원은 색이 누렇게 바랜 서류를 한 장 보여 주었다. 특별한 이유는 없고, 시장의 요청에 의해 법원에서 전주 이씨로 일가를 창립했다고 한다. 동생 역시 나와 같은 이유로 전주 이씨 호적에 올라 있었다. 동생과 내가 형제로 등록되지 않은 이유를 들어 보니 '아마도 친부모가 없기 때문에 형제임을 증명할 수가 없어서 호적에 따로 등재했을 것'이라는 답변을 들었다.

부모를 찾기 위한 용기 있는 선택

법원에 다녀온 뒤 몇 달이 흘러 나는 부모를 찾고 싶은 마음에 희망을 품고 근처 파출소에 갔다. 집 근처이다 보니 혹시나 인근 중학교에서 근무하는 나를 아는 사람이 있긴 않을까 내심 걱정되기도 했다. 아니나 다를까, 학교에서 학교 폭력 업무를 맡았기에 교사인 나를 아는 경찰관을 뵙게 되어 너무 부끄러웠다. 하지만 큰 결심을 하고 갔기에 나는 담담하게 친부모를 찾으러 왔다고 말했다. 이야기를 들은 경찰관은 이것이 민원 사항인지 판단하는 게 힘들었는지 다른 선배에게 상의하더니 다시 질문을 이어 갔다. 실은 사생활에 관한 내용이라 나로서는 무척 조심스러웠는데, 그 순간 파출소 안에 있는 모든 사람이 나만 쳐다보는 것 같았다. 가출인지, 실종 고아인지를 물어서 나는 버려졌다고

고등학교 시절 중학생인 동생과 대전 엑스포에서

나는 행복한 고아입니다

⋮

말했다. 대답하면서도 대단한 용기가 필요했다. 경찰관들은 고아들을 만난 적은 있지만, 파출소로 친부모를 찾으러 온 사람은 처음이라고 했다. 경찰관끼리 잠시 의논을 한 후, 이런 민원은 경찰서로 가야 한다는 답변을 들어야 했다. 30여 분 동안 개인 정보들을 밝히면서 친부모를 찾고자 했던 나의 애절하고 비장한 마음이 외면당한 것 같아 씁쓸하기까지 했다. 사회 초년생 경찰관에게 내가 무슨 큰 도움을 얻고자 했는지 괜스레 얼굴이 화끈거려 이내 집으로 돌아왔다. 섣부른 행동이었는지도 모른다는 생각이 들었다. 처음부터 기대를 너무 많이 하고 가서였는지 기분이 영 언짢았다.

경찰서로 가서 민원서를 제출하여 부모님 찾기를 다시 진행해야 할지 이대로 포기해야 할지 고민이 되었다. 40여 년을 보낸 지역 사회는 한 다리만 건너면 다 아는 사람이다. 괜히 부모님 찾으려다 남들의 시선을 의식하는 사람이 되지나 않을까 하는 우려까지 생겼다. 앞으로 펼쳐질 일들이 걱정되었다.

용기를 내어 며칠 뒤 경찰서를 다시 찾았다. 여성청소년계에서 「실종아동등의 보호 및 지원에 관한 법률」에 따라 DNA를 채취하여 국립과학수사연구원에 시료를 보냈다. 검사를 진행한 경찰관은 고아가 경찰서를 찾아오는 경우는 많지 않은 데다, 실제로 부모를 찾은 일은 한 번도 보지 못했다고 했다. 경찰관은 친절하게 안내해 주며 이후의 과정을 설명해 주었다. 며칠 뒤 동생에게도 연락하여 경찰서에 가서 DNA 검사를 하도록 했다. 몇 개월 뒤 경찰서에서 연락이 왔다. 국과수에 나의 DNA와 일치하는 자료가 없다는 것이다. 이 말은 친부모가 나를 찾기 위한 그 어떤 시도도 하지 않았다는 의미다. 경찰이 말하길, 우리 부모님이 국과수에 자신들의 유전자 정보를 등록하지 않았기에 일치하는 정보를 찾을 수 없다고 했다. 이 소식을 들으면서도 생각보다 특별한 감흥이 없었다. 40여 년 동안 부모를 찾고 싶다는 생각을 깊게 하지 않았으며, 찾더라도 어떻게 대해야 할지 몰랐는지도 모르겠다. 부모가 나를 찾을 생각이 있었더라면 벌써 보육원으로 찾아오지 않았을까 하는 생각도 있었다. 부모는 나를 찾을 생각이 없어 국과수에 자료를 맡기지 않았다는 것이 결론이었다. 그 소식을 동생에게 알리고, 우리는 담담하게 현실을 받아들였다. 경찰은 부모를 찾는 일에 도움이 되지 못해 아쉽다고 말했다. 하지만 내가 궁금한 건 따로 있었다. 동생과 내가 진짜 혈육인지 아닌지 알고 싶었다. 나는 경찰에게 사정을 이야기하고 이번 기회에 동생과의 진짜 관계를 알아봐 줄 것을 부탁했다. 처음 경찰은 그런 내용은 알아봐 줄 수 없다고 거절했다. 하지만 나는 이 단서만이 친부모를 찾는 유일한 길이라 말하며 그들을 설득했고, 내 말을 들은 경찰은 도움을 주었다.

국과수의 검사 결과가 나오기 전날, 잠을 이루지 못할 정도로 여러 생각이 들었다. 하지만 다행히도 검사 결과, 동생과 나는 형제로 판명되었다. 그동안 마음 졸였던 일들이 생각나 나도 모르게 눈물이 났다. 당연한 형제 관계를 이렇게 입증해야 한다니. 그럼에도 불구하고 행정적으로 동생과 나는 남남이었다. 참으로 안타까운 마음뿐이었다. 이제는 호주제가 폐지되어 동생과 나를 법적으로 연결할 수 있는 근거는 없다. 하지만 세상에 둘도 없는 친동생이 있다는 사실만으로도 나는 무척 행복하다. 그거면 충분하다. 동생도 나와 같은 마음일 것이다. 비록 부모와 친척들이 누군지도 모르고 살아왔지만 동생이 있으니 다 괜찮다. 서류가 입증할 수 없어도, 그 누가 뭐라고 해도 우리는 이 세상 유일한 형제이다.

동생과 친형제임이 밝혀지고 난 후, 정확한 이름과 친형제가 있음을 근거로 부모를 찾아 달라고 민원 신청을 하려고 했더니 불가능하다는 답변을 받았다. 이런 방법으로는 전쟁고아나 입양인만 부모를 찾을 수 있다는 것이다. 이건 무슨 날벼락인지, 대한민국의 법이 나를 당혹스럽게 했다.

대신 나는 그 두 가지 단서를 가지고 경찰관에게 수사를 의뢰했다. 자식을 버린 부모를 수사해 달라고 한 것이다. 「아동실종법」에 의거해 수사를 의뢰했으나 이 역시 불가능하다는 답변을 듣게 되었다. 이유는 이성남과 동생 이름으로 찾아서 부모에 대한 정보가 확인되더라도 그분에게 자식을 버린 부모가 맞는지 확인하는 건 「개인정보 보호법」에 위배된다는 것이다. 이 방법으로도 부모를 찾을 수 없게 되자 영영 불가능할지도 모른다는 좌절감이 찾아왔다.

경찰서에서는 여러 방법으로 도와주겠다고 했지만, 과연 부모님을 찾을 수 있을지 의구심이 들기도 한다. '친부모를 찾는 일이 이렇게 힘든데 굳이 찾아야 하나?'라는 생각이 들기도 한다. 친부모를 찾는 과정에서 이미 상처받은 나는 혹시나 현재의 내 가족이 상처를 받진 않을까 하는 고민도 사실 하게 된다. 부모를 찾고도 관계가 회복되지 않아 힘들어하는 동생들을 자주 목격했는데, 앞으로 어떻게 행동해야 할지 많은 고민을 하고 있다.

과연 내 친부모는 어디서, 어떻게 살고 계실까? 잘 살고 계실까? 무슨 사연으로 나를 버렸을까? 버린 것은 이해할 수 있는데, 후에라도 왜 우리를 찾질 않았을까? 새로운 가정을 꾸려 살고 계신 걸까? 아니면 엄마, 아빠 중 한 분이 돌아가시거나 두 분 다 돌아가셔서 찾지 않는 건 아닐까? 그것도 아니면 이민을 가신 걸까? 엄마, 아빠가 아니라면 다른 친척들은 우리 형제의 존재에 대해 전혀 모르고 있는 걸까? 이렇게 지금도 대답 없는 질문들이 불쑥불쑥 튀어나온다.

　인간으로서 부모를 찾는 것이 도리지만, 한편으로는 세 딸의 부모로서 가지는 마음도 나를 저울질한다. '그분들도 말하지 못할 나름의 사연이 있지 않았을까?'라고 이해하려는 마음 말이다. 고아로 산 나의 아픈 과거로 인해 그분들을 원망하는 것이 아니라, 그분들 인생의 우여곡절을 이제는 같은 어른의 마음으로 끌어안아 보려고 한다.

행복의 문을 열어 준
보육사 엄마들

보육원에서는 보통 보육사를 엄마라고 부른다. 엄마란 어떤 존재일까? 보통 엄마라고 하면 자식에 관해서는 모든 걸 품어 주는 사람, 자식을 위해 목숨까지 내어줄 수 있는 사람이다. 굳이 설명하지 않아도 누구나 엄마에 대해 알고 있다. 하지만 보육원에서는 그러한 의미보다는 그저 관행적으로 보육사를 엄마라고 불렀다(지나고 보니 엄마보다는 이모 정도라고 부르는 것이 맞을 것 같다). 보육사 엄마는 우리를 온전히 사랑해 주며 기대고 싶은 포근함을 주는 사람이라기보다는 자주 혼내는, 때론 무서운 사람이었다. 나이가 들어 보육원 내 다른 집으로 이동하면서 자연스레 엄마도 바뀌었다. 새로운 보육사는 엄마가 아닌 '어머니'라고 불렀는데, 오히려 그편이 조금 낯설어도 편하게 느껴졌다.

보육사들은 보육원에서 아이들을 돌보며 함께 숙식한다. 어린 아이들에게는 직접 밥을 먹여 주고 씻겨 주기도 한다. 여러 사람이 생활하는 공간에서 빨래며 청소며 온갖 힘든 일을 매일매일 해낸다. 여성 보육사들은 아이들에게 엄마인 동시에 아빠 역할도 해야 한다. 때로는 큰 소리로 야단도 치지만, 다정하고 포근하게 안아 주기도 하면서 다양한 역할을 맡는다. 요즘이야 보육사에 대한 처우가 상당히 나아졌지만 1990년대만 해도 보육사 한 명이 보육원에 상주했기 때문에 보육사의 자녀들도 보육원에서 함께 생활했다. 그런데 보육원 아이들과 보육사의 자녀들이 함께 생활하는 것은 여러 가지로 불합리하고 불편한 점이 많았다.

내가 살던 보육원에는 총 열 개의 집이 있었고, 각각의 집에 열 명 이상의 아이가 보육사 한 명과 함께 살았다. 내가 사는 집이 아닌 다른 집의 보육사들도 자주 만나며 왕래했기에 우리는 마음에 드는 보육사는 똑같이 엄마라고 불렀다. 보육사끼리 친한 경우라면 그 집에 사는 아이들끼리도 친해져 함께 어울리곤 했다.

평소 가까이 지내지 않는 다른 집 보육사들은 선생님이라고 부르기도 했는데, 선생님이 훈계를 하면 평소 혼날 때보다 기분이 더 나쁘기도 했다. 마치 잘 모르는 이웃집 어른이 다짜고짜 혼을 내는 꼴이었다. 다른 집 아이들의 잘못 때문에 나까지 덩달아 혼나면 억울하고 황당한 마음이 컸다. 너무도 성격이 좋으신 보육사도 계셨다. 그분이 계신 집에는 남자아이들이 매일같이 놀러 갔고, 간식도 실컷 먹으며 편안한 마음으로 쉬기도 했다. 어린 마음에 아이들끼리 보육사들의 인기 순위를 정하기도 하고 때로는 '뒷담화'도 했다.

초등학교 때 만난 엄마는 나이가 매우 많은 분이었다. 딱 봐도 나에게 할머니 정도 되는 분이 보육사로 오신 것이다. 그분은 아침 일찍부터 아이들을 깨웠고, 식사 시간을 어기면 혼을 내는 등 매우 엄격한 분이었다. 당연히 아이들과는 쉽게 소통하지 못했고 기본적인 먹을 것, 입을 것 외에 다른 것은 챙겨 주지 못했다. 당시 하루도 빼놓지 않고 보육원의 형들은 어린 나를 괴롭혔는데, 제대로 된 도움을 받지 못해 혼자서 힘겹게 버텨야 했다. 초등학교 졸업식 때 학교에 오신 그분을 보며 친구들이 "엄마가 왜 이렇게 늙었냐?"라고 물어 부끄러워했던 적도 있다. 우리들이 말을 참 안 듣기도 했지만 그분도 연세가 있으셨기에 많은 아이를 보살피기에는 어려움이 컸을 것 같다.

고등학교에 들어가 다섯 번째로 만난 보육사와는 불과 아홉 살 차이밖에 나지 않았다. 엄마라고 부르기에는 어색했다. 지금 생각하면 조금 나이 차이가 나는 누나 정도 되는 분이었는데, 누구보다 우리를 잘 이해해 주고 아이들의 마음이 어떠한지, 각자의 성향이 어떻게 다른지 헤아리며 대해 주셨다. 그분은 정해진 규칙보다는 아이들의 자율성을 인정해 주며 하나의 인격체로 존중해 주셨다. 보육원 생활 중에 그런 분은 처음이었다. 비록 어색한 마음에 따로 엄마라고 부르지는 않았지만, 심적으로는 많이 따르고 의지했던 기억이 난다. 당시 엄마는 스물여섯에 처음 보육사 일을 시작했다. 한창 혈기 왕성한 나이에 열 명 이상의 고등학생 아들이 생겼으니 당황했을 것이다. 하지만 엄마는 우리에게 온 정성과 사랑을 쏟았다. 가장 기억에 남는 것은 매일 아침 학교에 갈 때 아무리 바빠도 문 앞까지 나와 "학교 잘 다녀와."라고 인사를 해 준 것이다. 그 말 한마디는 보육원 생활에 찌들어 너무나 무기력해져 있던 나의 감정을 보듬어 준 것은 물론, 등교에 대한 부담감까지 싹 없애 주었다. 그야말로 나를 살리는 말이었다. 누군가를 위한 좋은 말이 힘이 있다는 것을 그때 알게 되었다.

보육 지도 경험이 없는 초짜 엄마는 나름대로 열심히 일하고 애를 썼지만 무슨 사연인지 모르게 2년 후에 보육원을 퇴사했다. 보육원에서 자라면서 엄마라는 존재, 엄마의 정이라는 것을 느끼지 못했던 나는 다섯 번째로 만난 엄마를 통해 '엄마란 이런 사람이구나.'라고 생각하게 되었다. 그런데 어느 날 갑자기 엄마의 퇴사 소식을 듣게 되어 나는 큰 충격에 빠졌다. 엄마가 퇴사하는 날, 하늘이 무너지는 것 같은 기분으로 학교 가는 길에 엉엉 울었던 기억이 난다. 그리고는 다시는 누구에게도 정을 주지 않겠다고, 쓸데없이 다른 데 신경 쓰지 않고 오직 공부에만 매달리겠다고 다짐했다. 그만큼 충격이 컸다.

그 후에 새로운 여성 보육사가 들어왔다. 전 보육사는 빨래는 물론 집안일을 대부분 맡아 주었는데, 새로 온 보육사는 그전과는 완전히 다른 방식으로 아이들을 양육했다.

아이들의 방이나 책상이 잘 정돈되어 있는 걸 좋아하던 보육사는 이불을 개는 것이나 빨래 정돈도 마찬가지로 완벽한 상태를 강조했다. 생활의 모든 부분이 본인 뜻대로 되지 않을 때는 짜증을 부리기도 하고, 심하게 혼을 내기도 했다. 보육원 아이들을 이해하기보다는 자신의 방식에 맞추어 생활하기를 요구했다. 당번을 정해 아이들이 직접 설거지를 하게 했고, 자신의 말을 잘 듣지 않는 아이들의 옷은 빨아 주지도 않았다. 이러한 상황에서 고집이 센 나와 자주 싸우기도 했고, 서로 아예 말을 하지 않고 신경전을 벌이며 수개월을 보냈다. 오랜 기간 동안 함께 지내 온 보육사의 방침에 따라 생활하던 내가 하루아침에 완전히 다른 방식으로 생활하려니 어려움이 더했다. 엄마답지 않은데 엄마라고 불러야 하는 그분의 지도 방식을 온전히 이해할 수 없었기에, 당시 고등학생이었던 나는 그저 불같이 화를 내곤 하였다. 지금에 와서 돌이켜 보면 다 컸다고 생각하는 고등학생에게 갑자기 새로운 엄마가 불쑥 나타나 자신의 생활 방식으로 살아야 한다고 강요한 것이다. 게다가 그 기준이 부당했다. 여기에 억지로 맞추며 사는 것이 얼마나 서로에게 고통스러웠을지, 지금도 마음이 아프다.

상황을 지켜보던 보육원 사무실에서는 나를 보육원 안의 다른 집으로 보냈고 나는 다른 보육사, 즉 새로운 엄마와 살게 되었다. 사는 집을 자주 옮기는 건 보육원에서 익숙한 일이라 큰 부담은 없었다. 새로운 집은 예전과는 완전히 다른 분위기였다. 나에게는 전화위복이었다. 새로 만난 엄마는 이전 엄마와는 정반대로 나를 너무나 잘 믿어 주고 이해해 주는 분이었다. 내가 하는 일이라면 조용히 지켜봐 주고 응원해 주었다. 낳아 준 사람만이 엄마가 아니라 보살펴 준 사람도 엄마가 될 수 있다는 것을 나에게 알려 준 분이기도 하다.

엄마는 그동안 보육원에서 만난 어떤 엄마들보다 가장 '엄마다운' 분이었다. 늘 포근한 마음으로 아이들을 안아 주었고, 조건 없는 사랑과 관심을 주는 분이었다. 나는 그간 많은 보육사를 만났기 때문에 눈빛만 보아도 진심으로 아이들을 대하는지 아닌지 알 수 있었다. 진심 어린 눈빛과 정성으로 아이들을 대하는 태도에 난생처음 '나도 친엄마가 있었으면 좋겠다.'라고 생각했다. 내가 엄마를 더 깊이 이해할 수 있었던 것은 나도 그만큼 철이 들었기 때문이었다. 힘든 삶을 살아가는 보육사를 바로 옆에서 지켜보면서 한편으로는 친아들처럼 그분 곁을 지켜 주고 싶다는 생각을 했다. 피곤한 기색 하나 없이 늘 밝은 표정으로 열심히 일하시는 모습을 보며 나도 나중에 엄마처럼 따뜻하고 강한 마음을 가진 사람과 결혼하고 싶다고 생각했다.

임용 시험을 준비하는 동안에도 엄마는 나를 위해 기도해 주고 따뜻한 집밥을 차려 주며 마음의 안정감과 새로운 힘을 전해 주셨다. 그리고 보육원의 많은 동생에게 모범이 될 수 있기를 바란다며 굳은 희망을 심어 주셨다. 나는 보육원에서 자라며 총 일곱 곳의 집을 옮겨 다녔다. 여러 보육사를 만났지만, 그중에서도 나를 가장 잘 이해하고 믿어 준 엄마 덕분에 임용 시험을 한 번에 합격하게 되었다. 보육원 퇴소 전에 마지막으로 만난 엄마는 지금의 나를 있게 해 준, 가장 큰 힘이 되어 준 분이시다.

그분은 지금 퇴직하셨고 함께 생활하던 두 아들도 성인이 되었다. 그들과는 지금도 서로 연락을 주고받는데, 가끔 만나 밥도 먹고 축구도 하는 의형제가 되었다. 사실 가족이라는 건 특별한 뜻이 아니라 함께 우애를 기르고 진심으로 챙겨 주는 관계가 아닐까 싶다.

보육원에는 아이들을 돌봐 주는 보육사뿐 아니라 식당, 전기, 운전, 행정 등 다양한 분야에서 많은 선생님이 함께 일하신다. 그분들의 일은 부모가 가정을 꾸리는 것처럼 보육원을 운영하고 아이들을 돕는 것이다. 그런데도 아이들은 보육원 직원들의 눈치를 보았다. 눈치를 보며 밥을 먹고, 학용품을 챙기고, 아플 때면 병원에 데려다 달라고 부탁드렸다. 아이들이 누려야 할 당연한 권리인데도 늘 죄송하고 불편한 마음이 앞섰다. 직원들은 대부분 아이들을 잘 대해 주는 편이었지만, 일이기 때문에 귀찮기도 했을 것이다.

더군다나 아이들은 어리기에 제멋대로이고 또 일관성 없이 행동하며 믿음을 주지 못했다. 어른에게 공손하게 예의를 차려 부

2장 행복에 이를 수 있었던 힘

⋮

245

탁해야 하는데 태도도 썩 좋지 못하기에 서로가 기분 좋은 마음으로 대하지 못했던 것 같다. 죄송스러운 마음도 들지만, 한편으로는 우리를 좀 더 친절하게 대해 줬으면 좋았을 것이라는 아쉬움도 든다.

21년간 보육원에 살면서 나는 여덟 명의 엄마와 수많은 선생님, 보육원 직원을 만났다. 그저 일로써 의무감에 나를 보살펴 준 분도 계시고, 사명감을 가지고 나를 성장시키며 나의 가치관과 인생에 큰 영향을 주신 분들도 계시다. 특히 매주 저녁 기도회를 인도하시며 신앙심을 갖게 해 주신 분도 기억에 남는다.

나는 보육사의 수고를 폄훼하고 싶은 생각은 전혀 없다. 그분들의 헌신으로 나는 성장했고, 내 인생도 빛날 수 있었기에 늘 감사하게 생각한다. 무엇보다 요즘 보육사들은 과거보다 훨씬 더 좋은 환경에서 아이들을 인격적으로 보살피고 있다. 매일매일 아동 카드를 작성하며 아이들의 성장을 기록하고 직원 역량 교육을 받으며 어떻게 하면 더 좋은 환경에서 아이들을 지도할지 고민하고 있다. 보육원에서도 아이들의 정서와 심리를 위해 다양한 프로그램을 운영하면서 올바른 성장을 돕고 있다. 이들의 노고와 헌신으로 아이들은 오늘도 무럭무럭 자라나고 있다는 것을 부디 기억해 주기를 바란다.

헌신과 사랑으로 일하는 보육사들

보육원에서 일하는 보육사들은 여러 가지 어려움을 겪는다. 보육원이라는 공간은 보육사들에게는 직장이지만, 그곳에서 생활하는 아이들에게는 '집'이기 때문이다. 보육원을 집으로 생각하는 아이들과 그곳을 직장이라고 생각하는 보육사들, 그들 사이의 갈등과 어려움은 여기에서부터 시작된다.

과거보다 근무 여건이 많이 나아졌다고는 하지만 사회가 변하고 시대가 달라지면서 아이들도 덩달아 달라지기에 보육사들의 업무는 더욱더 힘들어졌다. 과거에는 부모의 이혼 때문에 보육원에 입소하는 아이가 많았다면, 최근에는 아동 학대나 미혼모 등 좀 더 복잡한 사회적인 요인이 더해졌다. 따라서 보육사들이 아이들을 지도하는 방법에도 변화가 필요하게 되었다.

예전에는 아이들을 양육하면서 보육사들이 때때로 회초리를 들기도 하였다. 단체 생활 속에서 많은 아이를 돌봐야 하므로 아이들끼리 심하게 싸우거나 귀가 시간을 지키지 않고 상대방에게 피해를 줄 때는 보육사들도 어쩔 수 없이 체벌을 가했다. 일반 가정에서도 부모가 자녀 훈육을 위해 체벌을 할 수 있다는 것이 당시 사회적 분위기였다. 보육원에서 유년 시절을 보낸 나조차도 꼭 필요한 경우에는 적절한 체벌은 어쩔 수 없다고 생각했다. 하지만 최근의 보육원 풍경은 조금 달라지고 있다. 보육사들은 '아동 중심'이라는 철학을 가지고 아이들을 인격적으로 존중하고 학생 자치회 등을 운영한다. 함께 소통하고 아이들이 자율적으로 생활할 수 있도록 지도하는 모습으로 변화하고 있다. 아이들은 스스로 용돈을 관리하고 때로는 아르바이트도 하면서 개인의 삶을 꾸려 나가고 있다. 보육사들도 아이들이 보육원을 퇴소한 후 성공적으로 자립할 수 있도록 성(性), 진로, 금융 등 다양한 분야의 교육을 진행하고 있다. 하지만 안타깝게도 자율성을 강조하는 방침이 독이 될 때도 있다. 아이들이 이러한 점을 악용하여 보육사들을 따르지 않고 제멋대로 행동하기 때문이다.

나는 아이들에게는 어느 정도의 제약이 필요하다고 생각한다. 특히 평생을 가는 가치관과 생활 습관이 형성되는 청소년기에서의 올바른 제약과 지도는 아이들이 꼭 누려야 할 권리이기도 하다.

때로는 상처받고 눈물도 흘리는 보육사들

보육원에서 정해진 귀가 시간을 지키지 않고 새벽까지 놀다가 귀가하는 아이들은 같은 공간에서 생활하는 다른 아이들에게도 영향을 미치게 된다. 한창 친구들과 어울릴 나이이니 노래방이나 PC방에 다니고 싶은 마음도 이해가 되지만, 정해진 규율을 어기고 단체 생활에도 나쁜 영향을 준다면 문제는 더욱 심각해질 수 있기 때문이다. 더욱이 보육사들은 문제를 일으키는 아이들과 한번 갈등이 겪으면 나머지 아이들을 돌보는 데에도 많은 어려움을 호소한다. 감수성이 예민한 아이들은 보육사들의 관심을 간섭으로 여기기도 하고, 야단을 치면 아동 학대로 신고하겠다며 보육사들을 협박한다.

보육원의 모든 아이가 보육사들과 갈등을 겪는 것은 아니지만, 아이들은 보육사들이 자신의 친부모가 아니라는 생각에 더욱 함부로 대하거나 지나칠 정도로 화를 내기도 한다. 한번 이러한 갈등을 겪고 나면 보육사도 사람이기 때문에 일반 가정에서처럼 온전히 사랑하는 마음으로 아이들을 양육하기 어렵게 된다. 그저 직업인으로서 기계적으로 일할 수밖에 없는 것이다. 옷을 세탁하고, 식사를 준비하고, 아동 일지를 쓰며 의무감만으로

중학교 시절 보육원 가족사진

나는 행복한 고아입니다

일한다. 보육사로서 처음 일을 시작할 때의 열정이나 순수함은 점차 사라지고 그저 일로만 아이들을 대하는 것이다. 태도가 변한 보육사들을 보며 아이들도 덩달아 당황하는 것은 어쩌면 당연한 일이다.

가끔은 아이들이 보육사를 아동 학대 등으로 신고하고, 이에 상처받은 보육사가 직장을 그만두기도 한다. 이런 세태를 보며 달라진 보육 환경을 실감한다. 그래서 보육원에 멘토링 교육을 하러 가면 나는 아이들을 훈계하기보다는 동생을 대하는 마음으로 사랑을 담아 이야기하려고 애쓴다. 시설 생활에서의 어려움을 들어 주려고 하고, 진심을 담아 삶에 대한 힘을 가질 수 있도록 격려한다.

보육사에게도 사생활이 있다. 누군가는 결혼을 하고 한 가정의 엄마로 자녀들에게 존경을 받는 존재일 테다. 내 자식에게 쏟는 정성 못지않게 보육원 아이들에게도 모든 노력을 다하지만, 정작 돌아오는 건 상처일 때가 더 많다. 소통은 고사하고 고마움도 모르고 매정한 말을 아무렇지도 않게 내뱉는 모습을 볼 때면 이게 정말 자신의 업이고 적성은 맞는지 고뇌하기 마련이다. 때로는 자신의 능력이 부족한 건 아닌지 절망에 빠지는 경우도 있다.

친자식에게 그러는 것처럼 훈계를 하면 잔소리로 받아들이고, 툭하면 신고하겠다는 협박성 발언도 서슴지 않는다. 보육사들의 자존감이 바닥으로 곤두박질치는 순간이다. 나는 보육사로 일해 본 적은 없지만, 이런 상황과 보육사들의 마음을 잘 안다. 보육원에서 보냈던 시간이 있고 이후에도 보육원 운영위원회 감사를 맡아 보육사들의 상담을 해 봤기 때문이다.

나는 보육원을 나온 이후에도 가능한 한 매주 보육원 아이들과 어울리려고 노력하고 있다. 함께 축구를 하면서 시설에 남아 있는 동생들의 습성과 보육원 내부의 변화까지 어느 정도 깊숙하게 감지하고 있었다. 10년 전에는 보육사가 단체로 신체 단련 시간을 정해 선배들과 축구를 하러 가자고 하면 축구를 좋아하지 않더라도 아이들이 따라오곤 했다. 보육사 입장에서는 평소 쌓여 있던 감정을 풀고 건강도 관리할 수 있는 시간을 마련해 주고 싶은 마음이었을 것이다. 이참에 대인 관계 능력도 키우기 좋으니 사무실의 동의를 얻어 가능한 모든 아이를 데리고 나왔다. 그런데 이제는 그것도 쉬운 일이 아니다. 몇 년 전부터 아이들이 시간 약속도 잘 지키지 않을 뿐 아니라 PC방에서 게임을 하느라 밤늦게 들어오는 경우가 많단다. 세상이 이렇게 변해 버렸다. 보육사의 지도보다도 아이들의 욕구가 더 우선시되는 분위기로 바꿔었다. 보육사도 딱히 강제적 지도를 하기 어렵다. 가면 갈수록 아이들을 대하는 게 어려워진다.

　보육원 생활에서도 자신의 의사를 피력하고 이를 존중해 주는 건 무척 중요한 일이다. 하지만 모든 아이가 각자 알아서 성실하게 생활해 주지는 않는다. 개중에는 상식을 넘어서는 짓을 하거나 보육원 내에서 큰 문제를 일으키기도 하고, 밖에 나가서는 온갖 위법 행위를 저지르는 아이도 있다. 그럴 때는 단호한 지도와 지속적인 관심이 필수다. 훈계를 잔소리로 듣는 아이들을 가르치는 입장에서는 힘이 들 수밖에 없다. 보육사들은 그런 것마저 숙명처럼 받아들인다. 나 역시 마찬가지다. 학교에서 학생들을 지도하면서 보람도 크지만, 때때로 교사에게 상처를 주는 아이도 만난다. 그나마 교사는 사회적으로 존경받는 직군이라 학부모와 함께 합리적으로 지도할 수 있는 절차와 여건이 마련돼 있다. 보육사들은 이와 정반대의 상황이다. 교사의 역할도 해야 하고 여기에 더해 청소, 빨래를 비롯한 수만 가지 뒤치다꺼리를 해야 한다. 수도 없이 많은 역할을 감당해야 하는 상황이다. 참으로 힘든 일이다.

　단체 생활에서 아이의 인격을 최대한 존중하고 스스로 삶을 개척하도록 이끄는 건 정말 어렵다. 열 명 내외의 아이를 돌보다 보면 말을 잘 듣는 아이도 있지만, 말을 안 듣는 아이도 있기 마련이다. 그런 아이의 요구를 들어주는 건 여간 벅찬 일이 아니다. 어릴 때야 말을 잘 듣는다지만, 그런 아이도 사춘기에 접어들면 변하기 십상이다. 순수하지 못한 표정과 억세기 그지없는 말투로 보육사에게 상처를 안긴다. 그럼에도 보육사는 그저 사랑으로 아이를 대할 뿐이다. 매일 아이들의 용돈을 관리하고 성장 일지를 써야 하는데 이 일이야말로 하루 일과 중에 가장 힘든 일이다. 보육사들은 그렇게 기른 아이가 퇴소 후에도 나를 찾아와 주었으면 하고, 만약 찾아오지 않는다면 어쩌나 하는 걱정을 한다.

어느 보육사는 퇴소 후에도 아이마다 개별적으로 연락을 하며 관리해 준다. 명절이면 퇴소한 아이들을 따로 모아 음식을 나누어 먹으며 쌓아 온 정을 키우려 노력한다. 취업을 못 해 어려워하는 아이에게 직장을 소개해 주는 경우도 있다. 이런 마음을 두고 그들이 어찌 우리의 엄마가 아니라고 말할 수 있단 말인가? 직접 낳은 자식이 아닐지라도 가슴으로 돌보고 사랑으로 키운 아이들이다. 이 아이들이 자립하고 번듯한 가정을 꾸리겠다며 청첩장을 들고 올 때, 이를 지켜보는 마음이 어떨까? 이 얼마나 고귀하고 숭고한 삶이란 말인가.

나 역시 대학생 때 보육사의 생활 지도 방식에 매우 불쾌감을 가졌던 적이 있다. 교육학을 갓 배우던 시기였다. 그때는 학습이 어떻게 이루어지는지, 올바른 성격을 형성하기 위해 어떤 심리 이론이 필요한지, 창의력을 이끌어 내기 위한 질문법은 알고 있는지, 어떤 교육 철학을 가지고 있는지 등등 모든 게 의문스러웠다. 혈기 방장하던 때였다. 지금 생각하면 부끄럽기 짝이 없다. 그때는 보육사들이 여러 행동주의 학습 이론이나 도덕성 함양법 등을 조금이라도 안다면 보육원 아이들을 대하는 데 큰 도움이 될 거라는 생각이 지나치게 앞섰다.

나의 인생에 빛이 되어 준
고마운 분들

보육원은 수많은 후원자의 도움으로 운영된다. 정부의 재원이 기본 바탕이 되어야 하지만, 보육원이 원활하게 돌아가려면 후원자의 후원 또한 중요하다. 후원금은 다양하게 모인다. 보육원으로 바로 입금되기도 하고, 특정 아동에게 들어오기도 한다. 또 직접 시설을 방문하여 아이를 만나고 현금으로 건네기도 한다.

재정적 후원만 있는 것은 아니다. 후원자님들은 집 안 곳곳을 수리해 주거나 아이들에게 공부를 가르쳐 주기도 하고 먹을 것이나 필요한 물품을 보내 주기도 한다. 또 아이들이 넓은 세상을 경험할 수 있도록 다양한 체험을 시켜 주기도 한다. 어릴 때 받았던 인상적인 후원 물품은 대통령 하사품이었다. 비록 지금은 없어졌지만, 90년대 초, 설날이 되면 당시 청와대에서는 보육원으로 선물 세트를 보내 주었다. 근사한 포장지에 적힌 대통령의 존함을 보며 아이들은 감격스러워했고, 평소에는 구경도 잘 하지 못하던 고급스러운 과자의 맛은 아직도 기억이 난다.

어느 날엔가는 보육원 근처에서 유도관을 운영하는 관장님이 찾아오셨다. 아이들에게 운동을 가르쳐 주고 그중에서 잘하는 아이가 있다면 선수로 선발하고 싶다고 하셨다. 그 관장님은 남자아이들을 한 줄로 세워 앞구르기와 달리기를 시켰고, 근력을 측정하기 위해 손목을 잡아 보기도 했다. 나를 포함하여 아이들 가운데 다섯 명 정도가 뽑혀 관장님과 특별 상담을 했다. 무료로 유도를 배울 수 있는 기회가 생겼지만, 나는 당시 주산 학원에 다니고 있었기 때문에 두 가지를 병행하기는 어려웠다.

아이들은 매번 후원자들의 방문을 기다린다. 후원자와 함께 잠시 외출을 할 수도 있고, 친부모로부터 받지 못한 따뜻한 정과 사랑도 잠시나마 느껴 볼 수 있기 때문이다. 후원자와 함께 외출하는 아이는 다른 아이들의 부러움의 대상이 되곤 한다. 다행히 내게도 큰 사랑을 베풀어 주시는 후원자님이 계셨다. 그분은 초등학교 때부터 나와 동생을 후원해 주셨는데, 대구에 있는 자신의 집에도 직접 초대해 일반 가정을 체험할 수 있는 기회를 주셨다. 맛있는 음식을 해 주시고 식사 예절도 알려 주셨다. 오히려 우리에게 잘 먹어 줘서 고맙다고 인사하시던 모습은 아직도 잊히지 않는다. 나와 동생을 데리고 밖으로 나가 함께 영화관에 가기도 하고, 신나는 놀이동산에 가기도 했다. 가장 좋았던 기억은 도서관에 데려가 주셨던 것이다. 우물 안 개구리처럼 보육원에서만 지내다가 처음으로 도서관에 가서 수많은 책과 공부하는 사람들을 보며 막연히 나도 공부를 열심히 해 보고 싶다는 생각을 하게 되었던 것 같다. 한 번씩 밖으로 나가면 그렇게 기분이 좋고 설렐 수가 없었다. 보육원에서 생활하며 쌓인 스트레스를 해소하는 유일한 시간이었다.

나는 보육원에 살면서 참으로 다양한 후원자님들을 만났다. 공부나 심리 상담, 미술이나 음악 등 다양한 분야에서 자신의 재능을 발휘하여 아이들에게 봉사를 해 주시는 분들이었다. 아이들은 그분들 덕분에 공부는 물론 다양한 것을 배우는 기회를 갖게 되었다. 하지만 그분들의 봉사가 늘 반가운 것만은 아니었다. 주말마다 많은 방문이 이어질 때면 아이들은 쉴 수 없어 피곤해하기도 했다.

자원봉사자가 오면 함께 축구를 하거나 박물관에 갔다. 운동을 하면서 서로 친밀감을 느끼기도 했고, 다양한 체험을 시켜 주고 아이들과 함께하려는 마음도 이해는 했다. 하지만 가끔은 주말에는 조용히 지내고 싶었고, 휴식을 원하는 아이들도 있었다. 지금 생각하면 그 마음이 너무 감사하고 죄송할 따름이지만 당시에는 억지로 그분들을 따라나선 기억도 있다.

가끔은 낯선 분들이 찾아오셨다. 생필품이나 라면 같은 걸 사 가지고 오는데, 보육원 구석구석을 청소하고 아이들 옷도 정리해 주신다. 지금은 그분들의 봉사와 배려가 어떤 마음인지 알지만 어릴 때는 조금 불편하기도 했다. 한 번 오고 다시는 안 오는 사람이 많았기에 어차피 한 번 보고 말 사람이라 생각했기 때문이다. 억지로 밝은 얼굴로 기념사진도 찍었지만 마음은 밝지 않았다.

인생에 대한 자신감을 심어 준 주산 학원

나는 주산 학원을 다녔다. 주산 학원 원장님의 후원으로 무료로 주산을 배울 기회를 갖게 된 것이다. 원장님은 아이들에게 간식도 주시고 가끔 용돈도 주시는 고마운 분이었다. 학교를 마친 후 30분이나 걸어가야 하는 주산 학원을 나는 한 번도 빠지지 않았다. 주산을 배우는 것도 즐겁지만 보육원을 벗어나 잠시나마 혼자만의 시간을 가지는 것이 너무도 행복했기 때문이다. 학원에 가고 돌아오는 일을 내 삶의 낙으로 삼았다.

학원 가는 길은 재밌는 일 천지였다. 사람들이 사는 모습을 구경하고 가끔 시장의 시식 코너 같은 곳에 잠시 멈춰 시식을 하기도 했다. 하지만 가장 재밌었던 것은 바로 주산이었다. 처음에는 어려웠지만 실력이 늘수록 원장님께 칭찬을 받았고, 나는 그 칭찬을 받을 때 너무도 행복했다.

원장님의 배려로 무료로 주산을 배우는 것에 보답하고자 나는 누구보다 악착같이 공부했다. 보육원에서 온 학생이라는 걸 모두가 알고 있었기에 보란 듯이 열심히 했다. 원장님은 자격증 시험 응시료도 대신 내 주시며 나를 응원해 주셨다. 한창 예민할 나이, 다른 사람들의 시선을 의식하며 행여 내가 의기소침해질까 배려하며 나를 지켜봐 주셨다.

나는 누구보다 암산에 자신이 있었다. 주산 학원 우수반에서도 내가 가장 암산을 잘했고, 덕분에 주산 자격증도 손쉽게 딸 수 있었다. 주산을 공부한 것은 향후 학교에서 수학을 공부하는

데도 큰 도움이 되었다. 원장님의 지원 덕분에 나는 수학 경시대회에도 출전했다. 아무나 나갈 수 없는 큰 경시대회에 출전하는 것만으로도 나는 공부에 큰 자신감과 흥미를 가질 수 있었다. 그래서 고등학교 때도 자연 계열을 선택하여 진학했고, 보육원 후배들에게 수학을 가르치기도 했다. 주산 학원에서 나는 암산 실력을 기를 뿐 아니라 자존감도 높일 수 있었고, 세상에 대해 자신감을 얻을 수 있었다.

각양각색의 아름다운 마음들

한 달에 한 번 보육원으로 머리를 잘라 주러 오시는 삼촌들이 있었다. 세 분이 오셔서 집마다 시간을 정해 야외에 앉아 아이들의 머리를 잘라 주셨다. 보자기를 두르고 앉아 사각사각 가위 소리를 들으며 머리를 자를 때의 그 간지럽고 기분 좋은 느낌을 아직도 생생히 기억한다. 다들 스포츠형의 똑같은 머리 모양으로 잘랐지만, 삼촌들은 늘 밝은 표정으로 아이들의 머리를 정성껏 잘라 주었다. 삼촌들이 다녀간 날이면 아이들의 외모뿐만 아니라 마음도 한껏 밝아졌다.

아이들이 가장 기다렸던 자원봉사자는 먹을 걸 가져다주는 분들이었다. 그중에서도 한 달에 한 번, 일요일에 자장면을 만들어 주시던 분이 생각난다. 그때만 해도 자장면은 귀한 음식이어서 보육원에서는 자주 먹을 수가 없었다. 그래서 자장면 봉사를 오는 분들을 아이들은 가장 크게 반겼다. 더욱이 손수 자장면을 만들어 주셔서 그걸 바로 먹으니 그때 먹던 어떤 음식보다 맛있을 수밖에 없었다. 땀을 뻘뻘 흘리며 음식을 만드느라 머리가 헝클어져 있어도 멋져 보일 만큼 자장면은 기막히게 맛있었다.

돌이켜보면 한 달에 한 번씩 100인분의 자장면을 직접 만들어 대접한다는 것이 쉬운 일은 아니었겠다는 생각이 든다. 보육원 식당 시설은 일반 식당에 비해 열악하기도 하고 비용도 만만치 않게 들었을 것이다. 가끔 식당에서 그분들이 직접 자장면 만드는 걸 볼 때마다 신기하기도 하고 감사한 마음이 들곤 했다. 자장면 먹는 일요일을 나도 아이들도 무척이나 간절히 기다리곤 했다.

크리스마스에는 특별한 이벤트도 있었다. 웨딩 업체를 운영하는 사장님이 예식장으로 아이들을 초청해서 푸짐한 만찬을 준비해 주셨다. 당시 예식장이라고는 가 본 적도 없었고, 화려한 조명과 멋진 장식으로 꾸며진 곳에서 맛있는 음식들을 즐길 수 있었기에 그 어떤 시간보다 행복했다. 사장님은 수많은 아이에게 맛있는 식사뿐만 아니라 특별한 선물도 준비해 주셨다. 더욱 놀라운 것은 지금까지도 크리스마스만 되면 보육원 아이들에게 상상도 할 수 없을 정도로 멋진 선물과 맛있는 식사를 계속 후원해 주고 계신다는 사실이다.

앞서 말했듯이 참 다양한 후원자들이 있었다. 참으로 감사한 일이다. 그중에는 알게 모르게 도와주시는 익명의 후원자도 있었다. 그런 분들은 주로 멀리서 후원금을 송금해 주셨다.

사무실에서는 그분들께 감사의 마음을 전하는 유일한 방법으로 아이들에게 손으로 직접 편지를 쓰도록 했다. 하지만 문제가 있었다. 어려서부터 독서하는 습관이 들여지지 않아, 후원자님들께 고마운 마음을 글로 표현하기란 쉬운 일이 아니었다. 사무실에서는 편지를 안 쓰면 쓸 때까지 준비물이나 기타 필요한 것들을 주지 않았다. 편지를 다 쓴 이후에나 생필품을 청구하도록 해 불만이 쌓이기도 했다. 한번은 일부러 편지를 쓰지 않고 사무실에 학용품을 받으러 가지도 않았다. 반항하고 싶은 마음 때문이었다. 그리고는 사무실에서 몰래 학용품을 훔치기도 했다. 지나고 보니 당연히 해야 했던 것임에도 왜 그땐 그리 반항기가 있었던지…

우리를 도와주시는 고마운 분들에게 우리가 할 수 있는 건 감사의 마음을 담은 편지뿐이었다는 것을 세월이 지난 후에야 이해하게 되었다.

이 밖에도 봉사자들은 간단한 청소를 해 주러 오거나 때로는 회사에서 의무적으로 방문하기도 하고, 또 직접 경작하는 밭에서 난 농작물을 아낌없이 보육원으로 보내 주기도 한다. 사정이야 어떻든 참으로 감사한 마음들이 모여 보육원이 원활하게 운영되고 있다. 나도 그랬지만 어린 시절에는 후원자의 감사함을 좀처럼 알지 못한다. 그저 받는 데에만 익숙해 감사를 표현하는 것도 어색해한다. 그러나 받기만 하는 삶이 계속되면 삶은 수동적으로 변할 수밖에 없다는 것을 알아야 한다.

나는 아이들이 받기만 하지 말고 받은 것을 사회에 환원하려는 마음을 가지기를 바란다. 누구보다 가장 가까이에서 자원봉사자들을 만나고, 그들의 도움을 받고 있기에 그 도움이 얼마나 귀하고 값진 것인지 알기 때문이다. 부끄러움은 잠시 접어 두고 후원자님들을 반갑게 맞이하자. 최선을 다해 진심으로 감사의 마음을 표현하려고 노력해 보자. 누군가를 위해서가 아니라 자신을 위해서 말이다. 그렇게 지금 받은 사랑을 또 다른 누군가에게 베푸는 날이 오면 세상은 좀 더 아름다워질 것이다.

희생과 헌신으로 세상을 밝혀 주신 원장님

내 주민등록번호를 만들어 주신 분은 보육원의 1대 원장님이다. 지금은 소천하셨지만 그분이 전해 주신 가치관은 내 인생의 방향이 되었다. 사회사업가이며 교육자셨던 목사님은 1950년경 모두가 가난했던 시절에 어렵게 보육원을 설립하셨다. 당시, 제대로 치료받지도 못하고 병에 걸려 죽는 아이들이 생길 때마다 미어지는 가슴을 부여잡고 슬픔을 달래셨다. 그저 배가 고파서, 굶주림 때문에 찾아온 아이뿐 아니라 이런저런 이유로 보육원에 들어오는 아이가 수없이 많았다. 이런 아이들에게 따뜻한 밥 한 그릇이라도 더 먹이고자 주변에 구걸하듯 도움을 청했다. 목사님은 아이들의 인성 교육에도 힘쓰셨다. 부모 없이 자란 아이들이 인성이 바르지 못하다는 편견을 없애기 위해 보육원 아이들의 생활 지도에도 남다르게 헌신하셨다.

세상에는 많은 위인이 있다. 위인전만 보아도 얼마나 많은 주인공이 있는가. 하지만 나는 그 어떤 위인보다 위대하고 훌륭한 분이 목사님이라고 생각한다. 당연하게도 목사님은 나의 진학에도 큰 영향을 주셨다. 나는 목사님의 삶을 보면서 자연스럽게 신학대에 진학하게 되었고, 복음을 전하면서 아이들을 가르치는 교사가 되고자 하였다. 목사님이 가신 길을 따라 가난한 아이들에게 희망을 주고 싶었다. 그만큼 나에게 큰 영향력을 주신 부모와 같은 분이다. 누군가에게는 목사님이 그저 보육원의 원장으로서 가까이 다가가기 힘든 존재였을 수도 있다. 하지만 나는 마치 아버지를 대하듯 목사님을 따르고 인생에 가르침을 받았다. 단체 생활을 위해 보육원 아이들에게 때로는 쓴소리도 해 주셨지만, 그분이 전해 주시는 삶의 가르침을 우리는 가볍게 여길 수 없었다.

매년 목사님의 추모일마다 보육원 뒷산에 가서 함께 예배를 드리며 그분의 희생과 헌신을 기린다. 그분의 헌신으로 인해 얼마나 많은 불쌍한 아이가 올바르게 살아가게 되었는지, 성숙한 인간으로 어엿하게 성장하여 사회에 기여하며 살아가고 있는지 생각해 본다. 목사님을 뵈러 뒷산에 올라가 보면 목사님의 얼굴이 생생하게 떠오른다. 그리고 다짐한다. 그분처럼 선한 영향력으로 세상에 밝은 빛을 전해야겠다고, 아름다운 인생을 살아가야겠다고 말이다.

보육원의 2대 원장이었던 분은 '어머님'으로 불리셨다. 목사님으로부터 열정과 도전을 배웠다면, 우리는 원장님으로부터 온화하고 포근한 성품을 배웠다. 2대 원장님은 특히 입양에 관심이 많으셨다. 그래서 보육원 사업을 확장하여 명칭을 영육아원으로 바꾸었고, 길가에 버려지는 갓난아이들까지 거두셨다. 만 3세 미만의 어린아이들은 영아원에 입소하여 세심한 보살핌을 받았다. 아기들은 초등학생들보다 몇 배의 수고가 들고, 많은 인력도 필요하기 때문에 원장님은 매일 그곳을 찾아 아이들을 안아 주고 분유를 먹이고 축복 기도를 해 주셨다.

원장님은 입양을 활성화하기 위해 전국의 후원자들에게 홍보를 하며 화목한 가정에서 아이들이 자랄 수 있는 여건을 마련하려고 헌신하셨다(지금까지 삼백여 명의 아이들이 원장님을 통해 입양되었다는 소식을 최근에 들었다).

내가 어머님이라 부르는 원장님은 세상 그 누구보다도 인자한 성품을 갖고 계신다. 공공 기관이나 여러 단체에서 후원차 보육원에 방문할 때마다 참 상냥하고 온화한 모습으로 그들을 반겨 주시는 분이다. 나를 포함한 보육원 아이들은 그러한 방문이 부담스럽기도 하고 썩 유쾌하지 않았지만, 어머님은 늘 한결같은 모습으로 후원자분들을 맞이해 주셨다. 보육원을 후원하는 분들에게 최고의 예우를 갖춰 주신 것이다. 후원자분들이 보육원에 방문할 때면 우리의 환경을 그들에게 자세히 설명하고 결연을 맺어 주고자 노력하시던 모습이 아직도 눈에 선하다. 원장 어머님의 노력 덕분인지 우리 보육원은 그 어떤 시설보다 후원품이 많이 들어왔다.

목사님과 어머님, 두 분의 희생과 헌신을 이곳에 모두 열거하기에는 너무도 부족하다. 인생의 대부분을 복지의 사각지대에 있는 불쌍한 아이들을 위해 헌신하며 고귀한 삶을 사셨기 때문이다. 나에게는 없어서는 안 될 가장 귀한 분들이다.

보육원 아이들을 위한
특별한 교회

나는 특별한 교회에 다닌다. 그곳은 바로 김천에 있는 은혜드림교회이다. 보육원에서 자라면서 나는 자연스럽게 믿음을 길렀고, 이를 통해 주 안에서 살 때 축복된 삶을 살 수 있다는 것을 깨달았다. 하지만 단 한 번도 보육원 밖의 교회에 다녀 본 적이 없었기에 2002년 보육원을 퇴소할 때 고민이 많았다. 지인이 아무도 없는 교회에 새로 등록하여 신앙생활을 시작한다는 것이 나에게는 모험이었다. 기독교는 교단도 여러 개다. 무엇보다 오랫동안 보육원 안에서 서로 너무나 잘 아는 가족 같은 분들과 예배를 드려 왔기에 막상 새로운 곳에 가야 한다고 생각하니 마음의 부담이 컸다. 분명 교회마다 다른 특징이 있을 텐데 아무것도 모른다고 생각하니까 불안하기도 했다.

보육원 예배에서는 혹시 떠들기라도 하면 그 자리에서 바로 혼이 나기도 했고, 광고 시간에는 생활 지도에 관해 원장님의 말씀이 있었기 때문에 예배를 드리면서도 은혜를 받는다기보다는 어딘지 모르게 훈계 시간처럼 느껴졌다. 그뿐만 아니라 다른 후원 행사나 보육원의 여러 행사와 겸하여 예배를 드렸기 때문에 어딘가 조금 부담스러운 것도 사실이었다.

일반 기독교 가정에서는 아이들의 부모가 항상 기도로 양육하고 신앙의 모범을 보이는 반면, 보육원 보육사들은 업무 일과가 너무 과중했기 때문에 기독교인으로서의 신실한 모습보다는 매일매일 피로와 스트레스가 가득한 모습을 보였다. 하지만 보육원에서 다양한 수련회, 기도회 등이 열렸고, 보육원 아이들에게 믿음을 심어 주고자 노력했다.

새로운 교회, 새로운 시작

보육원을 퇴소한 후, 나는 보육원과 그리 멀지 않은 같은 지역 내의 교회를 다니기로 했다. 고등학교 지역 연합 찬양단 활동을 하며 얼굴을 익혔던 한 선배가 목사로 있는 교회였다. 당시 선배는 우리와 함께 활동하지는 않았지만 행사 준비를 할 때 와서 간식을 사 주기도 하고 우리들을 챙겨 주었다. 내가 외부의 첫 교회를 나가게 될 때 마침 그 선배도 첫 담임 목회를 갓 시작했고, 나 역시 작은 교회에 관심을 가졌다. 무엇보다 생판 모르는 사람들만 가득한 교회에 나가는 것보다는 아는 분이 있는 곳에 가는 것이 좋겠다고 생각해 목사님만 보고 교회를 결정하게 되었다.

당시 나 또한 아는 얼굴이라고는 목사님밖에 없는 상황에서 교회에 다니게 되었지만, 사회에 갓 진출한 초년생으로서 퇴소 후 외롭게 지내던 때라 교회에 많이 의지하게 되었다. 교회 청년부원들과 함께 대학교 전도 활동 등을 하며 즐거운 시간을 보냈다. 내가 성장한 환경에 대해서도 터놓고 이야기를 나누고 신앙 안에서 아름답게 교제하며 잊지 못할 추억들을 만들었다. 마침 교회 청년 중에는 내가 퇴소한 보육원에서 직원으로 근무하는 자매가 있었다. 그래서 자연스럽게 모든 성도가 나의 출신에 대해 알게되었다. 처음에는 조금 부끄럽기도 했지만, 교회 안에서 서로를 위해 기도해 주며 점차 심리적 부담을 덜어 낼 수 있었고, 나로 인해 청년부 성도 몇몇은 보육원에 관심을 갖게 되었다.

그렇게 교회 생활에 적응하게 되면서 나는 청년부 임원을 맡게 되었다. 다른 성도들에게 모범이 되고 적극적으로 활동하는 것이 진정한 교회 생활이라는 것을 깨닫게 된 나는 친부모가 없더라도 이렇게 가족 같은 성도들이 함께한다면 어떤 어려움도 이겨 낼 수 있을 것만 같았다. 교회에서는 교인이 천국에 가면 장례를 치러 주기도 했는데, 그걸 보면서 나도 가족이 없지만 교회 생활을 열심히 하다 보면 무슨 일이 생겨도 걱정할 필요가 없겠다는 생각이 들었다. 그 정도로 교회는 내 삶에 큰 부분을 차지했고, 나는 교회를 통해 많은 것을 얻을 수 있었다. 그 덕분에 사역도 더욱 적극적으로 할 수 있었고, 세상에서 만나는 그 어떤 사람들보다 교회 안에서 만난 사람들이 더 사랑스럽고 감사하게 느껴졌다. 보육원 출신이지만 학교와 교회를 오가며 평범한 일상을 살아가는 것이 주님이 내려 주신 행복인 것 같았다.

나는 성격이 외향적이라 어떤 기관에서 어떤 사람들을 만나더라도 먼저 다가가는 편이다. 처음 교회에 나간 2002년에는 성도 수가 적어 육십 세가 넘은 집사님과도 같은 기관 안에서 함께 교제했다. 시간이 지나며 성도들이 늘어 가자 자연스럽게 연령이 비슷한 분들과 교제하게 되었는데, 나는 항상 임원을 하면서 서로 챙겨 주고 자녀들과 함께 다양한 행사를 기획하고 운영했다. 마치 제2의 가족을 만난 것처럼 보람이 느껴지고 기분이 좋았다. 교회에서는 각 기관의 임원뿐만 아니라 앞서 언급한 찬양 기도와 성가대 활동을 했다. 주일 학교 교사, 학생회 교사 그리고 가끔 하는 새벽 차량 봉사 등도 했다. 이를 통해 나는 말씀을 듣고 그냥 흘려 버리는 신앙이 아닌 교회에서 실천하는 믿음으로 신앙을 바꾸어 나가고자 노력했다.

고등학교 찬양단 활동 덕분인지 원래부터 찬양을 좋아했지만 나는 자연스럽게 봉사 활동에도 참여했다. 직업이 교사이니만큼 교회에서도 교사 활동을 하며 다음 세대의 아이들에게 봉사하는 것에 보람을 느꼈다. 이렇게 일한 지 벌써 19년이 다 되어 간다. 사역은 남을 위한 봉사라기보다는 내 믿음을 더욱 강하게 만들어 주는 일이다. 내가 받은 은혜를 생각하면 너무도 당연한 일이고, 내가 어떠한 일이라도 감당하고자 노력할 때 하나님께서는 더 큰 은혜를 주신다는 것을 알기에 최선을 다했다.

교회 활동 중 가장 보람된 일을 꼽으라면 교회 축구팀을 만든 일이다. 나는 체육 전공을 살려 팀을 조직했고, 현재는 축구팀의 사무국장으로 활동하고 있다. 교회 축구팀 회원들은 교회 안에서 교제할 뿐만 아니라 교회 밖에서도 건강을 위해 함께 운동했고, 건강한 만큼 주를 위해 살자는 신념을 다지며 매주 축구공을 찼다. 축구팀 이름은 '드림 FC'인데, 중학생부터 50대 중반의 회원들까지 평소 잘 알지 못했던 사이라도 운동을 통해 가까워지고 함께 신앙을 다져 나가고 있다. 특히 새로운 성도가 교회에 등록하면 축구팀에 가입을 권유해 더 빠르게 교회에 적응할 수 있도록 돕기도 한다. 전도 활동도 빼놓을 수 없다. 교회 근처에서 운동을 좋아하는 분이나 학교 제자들과도 종종 축구를 하면서 전도의 계기를 마련한다. 축구팀 운영의 비전을 잘 실현해 나가고 있는 것이다.

가장 보람되고 만족스러운 일은 나의 세 자녀가 교회에서 믿음으로 행복하게 세상을 살게 된 것이다. 아이들은 좋은 사역자들로부터 뜻 있는 말씀을 들으며 담임 목사의 안수 기도를 통해 올바르게 믿음을 키워 갔다. 교회의 성도 가운데 누구라도 부모가 되어 출산을 하면 담임 목사님이 헌아식을 통해 부모 된 자의 믿음과 갓난아기들을 위한 축복 기도를 해 주신다. 나 역시 헌아식을 통해 우리 교회에서 탄생하여 성장하는 아이들의 축복을 빌었다. 그래서인지 우리 교회에는 유독 유아부와 초등부 아이가 많다.

나는 결혼할 때부터 대가족을 꾸리고 싶었기에 결혼 후 아이를 많이 낳고 싶었다. 첫째와 둘째는 계획대로 5월생으로 축복 가운데 얻게 되었지만, 셋째의 경우는 달랐다. 그래서 아이의 출산이 전적으로 하나님의 주권 아래 있다는 것을 새삼 느끼게 되었다. 둘째 아이가 태어나고 나서 오랜 노력 끝에 셋째를 가지게 되었는데, 아내의 몸 상태가 좋지 않아 입원을 할 수밖에 없었다. 배 속의 아이가 7개월 만에 세상에 나오려고 해 어쩔 수 없이 수술을 했고, 그 후 나는 두 달간 첫째 아이와 둘째 아이를 돌보며 교회에 출석하게 되었다. 아이들을 혼자 돌봐야 하는 어려움보다 병원에 있는 아내와 아기가 혹시나 잘못되지는 않을까 하는 걱정이 컸기에 간절히 기도하며 눈물을 흘렸다. 그 시간은 내 인생에서 가장 간절하게 기도한 시간이었다.

보육원 아이들을 따스하게 품어 준 교회

우리 교회의 가장 큰 자랑은 보육원 아이들을 품고 있다는 것이다. 2002년 보육원을 퇴소한 후 나는 보육원 밖 교회의 새로운 면을 알게 되었다. 보육원 아이들끼리는 먹고, 자고, 모든 생활을 함께하기에 서로를 잘 알지만, 일반 교회에서는 성도들끼리 잘 알지 못해도 서로를 위해 아낌없이 기도해 주었다. 허물없는 사람이 없듯, 그러한 허물도 주님 앞에서는 부끄러울 것이 없다는 듯 행동했다. 이렇게 일반 교회에서 새로운 점을 느끼니 나는 후배들이 보육원 교회가 아니라 일반 교회에 출석하면 믿음을 더욱 성장시킬 수 있을 것이라 확신했다. 그리고 어차피 보육원을 퇴소하면 일반 교회를 다녀야 하기 때문에 일반 교회의 분위기에 적응하는 일도 매우 중요하다고 생각했다. 매주 같은 보육원에서 매일 보는 사람들과 함께 예배드리기보다는 다양한 사람을 만나 사회생활을 하는 것도 보육원 퇴소 후 사회 적응에 큰 도움이 될 것 같았다. 나는 고민 끝에 다소 무례할 수도 있지만 보육원 원장님께 동생들이 일반 교회에 다닐 수 있게 해 달라고 부탁드렸다. 원장님 또한 아이들을 위해서 일반 교회에 출석하는 것이 좋겠다고 말씀하셨고, 차가 있어야 올 수 있는 우리 교회와 보육원에서 걸어서 다닐 수 있는 교회 두 곳을 선정하여 아이들이 예배를 볼 수 있도록 허락해 주셨다.

주일에도 아이들이 안전하게 생활하도록 관리해야 하는데, 혹시라도 교회가 아닌 유해한 곳으로 가 좋지 않은 영향을 받지는 않을지, 일반 가정 아이들과 섞여 예배를 보는 것이 괜찮을지 걱정도 하셨다. 그러나 원장님의 우려와 달리 아이들은 매우 잘 적응했다. 2002년경부터 우리 교회에 출석한 보육원 아이들은 이런 걱정을 불식시켰다. 교회 수련회에 함께 가고 찬양단 활동을 함께하며 위축되지 않고 멋지게 신앙생활을 했다.

주일 학교와 학생회에서 스무 명 정도가 참석하여 예배를 드렸는데, 담당 사역자분들은 특별히 아이들을 챙겨 주며 상담도 했다. 아이들은 보육원에서의 어려움을 털어놓기도 했다. 부모가 없는 아이들에게 부모 역할을 해 주고자 하는 사역자분들도 등장했다. 이러한 노력 덕분에 보육원 퇴소 후에도 아이들은 계속 우리 교회에 출석하며 믿음을 키우고 스스로의 인생을 당당하게 꾸려 나가고 있다.

우리 교회에 출석하는 보육원 동생들은 축구를 좋아해 주일 오후에 어른들과 축구를 하면서 사회생활에 필요한 여러 가지 조언과 도움을 얻는다. 이제 막 직장을 잡은 아이들을 선도해 주며 직장 생활을 원활히 할 수 있도록 멘토 역할을 하는 집사님도 계신다. 아이들이 보육원을 퇴소한 후 직장 구하는 것을 도와주시기도 하고, 이성 관계에 대한 상담을 해 주기도 한다. 부모 없이 성장하는 아이들이 교회에서 접한 성도님들과 스스럼없이 인생 이야기를 나눌 수 있다는 점이 너무나 감사하다. 아직 어린 보육원 아이들을 보면서 마치 자신의 아이처럼 여기시며 관심을 가지고 용돈을 주는 성도님들도 계신다.

보육원 아이들이 우리 교회에 오는 것은 그 아이들에게만 도움이 되는 것이 아니라 일반 성도 가정의 아이들에게도 큰 도움이 될 것이다. 보육원에서 단체로 교회에 오는 아이들을 보며 처음에는 조금 당황할 수도 있다. 하지만 예수님의 사랑을 실천할 수 있는 기회가 되기도 하고, 아이들을 이해하며 함께 기도하는 과정을 통해 성숙한 인격과 선한 마음을 기를 수 있을 것이다. 특히 주일 학교에서 열리는 여름 성경 학교를 경험하면 이러한 사실을 눈으로 확인할 수 있다. 보육원 아이들이 교회에서 1박을 하면서 일반 가정의 아이들과 함께 물놀이도 하고 주 안에서 함께 즐거운 시간을 보낼 때면 나도 덩달아 행복한 마음이 든다. 또한, 크고 작은 행사 때마다 아이들을 보살피는 교사들은 보육원 아이들에게 행여 작은 상처라도 주지 않을까 조심하고 노력하는데, 그 모습이 마치 예수님처럼 느껴진다.

이러한 교회 성도들과 교사들의 노력, 관심이 15년 가까이 이어지며 보육원 아이들을 사랑으로 포용하는 것은 우리 교회의 커다란 자랑이자 저력이다. 그리고 이 모든 환경을 만들어 주는 분은 바로 최인선 담임 목사님이다. 최인선 목사님은 앞서 얘기했듯 똑똑한 목사님이기도 하지만, 한없이 사랑이 많으신 분이다. '믿음의 아버지'라는 것은 과장된 표현이 아니라 사실이다. 성인뿐 아니라 아이들에게도 관심이 많으시다. 그뿐만 아니라 오래전부터 보육원에 관심을 갖고, 특히 보육원 아이들에 대해 많은 지원을 아낌없이 해 주었다. 이 글을 빌어 담임 목사님과 여러 사역자분께 감사의 말씀을 드린다. "작은 자에게 한 것이 곧 나에게 한 것"이라는 예수님의 말씀을 실천하시는 그분들을 보며 큰 은혜를 받는다.

앞에서도 나의 결혼과 아내에 대해 언급했지만, 은혜드림교회에서 만난 처가 식구들은 최인선 목사님과 함께 은혜드림교회의 창립 멤버이다. 어떤 단체나 그렇듯 창립 멤버의 수고와 헌신은 말할 수 없이 대단했다. 초창기 멤버라는 부담감을 가지고 목사님과 함께 여러 고생을 하면서 장인, 장모님은 주를 섬기듯 목사님을 잘 모셨다. 은혜드림교회를 일반 교회로는 처음 다니게 된 나는 목사님들을 대하는 방식을 잘 알지 못했다. 특별한 방식은 없지만 영의 양식을 먹이는 주의 선한 목자인 목사님들을 참 귀하게 생각하는 장인, 장모님의 모습이 처음에는 조금 낯설기도 했다. 하지만 그분들의 선한 모습이 신실한 믿음과 감사에서 비롯되었다고 생각하니 너무나 아름다워 보였다. 하나님이 세우신

주의 종을 귀하게 생각하며 교회를 진실로 사랑하는 어른들의 모습이 지금이 나의 신앙생활에 큰 영향을 끼치게 된 것이다.

한때 목사를 꿈꾸며 신학대학교 기독교교육학과를 다니기도 했던 나는 부족함을 느껴 진로를 바꾸고 체육 교사가 되었다. 그렇지만 목회자의 꿈을 여전히 가슴에 품고 있다. 하지만 부족함을 잘 알기에 평신도로 주를 섬기며 열심히 충성하는 것이 나의 사명이라 생각한다. 그러던 중에 처제가 우리 교회의 전도사님과 결혼하면서 우리 집안에 목회자를 맞이하는 축복을 받게 되었다. 현재 그 전도사님은 목사 안수를 받아 같은 교회에서 사역하고 있다. 나와는 동서지간이지만, 목회자이기에 조금 조심스럽기도 하다. 하지만 우리 가정이 귀한 주의 종으로서 함께 교회를 섬기는 것이 얼마나 축복된 일인지 모른다.

동서 목사님이 주일 학교를 담당할 때면 우리도 함께 사역한다. 사모인 처제가 주일 학교 다윗 찬양팀을 맡고, 내가 베이스 기타를 치고, 조카들이 찬양단원 활동을 하면 내 가슴 깊은 곳에서부터 이루 말할 수 없는 기쁨이 몰려온다. 동서 목사님을 위해 기도할 수 있다는 것이 은혜이고, 평생 주를 위해 살고자 하는 동서 목사님이 옆에 있어 나 역시 너무나 든든하고 행복하다.

교회 베이스 기타 연주

2장 행복에 이를 수 있었던 힘

⋮

본격적으로 시작된 보육원 멘토 사업

올해 은혜드림교회는 보육원 아이들을 대상으로 멘토 사업을 진행하기로 했다. 지역 사회 내에서 이웃을 향한 하나님의 사랑을 나누는 사업의 일환으로 다음 세대를 위한 멘토링 프로그램을 제공하는 것이다. 시설에서 생활하고 있는 아동들에게 신앙 안에서 정서적·심리적 안정감을 제공하고, 퇴소생들의 신앙생활을 독려하여 그리스도 안에서의 삶을 살도록 돕는 것이다. 교회는 그동안 보육원생들의 신앙을 책임지며 돌봐 온 경험을 바탕으로 좀 더 체계적인 사업을 진행하기로 했다.

단체 생활에 익숙한 아이들에게 일반 가정의 모습을 경험하게 해 주고, 며칠간 함께 생활하거나 아이들이 보다 쉽게 교회에 적응하도록 도와준다. 또한, 보육원 퇴소 후 자립할 때 인생의 스승으로서 주거와 취업에 대해 조언해 주는 부모의 역할을 대신해 주는 사업이다. 사업을 위해 보육원 부원장님, 사무국장님, 자립 담당 선생님과 더불어 담임 목사님, 학생회 담당 전도사님 등 많은 분이 모여 회의를 했다. 사업이 자칫 아이들에게 실망감을 주지 않도록 노력해야 했다. 우리는 멘토의 자격과 마음가짐에 대해서도 구체적으로 협의했다. 결코 쉽지 않은 일이지만, 그동안 아이들을 보살펴 온 경험을 바탕으로 교회에서 구제 사업의 일환으로 이를 반드시 실현해야 한다는 게 모두의 생각이었다. 하지만 이 과정이 쉽지만은 않다. 보육원이라는 복지 시설의 규정에 따라 사업의 방향과 목적을 뚜렷하게 밝혀야 하기 때문이다. 주님의 축복 아래 교회와 보육원, 두 협력 기관은 서로 지속적인 협의를 거쳐 사업을 진행해 나갈 것이다.

누구나 행복한 세상을 위한
작은 바람

사람들은
고아를 알고 있을까?

나는 복지 전문가는 아니다. 보육의 개념을 정확한 학문으로 배운 적이 없다. 보육의 필요성이나 관련 전문 지식이 있는 것도 아니다. 단지 20년간 보육원에서 성장했고, 성인이 되어 내가 어떤 존재인지를 돌이켜 보게 됐다. 삶에 대한 고찰이라고나 할까? 자기 이해와 인식으로 내가 살아가는 이유와 방향에 대해 고민하게 됐다. 보육원이 어떤 곳이었는지도 함께 생각해 보았다. 보육원은 왜 필요한 걸까? 국가는 부모가 없거나 버려져서 부모 없이 살아야 하는 아이를 왜 책임져야 할까? 그런 아이에 대해서는 어느 정도로 보육 서비스를 제공해야 하며 어떤 도움을 주는 게 맞는 건지, 혹여 선진적인 보육 제도를 악용해 아이를 버리는 사례가 더 증가하는 것은 아닌지 궁금했다.

고아란 누구일까? 사전적 의미로는 '외로운 아이'다. '외롭다'라는 단어의 정의를 살펴보면, 외로움은 실체가 있어 명확히 수치화할 수 있는 게 아니다. 감정적인 상태를 뜻하기 때문에 외로움의 정도를 정확히 확인하기란 쉽지 않다. 부모 없는 아이라고 해서 다 외로운 것도 아니고, 부모가 있다고 해서 외롭지 않은 것도 아닐 테다. 다시 말해, 부모가 없다고 불행하다고도 할 수 없고, 부모가 있다고 다 행복한 것도 아니다. 그렇다면 '아이'라는 개념은 어떻게 봐야 할까? 나의 경우 결혼까지 한 성인이기 때문에 더 이상 아이라고 부를 수 없으므로, '이성남'을 '고아'라고 부르는 것은 올바르지 않다. 그렇다면 몇 살 때까지 아이를 뜻하는 '고아'를 사용할 수 있는 것일까? 어쨌든 '고아'라는 단어는 명확하게 정의하기 어렵다는 게 내 판단이다.

그럼 어떤 이를 고아라고 일컬을 수 있는 걸까? 내 생각에는 본인이 고아라고 생각하는 순간부터 고아가 되었다고 봐도 무방할 듯하다. 보육원에 사는 아이나 할머니와 함께 사는 아이도 궁극적으로는 큰 차이가 없다. 더 넓게 보자면 성인이 되었어도 부모님이 돌아가셨다면 이 역시 고아의 범주로 볼 수 있다. 부모의 사망으로 겪게 되는 아픔은 말로 표현할 수 없지만, 그 충격에서 쉬이 벗어나지 못한다면 역시 고아의 입장과 크게 다르지 않다는 말이다.

전쟁으로 인한 고아는 참으로 안타까운 사례이다. 상황이 상황인 만큼 버려지는 아이가 너무 많았다. 감당하기 어려울 만큼 고아가 많아져서 사회적으로도 큰 문제였다. 아이는 안정적인 가정 환경에서 행복하게 자라야 하지만 제대로 보호받지 못한 결과, 문제 상황에 놓일 수밖에 없었다. 그로 인해 고아에 대한 인식이 '잠재적 범죄자나 사회 부적응자, 노숙자, 유흥업소 종사자, 조직 폭력배가 될 가능성이 있는 인물'처럼 부정적으로 자리 잡아 갔다. 드라마와 영화에서 고아를 그런 식으로 표현한 것도 문제를 키운 원인이라고 할 수 있다. 미디어가 고아를 안 좋게 바라보게끔 만드는 역할을 한 것이다.

우리 사회 모두가 고아에 대해 제대로 알아야 한다. 주변을 둘러보자. 이 땅에 고아가 백만 명이 있었음에도 실상 고아를 찾아보기란 좀처럼 쉽지 않다. 보육원을 퇴소한 뒤 대부분의 고아가 자신의 사정을 숨기고 살기 때문이다.

「아동복지법」 제3조에 따르면 '보호대상아동'을 "보호자가 없거나 보호자로부터 이탈된 아동 또는 보호자가 아동을 학대하는 경우를 비롯해 보호자가 아동을 양육하기 적당치 아니하거나 양육할 능력이 없는 경우의 18세 미만 아동"으로 정의한다. 여기서도 알 수 있듯이 보호대상아동은 고아만 해당하는 것이 아니다. 부모의 학대, 이혼, 사별, 경제적 빈곤, 질병으로 인해 발생한 보호 아이까지 포함한다. 따라서 고아에 대한 명확한 정의가 이루어지기 어렵다.

소년·소녀 가장, 한 부모 가정, 장애인 가정, 탈북자 등에 대한 정의는 비교적 명확하다. 단어에 대한 정의도 명확하기에 법적인 효력을 적용하기에도 좋다. 여러 지원을 이끌어 낼 수 있는 기반이 확실하다. 그렇다면 고아에 대한 정의도 더 명확하게 할 필요성이 있다.

보육원에는 어릴 때 버려진 아이와 어느 정도 성장한 후에 들어온 아이, 크게 두 부류가 들어온다. 연고가 전혀 없는 아이는 부모에 대한 기억이 전혀 없을뿐더러 부모를 찾아도 부모가 원하지 않으면 만나지도 못한다. 그렇다면 고아라는 명칭의 정의에는 '아동복지시설에서 사는 아이'에 더해 '친부모와 심리적으로 단절돼 있는 사람'을 포함해야 하지 않을까?

따라서 하루빨리 우리 사회에서 고아에 대한 정의가 명확히 이루어지고, 그래서 보육원 퇴소 이후 탈북민만큼의 주거지원금을 받을 수 있는 정책이 시행되어야 한다. 의료, 보육, 취업에 있어서도 제대로 된 혜택을 받을 수 있는 제도가 마련돼야 한다. 탈북민처럼 3년의 취업 정보를 무상으로 제공해야 할 필요가 있다. 정부 차원에서 시시때때로 취업 여부와 주거 현황을 파악하는 시스템이 정착돼야 한다. 이런 모든 정책 시행의 근거는 고아에 대한 정의에서부터 출발한다. 「한부모가족지원법」처럼 고아지원법이 있다면 고아의 자립은 훨씬 수월해질 수 있다. 물론 「국민기초생활 보장법」에 의거해 고아도 기초 생활 수급자 혜택을 받고 있지만, 여러모로 미흡한 면이 없지 않다.

「한부모가족지원법」 제5조에는 '한부모가족의 날'이 있다. 한부모 가족에 대한 국민의 이해와 관심을 제고하기 위해 제정한 것인데, 매년 5월 10일이다. 이처럼 5월 중 하루를 고아의 날로 정한다면 고아에 대한 세상의 인식을 바꾸고 관심을 환기할 수 있지 않을까? 2020년 2월, 고무적인 이야기를 알게 됐다. 전 세계 어린이가 건강하게 자랄 수 있도록, 그들의 권리를 보호하기 위하여 '유엔 세계 고아의 날'을 추진하기 위한 위원회가 발족됐다는 소식이었다. 정말 감격스러웠다. 나와 같은 처지에 있는 고아를 위한 날을 제정하려는 분들이 계시다는 것만으로도 감동적이었다. '유엔 세계 고아의 날' 제정은 세상에서 소외된 아이의 인권과 생명의 소중함을 상기하고 그 아이가 세상의 관심 속에 바로 설 수 있도록 하는 데 큰 도움이 될 것이다. 고아 역시 하나의 존엄한 생명이고, 인격체다. 고아의 인권 또한 존중받아야 한다. 나는 그들에게도 공정한 기회가 주어지기를 원한다. 이를 위해서라도 '고아의 날'은 반드시 제정돼야 한다는 게 내 의견이다. 이것은 비단 고아만을 위한 것이 아니라 누구나 고아가 될 수 있다는 점에서 우리 모두를 위한 날이기도 하다.

앞서 말했듯 한부모, 탈북민, 장애인과 달리 고아는 부모가 없다. 그로 인해 기아와 질병, 전쟁과 기후 변화, 가정 파괴와 사고 등의 불상사로부터 수많은 고아가 온전한 지원을 받지 못하고 있는 형편이다. 고아의 의견을 대변해 줄 사람이 없다. 세상의 평등과 정의는 모든 이에게 공정한 기회가 주어질 때 실현되기 마련이다. 그 첫 단계로 고아에 대한 정의부터 명확하게 확립해 보는 것은 어떨까?

고아의 정의를 내리기 위해서는 고아에 대한 시선과 편견부터 정리해야 한다. 대한민국은 한국 전쟁으로 수많은 고아가 생겨야 했던 아픈 과거가 있다. 한때는 세계 최대 고아 수출국이라는 오명도 얻었다. 이와 같은 과제를 하루라도 빨리 해결해야 하는 당위성이 여기에 있다. 음악의 거장 바흐, 명품 시계 롤렉스의 창업자 한스 빌스도르프, 300만 개의 일자리를 만든 백만장자 데이

비드 부소, 노벨 의학상을 수상한 마리오 카페키 교수, 한국계 미국인으로 동양인 최초의 미국 상원 의원이 된 신호범 박사, 한국의 폴 포츠로 불리는 세계적인 성악가 최성봉, 대한민국 인재상을 받은 새늘투어 이영훈 등등 이들의 공통점은 '고아'라는 것이다. 과연 이들을 보며 누가 고아라고 생각이나 했을까?

하나의 씨앗이 싹을 틔우고 성장하기 위해서는 여러 조건이 형성돼야 한다. 우리 사회에서 고아에 대한 온당한 처우를 만들어 주기 위해서라도 하루빨리 고아에 대한 정의를 바로 잡아야 한다. 나아가 고아라는 이유로 사회에서 차별받지 않도록, 취업 면접에서 부당하게 감점받지 않도록, 결혼 과정에 어려움을 겪지 않도록, 고아가 모든 차별에서 벗어날 수 있게 하기 위해 '고아인권법'을 만들어 주었으면 한다. 고아라는 씨앗이 어떤 꽃을 피울지는 아무도 알 수 없다. 그러나 모든 아이는 누구도 예측할 수 없는 미래의 씨앗이다. 우리 사회는 고아가 처한 현실을 다시 돌아봐야 한다. 그리고 이에 대한 대안을 정부와 사회가 함께 찾아가는 노력이 필요하다.

고아는 왜 생길까?

책을 여기까지 읽은 분이라면 아마도 고아에 대한 생각이 조금은 달라졌을 것이라 생각된다. 고아에 관한 생각과 태도를 어떻게 취해야 하는지, 어떠한 도움을 줄 수 있을지 한 번쯤 고민할 것이라 믿는다. 그것이 바로 내가 이 책을 통해 일어나길 바라는 가장 이상적이고 긍정적인 변화이다. 이것이 실현된다면 우리 사회는 보다 열린 마음을 갖게 될 것이고, '함께'라는 공동체 의식을 굳게 기르며 지금보다 좀 더 행복한 세상으로 나아갈 수 있을 것이다.

고려 시대에는 고아를 사원에 집단 수용해서 보호했다. 조선 정조 때는 아동 보호를 법으로 공포해 고아 사업을 실시하기도 했다. 현대적 의미의 고아 시설은 조선 말엽인 1888년에 세워진 천주교 고아원이 시초다. 그 뒤로 일제강점기인 1934년에 고아원 23곳이 설립돼 2,192명을 수용했다는 내용이 있다. 한국 전쟁을 치르고 나서는 1980년 연말 기준으로 수용자 72,982명으로 고아의 수가 최고조에 이르렀다. 1985년부터 양부모(養父母) 결연 사업, 가정위탁 양육 사업, 해외 입양 사업 등의 확대로 고아의 수가 차츰 감소 국면을 보였다. 그렇다면 지금은 어떨까?

(단위: 명)

구분	보호대상아동발생수	보호대상아동 발생 원인							
		유기	미혼부모, 혼외자	미아	비행, 가출, 부랑	학대	부모빈곤, 실직	부모사망, 부모질병	부모이혼
2014	4,994	282	1,226	13	508	1,105	308	515	1,037
2015	4,503	321	930	26	360	1,094	279	423	1,070
2016	4,592	264	856	10	314	1,540	290	412	906
2017	4,121	261	850	12	229	1,437	216	362	754
2018	3,918	320	623	18	231	1,415	198	376	737
2019	4,047	237	464	8	473	1,484	265	380	736

출처: 보건복지부(각연도), 「보호대상아동 발생 및 보호조치 현황」

　<표 1>에서 확인할 수 있듯이 최근 6년간 보호대상아동 발생 수의 큰 변화는 없다. 2019년 3분기의 출산율이 0.88명임에도 불구하고 보호대상아동이 여전히 많이 발생하고 있는 것은 우리 사회에 던져 주는 의미가 크다고 할 수 있다. 출산율은 낮아지는데 보호대상아동은 왜 여전히 많이 발생하는 것일까? 세계 최고 수준의 저출산 국가에 초고속으로 진입한 대한민국이지만, 올해 초부터 언론 보도를 통해서 부모에 의해 죽은 아동의 소식이 자주 들려왔다. 참으로 안타깝고 비통하였다. 지적 장애를 앓는 미혼모가 갓 낳은 딸을 텃밭에 유기한 사건부터 어느 외진 주차장

에서 몰래 버려져 숨진 신생아, 중학생인 딸을 성폭행하여 그 딸이 낳은 갓난아기를 유기한 비정한 아버지까지.

〈표 1〉에서 확인할 수 있듯이 보호대상아동의 발생 원인 중 가장 큰 비중은 학대, 부모 이혼, 미혼 부모 및 혼외자 순이다. 이는 보호대상아동 발생 원인이 대부분 부모에게 있다는 사실을 알 수 있다. 매우 충격적이라고 할 수 있다.

그렇다면 이러한 이유로 가정에서 보호받지 못하고 가정외보호시설에서 생활하는 아동은 얼마나 될까?

〈표 2〉 가정외보호 유형별 보호아동 총계

(단위: 명)

| 구분 | 계 | 가정위탁보호 | | | | 아동양육시설 | 그룹홈 |
		가정위탁아동 계	대리양육가정	친인척위탁가정	일반위탁가정		
2013	31,115	14,596	9,776	3,843	977	14,308	2,481
2014	30,410	14,385	9,550	3,816	1,109	13,437	2,588
2015	29,815	13,728	9,127	3,556	1,045	12,821	2,636
2016	28,102	12,896	8,578	3,348	970	12,448	2,758
2017	26,459	11,983	7,950	3,100	933	11,665	2,811
2018	25,113	11,141	7,426	2,801	914	11,100	3,830

출처: 보건복지부(2019), 『보건복지 통계연보(2019)』

나는 행복한 고아입니다

⋮

보건복지부가 발표한 통계에 따르면 2018년 기준 보호대상아동은 25,113명이다. 이들은 가정위탁보호, 아동양육시설, 그룹홈으로 자신의 의지와는 상관없이 배정되어 보호를 받게 된다.

그렇다면 대한민국 건국 이래 70여 년 동안 발생한 고아의 수는 대체 얼마나 되는 걸까? 보건복지부의 어떤 기록을 찾아도 명확한 수치는 보이지 않는다. 따라서 다음의 공식에 견줘 대략이나마 총 고아의 수를 산출해 봤다. 2019년 한국은 보호종료가 된 후 2년간 자립수당을 지원하는 제도를 실시했다. 2019년 기준으로 보건복지부가 발표한 자립수당 대상자의 수는 4,634명[3]이다. 이 숫자는 2년간 발생한 보호종료아동[4]의 수이기 때문에 그 수에 지난 70년의 절반인 35년을 곱하면 약 32만 명 정도로 생각해 볼 수 있다. 그러나 2004년 보건복지부가 발표한 '아동복지시설보호아동현황'에 따르면 퇴소생이 7,831명으로, 현재 퇴소아동의 3배라는 걸 알 수 있다. 그러니까 32만 명에 3을 곱하면 69만 명 정도로 추정이 가능하다. 1980년에는 퇴소자가 117,239

---

3 보건복지부 보도자료, 2019. 4. 18. 보호종료아동 2,800여 명에게 자립수당 첫 지급(4.19)한다!

4 아동복지법 제38조 제2항에 의해 '만 18세 이후 보호가 종료된 아동복지시설 및 가정위탁보호아동'을 말한다.

명으로, 현재의 5배 정도였다는 걸 바탕으로 추산하면 건국 이래 고아의 수는 100만 명 정도로 볼 수 있지 않을까? 물론 이것은 개인적인 추산일 뿐이다.

고아의 발생은 인재

우리 사회에서 사고가 발생하면 우리는 그 사고가 인재(人災)인지 천재지변인지 생각한다. 기차 사고가 났다고 할 때 지진이나 홍수로 인해 기차가 멈추면 천재지변이지만, 기관사의 실수나 부품의 결함 등으로 사고가 벌어지면 그것은 인재라고 판단한다. 천재지변은 인간의 힘으로는 어쩔 수 없는 부분이기에 이를 받아들이고 앞으로의 해결책을 찾는 것이 수순이지만, 인재는 조금만 주의를 기울이고 관심을 가지면 예방할 수 있다.

그렇다면 매년 사천여 명의 고아가 발생하는 것은 인재일까, 천재지변일까? 당연히 인재다. 그렇다면 우리는 이러한 인재를 어떻게 받아들이고 예방할 수 있을까? 보통 사고나 문제가 일어나는 경우, 그 원인은 내부에 있다. 하지만 고아가 발생하는 원인은 고아에게 있지 않다. 잘못은 저지르지 않았지만 비판과 편견의 몫은 오로지 고아의 것이다. 이러한 모순 때문에 고아는 외롭고 고통스럽다. 자립을 강요받으며 세상을 향해 무거운 발걸음을 내디디며 살아가다 자신의 처지를 비관하며 극단적인 선택을 하기도 한다. 우리는 더 이상 이 인재를 방관해서는 안 된다.

고아의 부모가 부모로서의 책임을 다하지 못한 것인데, 사람들은 그것이 마치 고아의 실패인 것처럼 생각한다. 왜 고아들이 평생 외로운 아이로 낙인찍혀야 하는가? 이러한 현실 앞에서 나는 당당히 외친다. 고아는 아무런 잘못이 없다고, 고아 발생은 '인재'라고 말이다. 그래서 나는 고아가 피해자라고 생각한다. 그리고 이 피해의 1차 가해자는 아이를 낳은 부모다. 그렇다면 고아는 왜 피해자일까? 〈표 1〉에서 확인할 수 있듯이 유기, 미아, 부모 이혼, 가정 해체, 방임, 아동 학대, 폭력, 빈곤과 미혼 부모 등 다양한 사회 문제로 인해 피해를 보는 사람은 바로 고아이다. 어른과 사회의 보호를 받지 못하고 요보호아동이 발생하는 것은 엄연한 사회적 문제이다. 이러한 사회적 문제를 심각하게 생각하지 않고 무심하게, 당연하게 받아들인다면 이 문제는 결코 해결될 수 없을 것이다.

사회적인 방임과 부모로서의 무책임한 의식과 행동으로 고아가 양산되고 있다. 이 피해는 고스란히 고아에게 돌아간다. 고아가 받는 피해는 보육원에 있을 때만 한정되는 것이 아니다. 보육원 퇴소 후에도 여러 가지 피해를 본다. 친부모가 살아 있을 경우, 오랜만에 친부모를 만나기도 하지만 정상적인 부모 자식 관계로 살아가기는 어렵다. 고아는 보육원에 버려지면서 이미 상처를 받았고, 부모는 자식을 버린 무책임한 사람이기 때문이다. 고아는 취업에서 차별을 받기도 하고 직장에서도 보이지 않는 편견에 맞서 싸우며 평생을 살아가야 한다. 이렇게 냉혹한 세상에 나와 살아가기에 보육원을 나간 아이들은 사회적 장애를 갖기도 한다. 더욱 큰 문제는 고아 당사자들이 자신들이 가장 큰 피해자라는 사실을 모른다는 것이다. 고아는 자신이 국가에 큰 빚을 졌다고 생각하며 자란다.

민법에서는 '만 19세 이상'을 성인으로 간주한다. 하지만 고아는 「아동복지법」에 따라 민법상 미성년자인 만 18세가 되었을 때 보호자도 없이 강요에 의해 보육원을 나가야 한다. 만 18세는 민법상 성인이 아니니 휴대 전화 개통도 마음대로 하지 못한다. 상황이 이러하니 보육원 퇴소생의 25%가 기초생활 수급자로 전락하는 것도 놀라운 일이 아니다.

한국은 사회 복지 선진국에 가깝다. 「한부모가족지원법」, 「장애인복지법」, 「다문화가족지원법」, 「아동복지법」, 「국민기초생활보장법」, 「사회복지사업법」 같은 사회 보장 기본법을 근거 삼아 사회 보장 제도가 작동하고 있다. 심지어 다른 어느 나라와 비교해도 잘 정착돼 있는 편이다. 그럼에도 길거리의 노숙자나 교정 시설의 수용자, 유흥업소의 직원 중에는 고아의 비율이 대단히 높을 것으로 추정된다. 대체 왜 이런 걸까? 그 이유는 고아에 대한 빈곤의 악순환을 사회가 제대로 끊어 주지 못하기 때문이다. 뫼비우스의 띠 같은 이런 악순환의 고리 안에서 고아가 고아를 낳는다. 고아는 애초부터 기초 수급자로 전락할 가능성이 높다. 무연고자가 되어 이 사회의 테두리 안에 온전히 들어오지 못하는 경우도 많을 것이다.

위기 영아와 임산부, 미혼 부모와 한 부모, 비록 소외당하는 이들이라 해도 우리의 이웃이자 이 나라의 국민이다. 이러한 힘겨운 삶을 살고 있는 국민들의 생명과 건강, 재산을 안전하게 보호해 줄 보호망이 필요하다.

이용교 광주대학교 사회복지학과 교수는 "아동 한 명을 10년간 시설에서 키우려면 보육 교사 임금 등 직접 지원 예산만 연간

2천 5백만 원, 총 2억 5천만 원이라는 막대한 예산을 투자해야 한다. 이렇게 키운 아이들이 보호종료 후 다시 수급자가 됐다는 건 정책이 실패했다는 증거"라고 하였다.

2억 5천만 원을 투자하여 키워 낸 고아의 25%가 평생 기초 수급자로 살아가는 것은 정부의 보육 정책이 미흡하다는 증거다. 이 사회가, 정부가 조금 더 노력하여 이들을 기초 수급자가 아닌 당당한 납세자로 길러 내야 사회적 비용을 줄일 수 있다. 심리적·정신적인 피해를 입은 고아를 이해하고, 이들의 특수성을 이해하고자 하는 정부와 제도 차원의 노력이 필요하다. 보육원 퇴소 후 성공적인 자립을 위해 토털 케어 서비스를 지원하고 보육원의 자립지원전담요원을 확대해야 한다. 나아가 그들의 실질적인 울타리가 되어 주어야 한다. 정책 입안자는 더 효율적인 정책을 마련해야 하며, 무엇보다 '고아인권법'을 제정해야 한다고 강력하게 주장하고 싶다. 법률적으로 고아를 인정하고 존중하여 고아들에게 가한 피해를 보상해 주어야 한다.

고아 보호 단체의 필요성

나는 보육원 후배 아이들을 만나러 갈 때마다 우리만의 모임이 필요하다고 생각했다. 시대가 바뀌어 감에 따라 보육 관련 정책도 변하고 있지만, 아이들은 이에 대해 공감하거나 체감하지 못한다. 이런 이유 때문에 갈등하고 힘들어하는 아이들을 볼 때마다 이런 고민을 해결해 주고 이야기를 나눌 수 있는 모임이 있으면 좋겠다고 생각했다. 그래서 뜻 있는 분들과 머리를 맞대었다. 서로 협력하고 힘을 모으면 나 혼자 할 수 있는 것보다 더 많은 일을 해낼 수 있기 때문이다.

현재 우리나라에 신고된 시민 단체의 수를 세어 보면 수천 개에 달한다. 분야도 다양하다. 노인, 장애, 청소년, 동물 등 각자의 목표나 이해관계에 따라 여러 시민 단체가 활동하고 있다. 이와 관련된 정부 부처에서는 이들과 협력하기도 하고 사업을 벌이기도 한다. 다들 자신이 중요하다고 믿는 가치와 신념을 바탕으로 사람들과 협력하며 당면한 문제를 해결하려 노력 중이다. 그렇다면 그 수많은 시민 단체 가운데 '고아'를 위한 단체는 몇 개나 될까? 찾아보기가 힘들다. 이것은 한국 사회에서 고아를 어떻게 받아들이고 있는지, 고아들이 어떤 존재로 자리하는지 정확하게 보여 주는 지표다.

한국고아사랑협회(한고협)의 출범은 이러한 세상을 향한 고아 스스로의 당당한 드러내기이자 도전이다. 한고협에서는 "우리의 눈물은 우리 손으로 닦자."라고 말한다. 이제 더 이상 어두운 곳에서 감춰진 존재로 살아가서는 안 되고, 동정과 자선의 대상이 되지 말자고 말한다. 고아 당사자인 우리들만이 고아들의 한(恨)과 아픔을 이해하고 공감할 수 있다. 한고협은 바로 이러한 생각에서 시작되었다.

한고협은 고아의 아픔을 보듬어 주고, 그들이 목소리에 귀를 기울일 것이다. 하지만 아이들의 권리만을 요구하지 않고 그들이 스스로 삶을 살아갈 수 있도록 힘을 길러 주는 역할을 할 것이다. 실질적인 도움을 줄 수 있도록 정책 입안자와 끊임없이 소통하여 효과적인 정책을 만들어 나가는 데 힘쓸 것이다. 또한, 다양한 단체와 협력하고 모색하여 고아 인식 개선을 위한 협력 체계를 구축하고 고아의 목소리를 대변하는 강력한 단체로 자리매김할 것이다. 그렇게 해서 선한 목적을 가진 다양한 봉사 단체들과 협력하여 모든 고아가 가정에서 자랄 수 있도록 힘쓰는 한고협이 될 것이다.

나는 고아로 자랐어도 분명 자신의 능력에 따라 삶을 개척해 나갈 수 있고, 좋은 후원자를 만나 인생이 달라질 수 있다고 믿는다. 고아가 피해자로서의 삶이 아닌 새로운 삶을 개척할 수 있는 기회를 가져야 한다고 생각한다. 한고협과 같은 단체는 분명히 이 사회에 큰 도움이 될 것이다.

고아를 바라보는
시선

나는 어렸을 때부터 보육원에서 자라며 수많은 고아를 봐 왔다. 나는 고아가 결코 특별하지 않다고 생각한다. 그저 각자 나름의 피치 못할 사정으로 부모와 함께 살지 못하는 아이들이고, 어쩔 수 없이 사회의 도움을 받으며 살아야 하는 아이들이다.

문득 사람들이 고아인 나를 어떻게 바라볼지 생각해 봤다. 사람들은 어린 시절의 나를 매우 불쌍하게 생각했을 것 같다. 보육원 아이들의 옷차림새나 표정, 행동하는 모습을 보며 이해는커녕 편견을 가지기 일쑤였다. 학교 아이들은 평소 무표정하게 지내는 고아에게 쉽게 다가가지 못하였다. 때로는 선물을 주고 싶어도 괜한 오해를 살까 봐 부담을 가졌고, 때로는 물건이 없어지기라도 하면 가장 먼저 고아를 의심하기도 했다.

학교 측에서도 고아를 보는 시선은 일반 학생들을 볼 때와는 조금 다른 것 같다. 새 학기가 되면 담임 선생님은 "혹시 우리 반에 보육원 사는 학생 있나요?"라고 큰 소리로 물었다. 아이들의 손가락이 말없이 우리를 향했다. 그 순간, 희망만 가득해야 할 새 학기가 '고아 딱지'를 짊어지는 치욕의 시간으로 변한다. 보육원 아이들은 모두 같은 초등학교에 다녔기 때문에 보육원에 사는 걸 숨기는 건 거의 불가능했다. 가능한 '비밀'을 지키려고 했지만, 옷차림이나 행동 때문에 보육원 아이들은 금세 티가 났고 비밀은 그리 오래가지 못했다. 또 담임 선생님은 기초 생활 수급자들만 따로 불러 상담을 하기도 했다. 보육원 출신임을 숨기고 싶은 노력이 물거품이 되는 순간이었다. 어느 날, 친구가 보육원에 사는 아이들을 가리키며 말했다. "선생님, 쟤들은 왜 급식비 안 내요?" 담임 선생님은 "고아원에 살아서 그래."라고 말했다. 그때부터 왕따가 시작됐다. 놀리는 친구가 있으면 심하게 때려 주었다. 또한, 일반 가정에서는 필요하지 않은 행정적인 서류를 지원해 줘야 한다. 학교 준비물은 잘 챙겨 오지 않고, 가정 통신문 같은 것도 전달하지 않고, 학교 숙제도 제대로 해 오지 않는 학교생활에 관심이 없는 아이들이라고 생각한다. 냄새가 나는 고아도 있어서 청결하지 않다고 생각하기도 한다. 거짓말을 잘하고 핑계도 잘 대는 아이로 오해를 받기도 한다. 선생님이 훈계를 해도 잘 받아들이지 않아 말이 통하지 않는 아이라고 생각한다. 학교 입장에서는 고아들을 말썽꾸러기라고 선입견을 가지고 바라보니 자연스레 걱정되는 아이로 여길 것이다.

그렇다면 이 사회에서는 고아를 어떻게 바라볼까? 보육원에 사는 것을 동정하기도 하고, 일반적이지 않은 환경에서 자라는 아이들에게 안쓰러움도 느낀다. 하지만 인생은 각자 알아서 사는 거라 생각하고, 고아들도 자기 인생은 알아서 살기를 바라며 도움의 손길을 외면하기도 한다. 고아이니 아무래도 끈기가 없고 버릇이 없을 것이라고 생각하기도 한다.

사회적 기준에서 성공했거나 남들처럼 평범하게 살아가는 경우에는 "어려운 환경에서도 잘 자랐구나."라고 말해 주지만, 그렇지 않은 경우에는 여지없이 "역시 부모가 없으니 저렇지…"라고 말한다. 고아를 보는 시선은 그 어떤 대상보다 엄격하다. 보통 사람들이 잘못이나 실수를 했을 때보다 고아가 실수했을 때 그 평가는 더욱 냉정하다.

문화를 이끌어 가는 언론이나 미디어에서는 고아를 긍정적인 이미지보다는 부정적인 이미지로 비추는 경우가 더 많다.

"고아 새끼라더니 아주 그냥 쓰레기구먼, 쓰레기. 부모한테 배워 먹은 것이 없으니 저 모양이지. 고아 새끼들은 어떻게든 티가 나요, 티가나."

최근 공중파에서 방영된 인기 주말 드라마 속 대사이다. '고아=쓰레기'라는 도 넘은 비하가 논란이 되면서 많은 시청자가 분노했고 방송국에 공식 사과를 요구했다. 이 책을 쓰는 도중에 우연히 보게 된 장면이지만, 보는 순간에도 황당함을 금치 못했다. 과연 지금이 2020년이 맞는가? 문득 30여 년 전 보육원에서의 일들이 스쳐 갔다. 갈등을 극대화하는 것이 드라마이고 자극적일수록 인기를 끈다는 것도 알고 있지만, 그 대사를 곱씹을수록 속에서 화가 올라왔다.

또 얼마 전에 사이코패스 연쇄 살인마 이야기를 다룬 〈악인전〉이라는 영화를 보았다. 영화에는 경찰과 조폭이 힘을 합쳐도 잡기 힘들 만큼 극악무도한 살인범이 등장한다. 범인의 성장 배경이 궁금했는데, 영화 막바지에 죄를 저지른 이유가 짧게 소개됐다. "아버지로부터 가정 폭력을 당해 보육원에서 자랐다고 하더라고요."라는 대사가 전부였다. 다른 설명은 없었다. '보육원 출신이면 범죄자가 되는 게 당연하다.'라고 암시하고, 관객 중 누구도 이의를 제기하지 않는 것처럼 보였다. 범죄자가 아니더라도 부모가 없는 아이들은 조부모나 보육원에서 자라며, 지저분한 이미지로 그려진다. 이뿐만 아니다. 왕따 피해자는 '부모 없고 더럽고 냄새나는 아이'로 묘사된다. 미디어가 편견을 조장하는 것이다.

이와 관련해 내가 들은 몇 가지 이야기를 해 보려고 한다.

연숙(가명)이는 남자 친구의 부모님을 통해 고아에 대한 편견의 실체를 적나라하게 경험한 적이 있다. 어느 날 남자 친구가 예고도 없이 부모님과의 만남을 주선했다. 아들의 여자 친구를 만난다는 기대에 찬 남자 친구의 부모님은 자리에 앉자마자 부모님의 고향을 물었다. 연숙이는 "부모님을 뵌 적은 없고 보육원에서 자랐습니다."라고 솔직하게 말했다. 그러자 순간 분위기가 얼어붙었고, 막장 드라마처럼 변했다. 부모님은 그 자리에서 아들을 따로 불러내 "당장 헤어져라."라고 압박했다. 그 사건 이후 그녀는 부모님에 대해 묻는 이들에게 사실을 말하지 않는다. 누가 부모에 대해 물으면 "아버지는 마트에서 일하시고, 어머니는 가정주부예요."라고 준비한 모범 답안을 말한다.

범태(가명)는 조기 취업으로 고3 때 사회생활을 시작했다. 입사 초에는 일이 서툴러 크고 작은 실수가 많았다. 선임자가 실수의 책임을 물을 때마다 잘못을 인정하지 않았다. "왜 저한테만 그러세요? 저 아닌데요?"라고 시치미를 뗐지만, 공정을 되짚어 보면 결국 그의 실수로 드러났다. 문제가 생기면 회사에서는 가장 먼저 범태를 찾았다. '왜 나한테만 이러지? 부모가 없다고 무시하는 건가?'라는 생각에 상사의 질책을 있는 그대로 받아들이지 못했다. 돌이켜보면 그의 행동은 '방어 기제'였던 것 같다. 보육원을 막 나왔을 때는 '나를 지킬 수 있는 건 나밖에 없다.'라는 생각이 강한 시기다. 출근할 때나 샤워할 때 매일 거울을 보면서 "나는 강해져야 해."라고 외치곤 했다고 한다.

영찬(가명)이는 '부모님이 안 계신 게 별거냐?'라며 호기롭게 사회에 나왔지만, 얼마 지나지 않아 자신의 '다름'을 확인할 수밖에 없었다. 특히 주변에 관혼상제가 있으면 특히 소외감이 들었다. 20대 중반이 되어서야 처음으로 결혼식에 가 볼 기회가 생겼다. 텔레비전에서나 보았지 보육원에서는 가족이나 친척의 결혼식에 갈 일이 없었기 때문이다. 하객으로 참가하는 일도 이렇게 낯선데 혼자 경조사를 치러야 하는 시설의 자립생은 오죽할까 하는 생각을 한다. 남들에게는 살면서 으레 겪어야 할 일이겠지만 자신과 같은 이들에겐 맘껏 기뻐할 수도, 슬퍼할 수도 없는 고된 통과 의례임을 깨닫게 된다.

현철(가명)이는 가족에 대해 캐묻는 어른들이 싫다고 한다. 말하기 싫어서, 때로는 귀찮아서 부모님에 대해 거짓말을 했다. 하지만 아르바이트를 하면서 만난 이모한테만은 진실을 말할 수 있었다. 유독 자신을 좋아해 주고, 진심으로 대해 주는 것이 느껴지는 이모님께 거짓말을 할 수는 없었다. 태어나 처음으로 용기를 내어 이모에게 "저는 엄마가 없고, 보육원에서 자랐어요."라고 털어놓았다. 이모는 "엄마 없는 게 흠은 아니니까 기죽지 마라. 괜찮아."라고 위로해 주었다. 이모의 말 덕분에 용기를 얻었고, 이후 긍정적으로 살아갈 수 있었다.

그간 언론에 보도된 고아의 이야기와 뉴스 헤드라인을 살펴보자.

- 소변 먹이고 화상 입히고…10년간 보육아동 학대(《KBS》)
- 장애를 가진 아들이 아빠를 따라 필리핀에 갔다 그곳에서 버려져 고아원 전전(《SBS》)
- 불거진 성폭력 의혹…창원 보육원에 무슨 일이?(《KNN》)

- 성폭행과 폭행으로 얼룩진 보육원…은폐 '급급'(《SBS》)

- 조폭 뺨치는 보육원 교사, 14살 아이 매장해놓고 '훈계'(《MBC》)

- '보육원'에서 '집으로'…한 달도 안 돼 숨져(《MBC》)

- 보육원에 ADHD 약 수두룩…'말 안 들어서 먹였다'(《MBC》)

언론에서도 고아에 대한 이야기를 다룰 때는 좀 더 세심하게 주의를 기울여 주기를 바란다. 영화나 책에서도 마찬가지다. 창작자들은 고아의 이야기를 다룰 때 자신의 시선이 어느 곳을 향하고 있는지, 혹시 색안경을 쓰고 고아를 바라보고 있지는 않은지 다시 한번 살펴보아야 한다. 개인과 학교, 사회가 고아를 바라볼 때 좀 더 따뜻한 눈빛으로 응원을 해 준다면 얼마든지 제대로 성장해서 자립할 수 있다. 집안의 자녀, 주변의 아이들과 다를 것이 없다고 생각해 주면 고아들은 좀 더 행복하게 자랄 수 있을 것이다.

고아에 대해 일반화하고 싶지 않다. 그러나 고아들의 실상을 부인하고 싶지도 않다. 성품이 좋지 않고 자립심이나 의지도 약한 편에 고집이 세고 의사소통 능력이 부족한 고아도 있다. 하지만 모든 고아가 그렇지는 않다. 평범한 가정에서 부모와 함께 자란 아이들도 각자 나름의 문제가 있다. 게임 중독이나 알코올 중독에 빠지기도 하고, 일탈을 저지르기도 한다. 하지만 고아라는 단어를 쓰기 전에 한 번이라도 고아에 대해 생각하고 존중해 주기를 진심으로 바란다. 대부분의 사람은 자신이 경험한 만큼만 생각하는 경향이 있기 때문에 모든 이가 고아를 이해해 주기를 바라는 것이 무리라는 것을 안다. 하지만 나처럼 고아 출신임에도 교사가 되어 아이들을 위해 책을 쓰기도 하고, 고아임에도 불구하고 사업에 성공하여 많은 부를 쌓은 사람들도 있다. 세상에는 정말 다양한 사람이 있고, 그 사람들은 고아 출신이든 아니든 간에 자신의 노력과 운명에 따라 살아간다. 부디 책의 전반부에 실린 나의 인생 이야기를 통해 고아들이 어떠한 마음으로 어떠한 삶을 살아가는지 이해해 주길 바란다.

언론에 비친
고아와 보육원의 모습

나이가 들고 시간이 조금 지나자 여유가 생기면서 내가 자란 곳을 돌아보게 되었다. 하지만 가끔 보육원을 퇴소한 아이들을 만나 함께 축구를 하거나 진로에 대해 상담하며 시간을 보내는 정도였다. 미디어에서 고아에 대한 이야기가 들려올 때도 지금처럼 큰 관심을 가지지 않았다. 아는 것이 없었기 때문이다. 하지만 보육원을 퇴소한 많은 동생이 힘겹게 살아가고, 어려운 환경을 극복하지 못해 끝내 스스로 목숨을 끊는 것을 보게 되면서 태도가 바뀌었다. 좀 더 의미 있고 가치 있는 일을 해 보고 싶다는 생각이 들었다. 그 후 주변을 돌아보니 조금 다른 풍경이 눈에 들어왔다. 생각보다 많은 사람이 고아들의 생활이나 보육원의 현실 등에 관심이 있었다. 신문이나 방송에서도 '보호종료아동'이나 '보호아동', '고아'에 관한 이야기가 많이 나오고 있었다.

새로운 세계가 보이기 시작한 것이다.

한편으로는 아쉬운 마음도 든다. 언론에서 다루는 내용은 대부분 천편일률적이다. 이 문제를 둘러싼 다양한 관점의 깊이 있는 이야기를 다루지 못하고 있다. 이제껏 언론에서 소개된 보육원과 고아들의 이야기를 함께 공유하며 대중들이 가진 고아에 대한 인식이 어떠한지, 개선할 점은 없는지 함께 고민해 보고자 한다. 언론이 가진 영향력이 고아들의 권익을 위해 어떠한 방향으로 활용되어야 할지, 조심스럽게 나의 의견도 더하고자 한다.

보호종료아동의 실태를 다룬 TV 프로그램(2015-2020)

1. 《KBS》, <추적60분> "보호아동 자립실태, 위태로운 홀로서기"(2015. 9. 16.)
   만 18세가 되어 보육 시설 강제 퇴소나 준비 없는 홀로서기를 강요당하는 아이들이 처한, 두렵고 무섭지만 피할 수 없는 현실을 다루었다. 고아라는 따가운 시선과 차별, 편견이 가득한 세상에서 당당히 홀로서기를 꿈꾸는 아이들의 세상을 향한 첫걸음을 소개한다.

2.《KBS》, <시사기획 창> "열여덟, 보호종료" (2017. 8. 29.)

만 18세에 홀로 서야 하는 '보호종료아동'을 소개한다. 정착금 5백만 원으로 지원은 끝이 나고 빈곤이 반복되는 이들의 현실을 보여 준다. 고아가 발생하는 근본적 원인도 다루고 있다.

3.《KBS》, <캠페인> "라면이 익는 시간" (2019. 9. 27.)

퇴소 후 갈 곳이 없어 보육원 동기 집에서 생활하며 자립에 성공한 퇴소생의 인생 스토리가 소개되었다.

4.《KBS》, <거리의 만찬> "열여덟 어른" (2019. 11. 17.)

열여덟, 어른이 되기에는 이른 나이. 하지만 보육원에서 자란 아이들은 만 18세가 되면 '보호종료'되어 바깥세상으로 나와야 한다. 이런 현실을 소개하고, 세상에 기댈 곳 하나 없이 홀로 인생의 무게를 짊어져야만 했던 '열여덟 어른'들의 자립 이야기를 보여 주었다.

5.《KBS》, <인간극장> "그렇게 가족이 된다" (2020. 4. 27.)

4년 전, 보육원에서 나와 홀로서기를 한 지안 씨와 부모 자식의 연을 맺은 이들이 센터라는 이름 아래 대가족이 된 이야기이다. 지안 씨는 같은 아픔을 지닌 동생들에겐 든든한 맏언니가 되었고, 자신을 딸로 품어 준 미나 씨 덕에 그동안 아프게 떠올렸던 이름, 엄마의 의미를 새롭게 알아 간다. 그녀가 새로운 가족을 만들어 가는 과정을 소개하고 있다.

6. 《KBS N》, <무엇이든 물어보살> "보육원 밖으로 나온 아이들의 이야기" (2020. 3. 8.)
의뢰인인 보호종료아동의 고민("선입견이 아닌 따뜻한 시선으로 봐 주셨으면 좋겠다.")을 소개하고 있다.

7. 《tvN》, <리틀 히어로> "나는 보육원 출신입니다"(2019. 9. 30.)
사회적 기업 '브라더스 키퍼'의 이야기. 보육원 출신 대표 청년들의 울타리를 만들어 나가는 인생의 이야기를 소개했다.

8. 《TBS》, <시민의 방송> "보호종료아동의 홀로서기, 문제점과 대안은" (2017. 6. 2.)
보호아동 발생의 대표적인 사유인 부모의 이혼·학대 문제와 가정위탁 보호종료아동 중 17%만 친가정으로 복귀하는 문제를 다룬다. 또한, 보호종료아동 대부분이 겪는 교육비·생활비 등 경제적 어려움을 소개하고 있다.

9. 《TBS》, <민생연구소> "열여덟, 보호종료 보육원을 나온 아이들"(2019. 11.
26.)

열여덟 보호종료아동에게 강요되는 홀로서기와 그들이 겪
는 사회 적응의 어려움을 소개한다. 생활고와 더불어 '고아'
를 바라보는 차가운 시선과 편견으로 인해 받은 상처에 대
한 이야기도 들려준다.

10. 《SBS》, <SBS 스페셜> "보호종료 열여덟 어른, 막막한 축복… 세상의 민
낯과 마주하다"(2020. 2. 9.)

가족에게서 한번 버림받아 보육원에서 최소한의 보살핌만
을 받고 자라난 보호아동들이 만 18세가 되는 해에 또다시
세상 밖으로 버려지는 이야기를 다룬다. 혈혈단신으로 세
상에 나와 아무런 보호막 없이 현실에 부딪혀야 하는 보호
종료아동들의 모습을 볼 수 있다.

11. 《MBC》, <다큐 에세이 그 사람> "봅슬레이 선수 '강한' 그의 이야기"
(2018. 5. 8.)

어머니를 애타게 찾기 위해 고된 훈련도 마다하지 않는 강
한 선수의 인생을 다루었다.

12. 《MBC》, 라디오 <박지훈의 세계는 그리고 우리는> "보호아동(고아)들은 어떻게 자립할까"(2019. 3. 29.)

커밍아웃 시대에도 고아들이 여전히 자신의 출신을 감춰야 하는 실태를 밝힌다. 전국 240개 보육원에 사는 아이들은 사만 명이고, 매년 육천 명의 아이들이 보육원으로 버려지고 있는 실태를 소개한다. 보육원에 들어가면 입양이 불가능한 현실도 보여 준다. 입양하려면 친권을 가진 보육원 원장의 승낙이 필요하지만, 시설을 유지하기 위해 고아 입양을 추진하지 않는 것이 추세라고 말한다. 고아 인권법 제정의 필요성에 대해서도 논의한다.

13. 《MBC》, 라디오 <심인보의 시선집중> "보호종료 청소년 자립지원 특별법 제정"(2019. 4. 24.)

보호종료아동의 실태와 '보호종료 청소년 자립지원 특별법 제정'에 대해 다루었다.

14. 《EBS》, <다큐 시선> "열여덟, 세상 밖으로" (2019. 9. 19.)

보육원 퇴소 후 자립하며 마주하는 한계와 어려운 현실에도 불구하고 포기하지 않고 굳건히 자신의 삶을 그려 가는 보호종료아동의 모습을 보여 준다. 자립 과정에서 겪는 금

나는 행복한 고아입니다

⋮

320

전적 어려움과 외로움에 관해서도 이야기한다. 정부에서 보호종료아동에게 자립정착금을 지원하지만, 주어진 돈은 자립을 이루기에는 턱없이 부족한 현실을 고발하고 실제 아이들의 사례도 보여 준다. 특히 이 프로그램은 굳은 의지와 노력으로 꿈을 이루고 행복한 가정을 꾸린 보육원 출신 인물들의 이야기도 소개하고 있다.

15. 《EBS》, <EBS 뉴스> "이성남 대표의 삶"(2019. 12. 11.)

보육원에서 성장하며 체육 교사가 된 필자의 삶과 물심양면으로 필자를 도와준 후원자의 이야기도 소개한다.

16. YouTube 채널 '신애라이프', "엄마가 2년마다 바뀐다면 같이 나누고픈 이야기"(2019. 11. 27.)

필자의 이야기를 담은 《오마이뉴스》 인터뷰 기사가 배우 신애라가 운영하는 유튜브 채널 '신애라이프'에 소개되었다. 보육원에서 성장하여 교사가 되기까지의 인생 이야기를 기사를 통해 들려주고 있으며, 실질적으로 보육원 아이들에게 필요한 것이 무엇인지에 관해 이야기한다.

17. 《채널A》, <아이콘택트> "봅슬레이 국가대표 '강한'! 그의 눈 맞춤 상대는 한 번도 본 적 없는 '어머니'"(2020. 8. 12.)

태어나자마자 보육원에 맡겨진 강한 선수가 23년 만에 처음으로 연락 온 어머니와의 만남을 소개한다. 그러나 만남은 어머니의 일방적인 취소로 무산되고 그로 인해 기대만큼 큰 실망을 느낀다. 3년 차 보호종료아동으로 자립하는 그에게 평생 모른 채 지내 온 어머니가 보낸, 아들을 향한 '손 편지'를 이야기한다.

18. 《NATA 국회방송》, <달려라 입법카> "만 18세 보호종료아동의 자립을 도와주세요"(2020. 8. 5.)

보호종료아동 자립의 어려움을 소개하고 입법 의뢰인과 입법 특공대의 면담을 통해 보호종료아동 자립지원 법안 제안을 논의한다.

그 밖의 뉴스와 보도

- 아동복지시설 나오면 갈 곳 없어 '막막'(《KBS》)
- 갈 곳 없는 '보육원 퇴소자'…40% 빈곤층 전락(《KBS》)

- '힘겨운 홀로서기'⋯보육원을 떠나는 아이들(《KBS》)

- 보육원 식대 4년간 279원 '찔끔 인상'⋯이유 알아보니(《SBS》)

- 국민청원 - 보호종료아동에게 멘토를 만들어주세요.(《SBS》 <모닝 와이드>)

- 다 컸으니 나가라는데⋯"기댈 곳이 없어요."(《MBC》)

- 보호종료아동의 건강한 자립을 돕는 보담 프로젝트(《EBS》 <교육현장 속으로>)

- 보육원 원장이 말하는 '자식'버리는 이야기(《MBN》 <신세계> 48회)

- 보육원 만 18세 퇴소⋯"어른이 있었으면 좋겠어요."(《JTBC》)

- '18세 자립' 그들만의 외로운 홀로서기(《YTN》)

- 한 박스도 안 나오는 짐을 가지고 퇴소를 했죠(유튜브 채널 '닷페이
  스.FACE')

- 보육원 나온 우리들, 다시 모였습니다(유튜브 채널 '닷페이스.FACE')

- 18세가 되면 보육원을 떠나야 하는 아이들의 막막한 심정(《엠빅뉴스》)

- 열여덟 '보호종료아동' 세상에 홀로서다.(《연합뉴스TV》)

- 보육원 출신 연극배우의 어린 시절, '엄마'가 되어 주었던 초등학교 선
  생님(《채널A》 <아이콘택트>)

- 자립당한 18세 부동산 15곳을 다녀보았지만 너무 까다로운 전세임대
  (《한겨레21》)

- 고아라는 건 내 자랑거리, 알아줘서 고맙습니다(《오마이뉴스》)

- 욕 듣고, 맞고, 무릎꿇고...충북희망원에서 벌어진 일(《충북in뉴스》)

- 사회라는 정글, 막막해요...보호 종료 청년들의 호소(《헬로우TV뉴스》)

앞에서 보는 바와 같이 보호종료아동에 대해 다루는 언론은 차고 넘칠 정도로 많다. 전에 비해서 많아진 관심은 매우 감사하고 고무적이다. 하지만 한편으로는 그 파급력이 다소 약하다는 생각도 든다. 이유는 여러 가지겠지만 무엇보다도 고아들에게 진정으로 필요한 것, 고아들이 겪는 문제 중 가장 시급히 해결해야 할 것에 대한 심층 분석이 이뤄지지 않기 때문이다. 많은 과제 중에 어떤 것이 가장 우선순위인지 잘 모른 채 하나의 유행처럼 너도나도 한 번씩 다루고 마는 일회용 소재로 쓰이는 것 같아 아쉬움이 많다. 한편으로는 방송 관계자들과 적극적으로 대화하며 이에 대한 문제를 알리고 싶은 마음도 들지만, 아직은 시기상조가 아닐까 하는 생각도 든다. 무엇보다 현장의 목소리를 반영하고 이를 파헤쳐 문제의 핵심을 짚는 뉴스가 필요하다고 생각한다.

고아는 대체 왜 생기고, 아이들은 무슨 이유로 버려질까? 매년 사천 명이나 되는 아이들이 보육원으로 버려지는 상황을 짚어보는 일도 중요하다. 나는 세상의 그 어떤 것보다 소중한 생명을 경시하는 세태 때문에 아이들이 쉽게 버려진다고 생각한다. 문제가 발생한 후 해결 방안을 마련하는 것도 필요하지만, 그 전에 문제가 일어나지 않도록 예방하는 일이 중요하기에 나는 고아가 생기는 것을 예방하는 방법에 대한 논의가 필요하다고 생각한다. 또 보육원에서 발생하는 반인권적인 일에 대해서도 조명해야한다. 보육사들의 제보를 받는다면 보육원 환경을 개선하는 데도움이 될 것이라 확신한다. 미흡한 점이 많은 「아동복지법」을분석하고 보육 전문가의 의견을 경청하여 실질적인 방향으로 정책이 보완되도록 언론에서도 영향력을 발휘해야 한다.

보육원 경험자이자 보육 환경을 개선하고자 노력하는 사람으로서 언론에 대한 나의 요구는 절대 지나치지 않다고 생각한다. 최근에는 사회로 나온 보호종료아동들이 뉴스나 방송을 통해자신들의 고충을 스스럼없이 이야기하고 관심과 지원을 요청하는 모습을 만날 수 있다. 이러한 용기 있는 태도가 다른 아이들에게 희망을 주고 사회의 분위기를 변화시킬 수 있다고 믿는다. 당사자들의 노력뿐만이 아니라 미디어도 함께 진정성 있는 관심을 보여 주길 바란다. 언론이 선한 영향력을 발휘할 때 통해 우리의 목소리는 더욱 크게, 넓은 곳으로 퍼져 나갈 것이다.

고아라는 말도
괜찮아요

 '고아'를 국어사전에서 찾아보면 '부모를 여의거나 부모에게 버림받아 몸 붙일 곳이 없는 아이'라는 뜻이 나온다. 이 글을 읽는 독자들은 '고아'라는 말을 들으면 어떤 기분이 드는지 궁금하다. 아마도 평소 생각이나 경험에 따라 고아라는 말이 주는 의미가 다르게 느껴질 것이다. 자신의 의지와는 무관하게 가정이나 사회와는 거리를 두고 홀로 살아가는 사람을 한 번이라도 애처롭게 느꼈다면, 고아는 연민의 감정을 불러일으키는 말이 된다. 한편 이 책을 보자마자 '왜 고아에 대해 이야기를 하는 책이 뜬금 없이 나왔지?'라는 생각이 들고, 자신도 모르게 부정적인 감정이 일어났다면 고아에 대한 편견을 갖고 있는 것이다. 그 편견이 어떤 종류이든 간에 말이다. 그 감정이 연민이든 편견이든 그것을 비판하거나 옹호할 생각은 없다. 혹여 편견이 있다고 해도 그것은 독자의 잘못이 아니니 걱정할 필요도 없다.

고아의 결정권은 고아에게 있다

보육원에 사는 '철수'라는 아이가 있다고 치자. 용기를 내서 친구에게 자신이 보육원 출신이라는 걸 밝혔다. 그다음엔 어떤 일이 일어날까? 친구는 표정이 조금 어두워지고 어딘가 어색하고 불편한 듯 보인다. 보육원에 사는 철수가 너무 불쌍하고 철수의 처지를 마음 아파한다. 그때부터 철수와 친구는 동등한 관계가 아닌, 연민의 관계가 된다. 만약 표정 변화 하나 없이 평소와 똑같이 철수를 대한다면 철수는 친구가 고아에 대해 편견을 갖고 있다고 생각한다. 이는 철수가 친구에게 자신의 처지를 얘기했지만 어떤 반응도 보이지 않는다면 친구가 속으로 나에 대해 다른 생각을 한다고 여기기 때문이다. 이렇듯 보육원에서 자란 아이들은 동전의 두 면처럼 세상을 바라본다. 학창 시절에 처음 친구를 사귈 때 자신이 보육원에서 산다는 걸 밝혀야 할지 말지 고민한다. 친구끼리는 솔직해야 하니 용기를 내어 말을 꺼내려 해도 막상 입이 안 떨어지니 마음과는 다르게 숨기는 경우가 많다. 친구와 가까워지고 친해질수록 '왜 내가 처음부터 말하지 않았을까?', '언제쯤 이 사실을 털어놓을까?', '친구는 어떻게 생각할까…' 등 수많은 생각이 꼬리에 꼬리를 물며 이어지는 것이다.

고아라는 말의 의미를 다시 뜯어 보자. '부모를 여의거나 부모에게 버림받아 몸 붙일 곳이 없는 아이'다. 저 말 어디에도 아이에게 문제가 있거나 잘못이 있어 고아가 되었다고 쓰여 있지 않다. 그래서 나는 고아들에게 말한다. 고아의 결정권은 고아에게 있다고 말이다. 그러니 친구에게 보육원에 산다고 얘기하지 말고 당당하게 살든지, 아니면 보육원 출신임을 밝히고 더 당당하게 살라고 한다.

그러한 태도를 가지려면 '고아'라는 말에 크게 의미 부여를 하지 말아야 한다. 사람의 생명은 유한하고, 누구나 어려서 부모를 여읠 수 있기 때문이다. 고아는 다만 남들보다 조금 일찍 부모와 떨어진 존재다. 동정이나 연민을 가져야 할 대상도 아니고, 잠재적 범죄자 취급을 받을 이유도 없다. 만약 그런 사고를 하는 사람이나 사회가 있다면 그 수준은 매우 후진적이라 할 수 있다.

나는 행복한 고아입니다

⋮

영화 <아이 캔 스피크>를 통해 희망을 얻다

최근에 <아이 캔 스피크>라는 영화를 보았다. 틈만 나면 민원을 넣으며 조용한 동네를 들쑤신다는 오해를 받는 '나옥분' 할머니와 원칙주의 9급 공무원 '민재', 서로 상극인 두 주인공이 밀고 당기는 모습이 즐거운 웃음을 전해 주는 영화다. 영화는 일본군 위안부 피해자였던 주인공 할머니가 미국 하원 의회의 공개 청문회에서 위안부 피해 사실을 증언하고, 이를 계기로 미국에서 위안부 사죄 결의안이 통과된 실제 사건을 기반으로 한다. 백발의 할머니가 어렵게 공부한 영어 실력으로 용기를 내어 영어로 연설하는 장면은 보는 사람이 감동과 전율을 느끼게 한다.

하지만 사실 내가 감동했던 부분은 따로 있다. 옥분 할머니가 위안부 피해자임이 뒤늦게 밝혀진 뒤, 그동안 할머니를 그저 억세고 괴팍한 노인으로만 생각했던 이웃이 미안한 마음에 할머니를 피한다. 그러자 할머니는 "나같이 험한 과거를 가진 여자와 친구 하지 않겠다는 거냐."라고 따진다. 하지만 그 이웃은 그동안 왜 아무 말도 하지 않았느냐며, 혼자 얼마나 고생이 많았느냐며 할머니와 함께 얼싸안고 눈물을 흘린다. 배우들의 연기도 연기지만, 할머니가 처한 상황이 나는 무엇보다 마음에 와닿았다.

왜냐하면 내가 고아이기 때문이다. 만약 고아임을 진즉에 밝히고 주변에 알렸더라면 어땠을까? 아마도 주변 사람들은 나를 더 보듬어 주고 상처를 어루만져 주었을 것이다. 고아는 부끄럽거나 숨겨야 할 일이 아니다. 내가 고아라도 괜찮다고 말하는 이유가 바로 이것이다.

나옥분 할머니가 자신의 과거를 용기 있게 밝힌 것처럼 우리들도 이제는 고아에 대해 이야기해야 한다. 그래야 이 사회에 속한 고아들의 표정이 더욱 밝아질 수 있고, 그들이 겪는 어두운 현실이 조금이나마 나아질 수 있다. 나는 이 사회에 희망이 있다고 생각한다. 고아라도 괜찮다. 더 당당하게, 더 큰 목소리로 우리의 현실을 알리고 싶다. 그러다 보면 분명 누군가 우리의 손을 잡아 줄 것이다.

나는 행복한 고아입니다

모든 아이들은
가정에서 자라야 한다

   '유엔 아동권리협약'과 '헤이그 협정'은 어른과 힘 있는 자들에 의해 침해당하기 쉬운 아동의 권리에 주목하고, 그 소중함을 알리며, 이를 최우선으로 보장해야 한다는 내용의 국제 협약이다. 고아는 '유엔 아동권리협약'과 '국제입양에서 아동보호 및 협력에 관한 협약'(일명 '헤이그국제아동입양협약')에 따라 '아동이 가정 환경에서 자랄 권리'를 가진다.

   2019년은 유엔 아동권리협약이 만들어진 지 30주년이 되는 해였다. 이를 기념하여 유엔 총회에서는 아동의 양육에 대한 권리 결의를 만장일치로 채택했다. 가장 인상적인 것은 처음으로 '고아원'이 아동에게 해가 된다고 밝힌 것이다. 나아가 고아원은 점차 없어져야 한다는 주장도 나왔다. 또한, 이 결의에서는 보육원

시설을 방문하는 어떠한 형태의 자원봉사 활동(비록 그것이 선의에 의해 이뤄지는 활동이라고 해도)이든 아동의 시설 입소를 조장하는 데 영향을 준다고 경고했다. 유엔 가입국인 한국 정부도 물론 아동의 양육에 대한 권리 결의에 참여했다. 하지만 정작 이 사실을 아는 사람은 많지 않다.

「포용국가 아동정책」은 아동의 삶을 실질적으로 개선하기 위해 국가의 책임을 확대하는 정책이다. 대한민국은 보건복지부 주관으로 2019년부터 「포용국가 아동정책」을 본격적으로 추진하겠다고 밝혔다. 하지만 10년 전인 2009년, 아동의 대안적 양육에 관한 가이드라인이 유엔 총회에서 이미 채택되었음에도 불구하고 정부에서는 이를 외면하였다. 나는 정부가 탈시설, 즉 궁극적으로 보육원을 없애기 위해 어떠한 진정성 있는 노력을 하고 있는지 궁금하다.

아이라면 누구나 부모의 신분이나 사회, 경제적 지위에 상관없이 차별받지 않고 평등하게 아동으로서 권리를 보장받으며 가정에서 살아야 할 권리가 있다. 혹자는 가정의 대안으로 보육원이라는 시설이 존재한다고 주장하겠지만, 보육원 생활을 조금이라도 경험해 본 사람이라면 가정과 시설의 차이는 하늘과 땅만큼이나 크다는 것을 알 것이다.

입양을 통한 행복 추구권

현재 우리나라는 가정에서 자라야 할 아이들을 여러 이유로 시설로 내몰고 그들에게 평생 씻을 수 없는 상처를 안기며 그들의 삶을 방치하고 있다. 하지만 오늘날 유럽과 남미, 아프리카, 동남아시아 등 거의 전 세계 모든 곳에서 탈시설과 관련된 정책이 논의 및 시행되고 있다. 미국은 1960년대에 이미 탈시설을 어느 정도 완성했다. 대한민국 헌법 제10조에서는 "모든 국민(아동)은 행복을 추구할 권리(가정에서 자랄 권리)를 가진다."라고 말한다. 제13조 3항에서는 "모든 국민은 자기의 행위가 아닌 친족의 행위로 인하여 불이익한 처우를 받지 아니한다."라고 말한다.

매우 더디기는 하지만 우리나라의 「포용국가 아동정책」도 바뀌고 있다. 탈시설에 가까운 방향으로 나아가는 듯하다. 하지만 내가 보기에는 구체적인 실행 계획이 빠져 있는 것 같다. 이제는 우리 모두 아동의 최선의 이익을 위해 이 계획을 실천하고 실행에 옮겨야 한다. 집단보육시설이 아무리 관리가 잘되고 잘 갖추어져 있다고 하더라도 가정에서 쏟는 사랑과 온전한 관심과는 절대 비교가 되지 않는다.

다시 한번 힘주어 말하고 싶다. 아이들은 가정에서 자랄 권리가 있다. 당장 보육 시설 외의 대안 마련이 버겁다면 점진적인 탈시설 정책을 수립하고 실천해야 한다. 가장 먼저 원가족 회복에 힘을 기울이고 차선으로 입양을 통한 가정 양육에 최선을 다해야 한다. 입양마저 어려울 경우, 위탁가정에서라도 아이가 자랄 수 있도록 제도를 마련해야 한다. 지금도 수많은 곳에서 고통받으며 눈물 흘리는 아이들을 생각해 보자. 더 이상 물러날 곳은 없다.

다섯 살 때부터 성인이 될 때까지 내가 자라 온 보육원은 90년대에 들어서며 영육아원으로 시설의 이름을 바꾸었다. 그리고 기존의 보육원 운영과 더불어 이제 막 태어난 갓난아이들을 입양 보내는 사업도 병행했다. 양육 사업과 입양 사업을 함께하게 된 것이다. 보육원 원장님은 아이들에 대한 사랑과 헌신의 마음으로 26년간 입양 사업을 하며 약 이백팔십여 명의 아이가 화목한 가정으로 입양될 수 있도록 하셨다. 입양 기관을 계속 운영하기 위해서는 해당 기관에 전담 의사가 배치되어야 하지만 예산 부족으로 운영할 수 없게 되었다.

우리나라에서는 2013년에 「입양특례법」이 시행되었다. 하지만 아이러니하게도 유기된 아이들의 숫자는 날이 갈수록 폭발적으로 늘고 있다. 실례로 베이비 박스에 버려진 아이들이 매년 수십 명 정도였지만, 법이 시행된 이후 유기 영아의 숫자는 수백 명으로 늘어났다.

국내에서 합법적으로 입양을 담당할 수 있는 기관은 많이 줄어들었기 때문에 사실상 입양이 많이 힘들어지고 있다. 현재 내가 자란 보육원의 경우만 보더라도 입양을 보내야 하는 아이도, 스스로 입양을 원하는 아이도 많다. 그러나 부모가 있는 경우라면 입양은 사실 어려움이 있다. 부모가 입양동의서(친권포기각서)를 써야만 입양이 가능하다는 조항 때문이다. 아이들이 좀 더 행복해질 수 있는 길, 안정적인 삶을 살아갈 기회는 현실적으로 점점 어려워지고 있다.

나는 생명의 소중함을 지켜 주며 아이들의 안전한 돌봄을 보장하는 양육 지원 정책과 입양 활성화를 통하여 아이들이 더 행복하고 평온한 가정의 울타리 안에서 삶을 누릴 수 있기를 바란다.

혼자 감당하기에는
너무 큰 두 글자, 자립

　자립이란 무엇일까? 누군가 자립했다는 것은 그 사람이 직장이나 사업을 하며 돈을 벌고, 스스로 살아갈 곳을 마련하여 먹고살 수 있는 능력을 갖췄다는 뜻이다. 다시 말해, 타인의 도움 없이 자신의 힘으로 의식주를 해결할 수 있을 때의 상태를 우리는 자립이라고 말한다. 평범한 가정에서의 자립은 보통 부모 슬하의 자녀가 결혼이나 취업 등을 계기로 집을 나가서 생계를 꾸리게 되었을 때를 지칭한다. 부모의 도움 없이 살아가기에 독립이라고도 하며, 진짜 성인이 된 것을 축하받고 앞으로의 인생에 대해 응원과 지지를 받는 경우가 대부분이다. 하지만 안타깝게도 보육원에서의 자립은 조금 다른 의미로 받아들여진다.

　만 열여덟 살이 되면 보육원 아이들은 관련법의 규정에 따라 자립을 해야 한다. 그동안 살던 집과 함께 지내던 사람들을 떠나 혼자 살아가야 하는 어른이 되는 것이다. 보육원을 나가는 아이들은 친부모가 있다고 하더라도 도움을 전혀 받지 못하는 경우가 대부분이다. 그래서 퇴소할 때 지방 자치 단체 등에서 자립정착금 명목으로 주는 3~500만 원을 받아 자립해야 한다. 그 돈으로 살 집과 일자리를 구하고 앞으로 살아갈 길을 마련해야 한다.

열여덟이면 보통 고등학교를 졸업하는 나이다. 대학에 갈 준비를 하거나, 사회에 나가 취업하는 나이다. 하지만 보육원 아이들에게 열여덟은 '생존'을 준비해야 하는 나이다. 대학을 졸업한 아이들은 대학 생활 동안 사회의 흐름이나 분위기를 알고 미리 취업 준비도 하므로 비교적 자립 능력을 갖추기가 수월할 것이다. 하지만 고등학교를 막 졸업한 아이들에게 누구의 도움 하나 없이 직장도, 집도 스스로 마련해야 한다고 하면 이야기가 달라진다. 보육원에서 고등학교를 졸업하고 대학으로 진학하는 비율은 10%가 채 되지 않기에, 퇴소 후의 삶을 준비하는 것은 매우 중요한 일이다. 이것이 바로 내가 보육원에서의 자립 교육을 강조하는 까닭이다.

점점 커지는 자립 교육의 중요성

보육원 퇴소 후 많은 이가 사회 적응에 어려움을 겪는다. 다행히 최근에는 이러한 목소리에 귀를 기울이며 자립 교육이 활발히 시행되고 있다. 교육은 주거, 취업, 금융 등 다양한 분야에서 이루어진다. 하지만 보육원 아이들에게 '자립'은 당장 눈앞에 닥친 시급한 현실 문제이다. 그래서 의무 교육 과정이라 해도 큰 관심 없이 막연하게 참여하는 경우가 대부분이다. 참으로 안타까운 일이 아닐 수 없다.

평범한 가정에서 자녀를 위한 자립 교육은 어떻게 이루어질까? '밥상머리 교육'이라는 말처럼 아마도 어릴 때부터 자연스럽게 이루어질 것이다. 특별한 시간을 마련하고 교육 과정을 따르는 것이 아닌 부모와 자식 간의 일상적인 대화와 부모의 평소 모습을 통해, 집안 어른들과의 교류를 통해 아이들은 장차 커 나갈 자신의 모습을 상상하고 미래를 준비할 것이다. 자립하는 과정에 행여나 어려움이 닥친다고 해도 부모 등 가족들의 따스한 관심과 응원을 받으며 다시 일어설 희망을 얻을 수 있을 것이다. 하지만 보육원 퇴소생에게 그러한 배려나 관용은 존재하지 않는다. 거처를 마련하려고 해도 큰돈을 마련하거나 은행 대출을 받는 것이 불가능하기에 보육원을 떠나 열악한 환경에서 사는 경우를 볼 수 있다. 보육원 퇴소생들끼리 모여 살거나 가까이 지내는 이유가 여기에 있다. 의지할 곳이 없기 때문이다. 공장이나 제조 시설 같은 곳에서 힘들게 일하면서 겨우겨우 삶을 일궈 나가는 퇴소생 선배들의 모습을 보며 보육원을 나가는 아이들은 자립에 대해 더욱 비관적으로 생각하기도 한다. 안전하고 여유 있는 환경에서 일할 수 있는 직장을 구하려고 해도 이들에게는 절대 쉽지가 않다. 흔히 말하는 '자격 조건'이라는 것이 이들에게는 없기 때문이다. 사회에서 원하는 영어 점수를 만들거나 자격증을 딴다는 것은 보육원 생활 안에서는 절대 쉽지 않은 일이다. 더욱 안타까운 경우는 순진한 아이들이 퇴소생 선배들의 꼬드김에 넘어가 자립정착금 사기를 당하는 것이다.

평범한 가정의 아이들이 사회에 첫발을 내디딜 때 부모 주변의 인맥을 동원하여 도움을 받기도 하고 부모의 지원이나 은행 대출을 받아 주거를 해결하는 것과는 너무도 대조적이다. 물론 모든 부모가 자식의 자립을 지원하고 도움을 주는 것은 아니지만, 보육원 아이들과는 출발선부터가 다르다고 할 수 있다.

'열여덟 어른'이 된 자립의 현실

보육원에 살 때에 가장 두려운 것은 퇴소일이 다가오는 것이었다. 보육원을 나가 혼자 살아야 한다고 생각하니 그저 막막하기만 했다. 퇴소한 선배들을 보면 더욱 답답했다. 자립에 성공하는 것이 얼마나 어려운지 몸소 보여 주었기 때문이다.

내가 아는 한 동생은 보육원 퇴소 후 5층 연립 주택의 계단을 타고 올라가야 하는 옥탑방에 산다. 옥탑방은 바깥보다 더 심한 냉기가 느껴져서 창틀을 청테이프로 틀어막았지만 별 소용이 없다. 기름값이 없어 보일러를 꺼 두니 발이 얼기 시작했다. 1인용 매트리스와 작은 빨래 건조대, 협탁 하나, 작은 냉장고가 살림의 전부다. 보증금 200만 원에 월세 15만 원을 주고 위태롭게 살아가고 있다.

다른 후배는 최근 집을 알아보느라 부동산을 열 곳도 넘게 돌아다녔다. 그래 봐야 실제로 볼 수 있는 집은 서너 개 정도라고한다. 부동산 계약을 할 때 LH주택공사에서 20장 정도 되는 서류가 날아오는데, 부동산 중개업자가 작성해야 하는 서류가 7~8장이나 된다고 한다. 사정이 그렇다 보니 계약 당사자와 법무사,

중개업자, 집주인이 만나서 계약서를 쓰는 데만 한두 시간이 걸린다. 그나마 최소 2주 이상 소요되던 LH의 심사 기간이 최근 2~3일로 단축되었다고 한다. 심사 기간이 길어지면 그사이 집주인이 다른 세입자에게 집을 넘겨 버리기 때문이다. 어떤 동생은 하루빨리 '고아'라는 꼬리표를 떼고자 했지만, 어쩔 수 없이 자립지원시설(자립생활관)에 입소했다고 한다. 막상 사회에 나가니 할 수 있는 게 마땅히 없어서 전국에 단 12개만 있는 자립생활관에 들어간 것이다. 그 동생은 "막상 자립생활관에 들어가면 적응이 쉽지 않아."라고 하소연한다. 보육원에서의 단체 생활에 지쳤는데 또다시 시설에 들어가게 되니 막막함과 불안함을 느낀다고 말한다. 다행히 나는 운이 좋은 편이었다. 도움을 주시는 분들을 많이 만났고, 대학도 졸업하고 체육 교사가 되어 결혼도 했다. 하지만 많은 보호종료아동은 사회의 어엿한 일원이 되기보다는 준비 없이 퇴소하여 취약 계층으로 전락해 버린다.

<표 3> 보호종료아동 발생 수

(단위: 명)

구분	2014	2015	2016	2017	2018	2019	계
인원	2,172	2,677	2,703	2,593	2,606	2,535	15,286

출처: 아동권리보장원

3장 누구나 행복한 세상을 위한 작은 바람

앞의 표에 따르면, 최근 6년간 아동복지시설의 퇴소자는 15,286명임을 알 수 있다. 2018년 보건복지위원회 국정감사에 따르면 위의 퇴소자 중 25%는 기초 생활 수급자로 살아간다. 왜 이러한 일이 벌어졌을까? 그것은 바로 자립이 제대로 이루어지고 있지 않다는 뜻이다. 물론 만 18세가 되어 보육원을 퇴소하는 아이들이 아무런 도움 없이 사회로 나가는 건 아니다.

2000년대 후반부터는 지원 정책이 점차 다듬어지기 시작했다. 현재는 소년·소녀 가정 등에 전세주택지원사업(LH전세임대주택)으로 주거 지원을 해 주며, 자립정착금(최대 500만 원 지원), 아동발달지원계좌(CDA·디딤씨앗통장 등 후원자가 최대 월 5만 원씩 요보호 아동 계좌로 저축하면 지자체에서 만 18세까지 같은 금액을 추가 적립해 주는 사업) 등의 지원이 이루어지고 있다.

정부는 2011년부터 각 시설에 자립지원전담요원 배치를 의무화했다. 자립지원전담요원은 만 15세부터 보호종료 후 5년 이내 보호아동의 사회 적응을 돕는다. 하지만 그 수가 턱없이 모자라 2018년 기준 전국 758개 기관에 총 252여 명밖에 되지 않는다. 연락도 잘 되지 않는 퇴소생을 5년 동안 세심히 관리하기란 너무나 힘들어 만성 과로에 시달리곤 한다. 나는 지역에 상관없이 어디서든 연결이 가능한 전국 단위의 자립지원단 지부를 만드는 것이 효과적이라고 생각한다. 보호종료아동을 도와줄 수 있는 핫라인을 만들어 언제 어디서든 즉각적인 도움을 줄 수 있는 시스템이 갖추어져야 한다.

2019년 4월부터는 보육원 퇴소 3년 이내의 보호종료아동에게 정부에서 자립수당으로 월 30만 원을 지원해 준다. 보호종료 청소년이 안정적으로 사회에 정착할 수 있도록 지원하는 제도인데, 약 7,800여 명의 아이들이 이 혜택을 받고 있다.

자립수당의 장점으로 크게 두 가지를 들 수 있다. 첫 번째는 보호종료아동을 체계적으로 관리할 수 있다는 점이다. 자립수당을 받기 위해서는 시설과 관할 지자체가 연계해야 한다. 이러한 퇴소생들의 데이터가 만들어지면 보육원을 나가 자립하는 아이의 수가 얼마나 되는지, 어떻게 살아가고 있는지 확인이 가능하다. 보호종료아동에 대한 제대로 된 통계 조사를 할 수 있을 뿐만 아니라 이들의 자립 이후의 삶을 보다 구체적으로 도울 수 있다. 자립수당의 두 번째 장점은 그 돈을 긴급 자금으로 쓸 수 있다는 것이다. 갑자기 병원에 가야 하거나 일자리를 잃어 생활비가 부족할 경우에 마땅히 돈을 빌릴 곳을 찾지 못하는데, 자립수당이 지급되면 위급할 때 사용할 수 있어 생활 안정에 조금이나마 보탬이 될 수 있을 것이다.

이와 더불어 나는 아이들을 위한 '금전 지원'과 '교육 지원'이 병행되어야 한다고 생각한다. 자립정착금이나 자립수당을 올바르게 사용하기 위해서는 그 돈을 어떻게 사용해야 하는지, 앞으로의 삶을 위해 어떠한 경제관념을 가져야 하는지 등을 교육받아야 한다.

이화여자대학교 정익중 교수의 보고에 따르면 보육원 퇴소자들이 느끼는 '불안·우울' 항목을 조사한 결과, 시간이 흐를수록 그 정도가 높아진다고 한다. 또한, 보호종료아동의 행복감과 삶의 질 지수는 우리나라 아동의 평균보다 현저히 낮다는 결과도 있다.

나는 제도와 정책으로 아이들의 자립을 도울 뿐 아니라 하루빨리 보호종료아동의 건강과 심리, 정서 지원을 강화해야 한다고 생각한다. 보육원에서의 아픈 기억, 고아로서 상처받은 기억을 서서히 꺼내어 치료받을 수 있도록 퇴소 후에도 심리적 교육을 제공해야 한다.

정부에서는 '아동권리보장원'의 아동자립국을 통하여 아동들의 자립 준비와 진학, 주거, 생활, 취업 등의 보호종료 준비 및 보호종료 후 위기 사례 관리를 위한 다양한 서비스를 지원하고 있다. 또한, '바람개비서포터즈' 운영을 통해 자립 과정을 먼저 경험한 퇴소 아동이 자립을 준비하는 후배에게 본인의 경험을 전달하는 맞춤형 멘토링을 지원하여 실질적인 자립 지원을 위해 노력하고 있다. 이런 정부와 민간의 관심과 지원을 통해 아이들은 성공적으로 자립할 수 있다. 안정적인 자립을 실현하기 위해 보호종료아동들의 목소리를 귀담아듣고 그들이 자립할 수 있는 든든한 발판을 마련해 주었으면 좋겠다.

'18세' 자립은 너무 가혹하다

최근 만 18세 자립의 문제점이 사회적으로 꾸준히 공론화되고 있다. 일반 가정에서 아이들은 보통 첫 직장을 얻는 시기인 27~28세 정도에 자립을 하고, 「청년기본법」에서 34세까지 지원하자는 의견도 있다. 동시에 18세 자립이 너무 가혹하다는 인식이 확대되고 있다. 하지만 보호 기간을 몇 세까지 늘려야 하는지 아직 공감대가 형성되지 않고 있다.

「아동복지법」 제16조(보호대상아동의 퇴소조치 등) 1항의 내용을 살펴보면 다음과 같다.

보호조치 중인 보호대상아동의 연령이 18세에 달하였거나, 보호 목적이 달성되었다고 인정되면 해당 시·도지사, 시장·군수·구청장은 대통령령으로 정하는 절차와 방법에 따라 그 보호 중인 아동의 보호 조치를 종료하거나 해당 시설에서 퇴소시켜야 한다(개정 2016. 3. 22).

대학을 가거나 직업 훈련을 받는 몇몇의 경우는 예외로 두고 있지만 만 18세가 되면 보통의 아이들은 보육원을 나가야 한다.

법은 사회라는 집단을 유지하기 위해 존재한다. 법은 모두를 위한 것이어야 하고, 그 모두에는 보육원 아이들도 당연히 포함 된다. 국민에 의한, 국민을 위한 법이어야 한다는 것은 누구나 아는 사실이다. 「아동복지법」 제정을 위해 많은 분이 오래 노력 해 왔지만, 보육원 생활을 직접 경험하고 관련 분야에서 일하고 있는 실무자로서는 아쉬운 부분이 많다.

「아동복지법」 제16조 1항 가운데 '만 18세'라는 부분이 과연 적 합한지 의구심이 든다. 만 18세라고 하면 우리나라 민법에서도 아직 성인으로 간주하지 않는 나이다. 민법에서는 '만 19세 이상'을 성인으로 보면서 만 18세인 아이들, 아직 성인으로 인정받지 못하는 아이들은 보호자도 없이 시설에서 퇴소해야 한다. 통념상으로도 그 누구의 도움도 없이 자립하기에는 너무도 이르다. 평범한 가정에서도 대학 진학이나 사회 진출을 위해 자녀들을 자립시킬 땐 금전적이든 심정적이든 간에 부모의 도움을 받는다. 하지만 보호자가 없는 보육원 아이들은 어떨까?

조금 솔직한 표현을 하자면 보육원 아이들은 퇴소를 해야 한다고 하면 국가로부터 외면당하는 기분이 든다. '그동안 재워 주고 먹여 줬으니 이제는 너 스스로 한번 살아 봐라.'라고 말하는 것처럼 느껴질 것이다. 민법상 성인이 아니니 그 흔한 휴대 전화 하나 만들지도 못하고 혼자 힘으로는 부동산 계약서 한 장도 쓰기 어려울 텐데 현실과는 너무도 괴리되어 있는 법을 아이들에게 적용하는 것이다.

그렇다면 「아동복지법」은 어떻게 만들어졌을까? 이 법의 근간이 되는 「아동복리법」은 1961년도에 제정되었다. 현재는 「아동복지법」으로 법명이 바뀌기는 했지만, 「아동복리법」의 큰 뼈대는 유지하고 있다. 문제는 「아동복지법」에서 이야기하는 만 18세의

3장 누구나 행복한 세상을 위한 작은 바람

347

기준이 1960년대에 머물러 있다는 점이다.

1960년대가 어떤 시대인가? 당시 대한민국의 대학 진학률은 6%였고, 중학교 졸업도 힘든 시절이었다. 평범한 가정이나 보육원 출신이나 상관없이 고등학교를 졸업한 아이들이 바로 직장을 구하는 것이 당연했고, 그와 동시에 자립하는 것도 크게 어렵지 않았다. 하지만 지금은 2020년이고, 작년 기준으로 대한민국의 대학 진학률은 70.4%이다. 고등학교를 졸업한 열 명 중 일곱 명은 대학에 가고, 번듯한 직장에 들어가려는 사람은 대부분 대학 졸업장을 가지고 있다. 보육원을 떠나 만 18세가 되어 자립하려는 아이들이 맞닥뜨리는 세상은 이렇게 변한 것이다. 물론 고등학교 때 성실하게 생활하며 자격증도 따고 스펙도 쌓으며 자립을 준비할 수도 있다. 하지만 보육원에서 그렇게 스스로 동기 부여를 하며 노력하고 성장하는 아이는 극히 소수에 불과하다. 일반 고등학교가 아닌 실업계 고등학교에 진학하는 아이들의 경우, 정상적인 학교생활을 하는 데도 어려움을 느끼고 그에 대한 스트레스로 흡연과 음주를 일삼기도 한다.

이들의 자립이 어려운 또 하나의 이유는 의식 수준의 차이 때문이다. 대학 생활이라는 것은 사회에 나가기 전에 작은 사회를 경험하는 것이다. 전공 공부도 하지만 교수님과 선후배, 동기들이 있고 동아리 활동도 한다. 대학 생활을 통해 사회생활을 미리 경험해 보고 사회란 어떤 곳인지, 앞으로 어떻게 살아갈 것인지, 어떤 일을 해야 할 것인지 준비하고 예측해 볼 수 있다. 이러한 과정 없이 바로 사회로 나가야 한다면 보육원 출신 아이들은 어떤 일을 겪게 될까? 갈수록 이 사회의 경쟁은 치열해지고 있다. 대학 교육을 비롯한 양질의 교육을 통해 배출된 우수한 인재도 넘쳐 나고 있다. 이러한 상황에서 보육원 퇴소생들은 살아남아야 하는 것이다. 통계를 보면 성인들의 평균 자립 연령이 매우 높아지고 있음을 알 수 있다. 갈수록 먹고살기가 힘들어져 부모의 둥지를 떠나지 않는 자녀도 많아지고 있다고 한다. 하지만 이와는 상관없이 보육원 퇴소생들의 퇴소 연령은 1960년 이후 60년이 넘도록 그대로인 것이다.

나는 암담함을 넘어 부당함까지 느껴지는 이 법이 조속히 개정되어야 한다고 생각한다. 보육원의 퇴소 및 자립 연령을 26세까지 늘려 이들이 스스로 자립할 수 있는 여건을 충분히 마련해 주어야 한다. 만약 자립을 위한 도움이 필요할 경우, 연장 아동을 위한 자립전담요원을 배치하여 이를 제도적으로 지원해야 한다. 보육원 퇴소에 따른 마음의 부담과 공포 등 심리적 압박을 덜고 안정적 상태에서 자립할 수 있도록 도와야 한다.

희망적인 부분은 보육원을 떠난 고아들의 어려움에 공감하는 여러 정책 입안자가 제도적인 차원의 개선을 위해 노력하고 있다는 점이다. 청년 취업의 연령이 늦어지고 있는 시대 분위기를 반영하여 자립 시기도 늦춰야 한다는 것을 주요 골자로 한 '보호종료 청소년 자립지원 특별법' 제정을 준비하고 있다고 한다.

더 많은 관심으로 사회적 울타리가 세워지길

최근 자립에 대한 다양한 의견이 보도되고 있다. 아이들이 자립하는 데 어떤 도움이 필요한지, 자립 시기는 적절한지 등을 조명하고 있으며 보육원 아이들의 퇴소 준비 교육의 부재와 보호종료아동의 사회 적응 등 구체적인 문제와 해결책에 대한 논의도 활발히 진행되고 있다. 이렇게 여론이 형성된다면 머지않아 여러 단체가 협력하고 정책 세미나 등을 통해 실질적인 개선책들이 마련되리라 확신한다.

이 지면을 빌어 나는 한 가지 더 요청하고 싶다. 국가에서 고아(보호종료아동)를 취약 계층으로 인정해 주기를 바란다. 이제까지 나는 보육원을 떠난 보호종료아동들이 자립을 위해 얼마나 힘든 과정을 겪어야 하는지 말해 왔다. 고아들의 힘겨운 삶에 대해 잘 몰랐던 독자들도 이제는 어느 정도 그들의 어려움을 공감하고 이해하리라 믿는다. 하지만 고아는 아직도 사회적으로 취약 계층에 속하지 않는다. 심정적으로는 안타깝지만, 더 이상의 제도적 지원은 받을 수 없다는 뜻이다. 그 누구보다 제도적인 울타리가 필요한 계층이 고아라고 생각한다.

사회적 약자인 취약 계층에게 일자리나 사회 서비스를 제공하는 등의 사회적 목적을 추구하며 수익을 창출하는 조직을 사회적 기업이라 부른다. 이러한 기업을 육성하기 위한 법 제도가 「사회적기업 육성법」이다. 그런데 이 법의 시행령에서는 '아동 양육 시설 퇴소생'을 취약 계층으로 규정하지 않는다.

우리 사회에는 이웃의 관심과 사회의 지원이 필요한 다양한 취약 계층이 있다. 장애인과 노인, 여러 사정으로 경제 활동이 어려운 저소득자 등이 이에 해당한다. 하지만 보육원 퇴소생, 보호 종료아동도 이에 못지않은 관심과 도움이 필요하다. 고아의 취약 계층 편입은 이들을 보호할 최소한의 울타리이자 우리 사회가 진정한 평등 사회로 나아가는 첫걸음이 되리라 믿는다.

진짜 부모
되기

최근에 처제가 둘째를 출산했다. 첫째와의 차이가 불과 12개월밖에 나지 않는다. 조금이라도 처제의 손을 덜어 주려고 한동안 첫째를 우리 집에서 돌보기로 했다. 우리가 평소에 조카를 흔쾌히 돌보았는데도, 처제는 둘째가 생기자 미안한 기색이 가득한 얼굴로 도움을 요청했다. 우리에게는 조카와 함께 있는 시간이 늘어 도리어 입가에 미소가 걸렸다. 조카의 웃는 얼굴이 어찌나 귀여운지 새삼 아기는 이렇게 사랑을 받으며 커야 한다는 생각이 들었다. 우리 집의 세 자녀를 키울 때는 알지 못했던 아기 키우는 재미가 쏠쏠했다. 우리 집 아이들도 서로 조카를 안으려고 하고, 함께 걸음마도 시키면서 아기와 함께 지내는 즐거움에 푹 빠졌다. 그 모습을 보면서 한 인간이 성장하는 데 얼마나 많은 사랑이 필요한지도 깨닫는다. 무한한 사랑을 먹고 자라나는 모습을 보며 우리 아이들의 과거와 현재를 되짚어 보게 됐다. 하지만 한편으로는 온전한 사랑을 받지 못하고 자라는 아이들이 생각나 안타까운 마음도 들었다.

자녀이기 전에 소중한 인격체로 바라보기

한 아이가 이 땅에 태어난다는 건 참으로 귀하고 축복받을 일이다. 어떤 부모든 아이를 안고 있을 때는 아이가 세상 그 어떤 보석보다도 귀하고 소중하다고 느낄 것이다. 세상에서 처음 느껴 보는 감동에 기쁨을 주체하지 못하게 되는 게 인지상정이다. 하지만 때론 사랑의 결실로 얻은 아이가 무거운 짐이 될 때도 있다. 부모라는 존재가 무엇인지 제대로 알지 못한 채 부모 노릇을 하기 싫어한 결과로 한 아이의 일생이 바뀌는 경우가 대체로 그렇다. 부모의 무책임한 행동에 이 땅의 많은 아이가 존중받지 못하고 사랑받지 못한 채 크게 된다. 부모가 되면 누구나 새로운 환경이 낯설고 전적인 희생이 버거운 삶에 놓이게 마련이다.

아기가 울면 배가 고픈 것인지, 졸린 것인지, 기저귀가 축축한 것인지 확인해야 한다. 그러나 아무리 울어도 누군가 살펴 주지 않으면 아기는 자신의 이야기를 들어 줄 대상을 찾지 못한다. 내가 이렇게 부모의 역할에 대해 주저리주저리 강조하는 건 고아로 성장하면서 가졌던 아쉬움이 그만큼 크기 때문이다. 이 땅의 부모들에게, 그리고 앞으로 부모가 될 사람에게 자녀의 소중함이 얼마나 큰 것인지 이야기해 주고 싶었다.

아이가 부모의 충만한 사랑을 먹고 안팎으로 인정받는 사람으로 성장하도록 노력하자. 아이를 처음 만났을 때 따뜻한 가슴으로 아이를 품었듯, 늘 아이를 존중하자. 자녀를 양육할 때 보이는 것과 손에 잡히는 것에만 가치를 두지 말고 신뢰로 관계를 형성해 아름다운 부모와 자식의 관계를 만들어 가자. 부모 노릇을 피하고 싶을지라도, 부모로 사는 것이 즐겁지 않더라도, 이 사회에 남아 있는 잘못된 관습의 파도에 휩쓸리더라도 가정을 쉽게 해체하는 일은 없도록 하자. 그건 자신을 더욱 망가뜨리는 일임을 기억하자.

아이를 외면하는 행동은 한 인간의 내면에 돌이킬 수 없는 상처를 남긴다. 남이 보기에 초라한 인생이라 하더라도 한 아이의 생명은 세상 무엇보다도 소중한 것이다. 고통을 나누어야 할 때는 함께 나누고, 기뻐할 때는 함께 기뻐하면서, 성인답게 아이를 지키고 인생을 가꾸어 주는 게 우리 부모의 몫이다.

아이들은 부모를 보면서 자란다

요즘은 가족 형태가 무척 다양해졌다. 혼자 아이를 양육하거나 혹은 아예 아이를 원치 않는 부부도 적지 않다. 이런 결정을 내린 것까지 내가 가타부타 이야기할 권리는 없다. 다만 열 달이라는 길고 고된 시간을 보내고 아기를 맞이하는 가정에만큼은 꼭 당부하고 싶다. 아름다운 가정을 더 빛나게 하는 존재는 아이라는 것을 말이다.

부모에게는 아이를 사랑해야 할 책임이 있다. 부모가 삶의 가치를 어디에 두느냐에 따라 자녀의 생활 환경이 쉽게 바뀌기도 하는데, 너무 지나친 것도 올바르지 못하다고 생각한다. 슬픔을 함께 나누며 충분한 사랑을 주어 이 험한 세상에서 인정받는 아이로 자랄 수 있게끔 이끌어 주는 게 부모의 역할이다.

가치관의 차이라고 인정하기에는 힘든 사례가 있다. 부모의 욕망 때문에 아이가 외면당하는 경우다. 온전한 가정에서 아이가 독립할 때까지 보살펴 주는 사람이 있는가 하면 아이를 방치하다 못해 폭력을 휘두르거나 쉽게 이혼을 결정하는 사람도 숱하게 보았다. 부모는 가정에 대한 책임감을 반드시 갖춰야 한다. 살다 보면 환경의 어려움을 겪을 수도 있고, 마음 한구석에 문제가 생길 수도 있다. 그럴 때에도 꼭 모든 판단의 중심에 아이를 두고 생각해야 한다. 그것이 부모다.

얼마 전 들은 이야기다. 영찬(가명)이는 어렵게 친부모를 찾았다. 경찰의 도움으로 수소문을 거듭한 끝에 만난 친부모였다. 언론에서도 이 일에 많이 주목했다고 한다. 뒤늦은 만남이었지만 훈훈한 모습으로 많은 박수도 받았다. 알고 보니 동생의 부모님은 이혼을 하면서 자식을 보육원에 맡긴 경우였다. 서로 재혼을 하고 각자 또 다른 자녀를 가지게 되면서 정신없이 살다 보니 이 아이의 존재를 한동안 잊고 지냈다고 한다. 그러다 보육원에 맡긴 아이의 행적을 알게 된 이후 적지 않은 고민을 하게 됐다. 오랜 시간이 흘러 다시 만나는 것이 현재 꾸려 가고 있는 가정에 영향을 미치지는 않을까 걱정이 된 것이다. 결국 영찬이는 친아버지만 만날 수 있었다. 국내법상 부모가 만나기를 거부하면 만남을 강제할 수 없기에 친어머니는 끝내 만나지 못했다. 영찬이는 30년 만에 생긴 새 가족이 얼마나 좋았는지 명절 때마다 찾아가 시간을 함께 보냈다. 만나지 못한 어머니에 대한 서운함도 있었지만 더 아쉬운 것은 어머니의 태도다. 지금까지 그는 어떤 사과의 말도 듣지 못했다고 한다.

나 역시 영찬이처럼 부모를 찾으려고 애쓰고 있다. 불혹의 나이가 되었고, 내 자식이 생기니 나를 낳아 준 부모가 더 그리워졌다. 내 아이들을 위해서라도 내 부모를 꼭 찾아야겠다는 생각이 들었다. 그게 자식이 지켜야 할 도리가 아닐까 싶다. 하다못해 친부모의 생사만이라도 알 수 있으면 좋겠다. 만약 두 분 중 한 분이라도 살아 계신다면 나를 버린 이유보다는 미안하다는 한마디 사과만이라도 듣고 싶다. 버려질 때 아이들은 할 수 있는 게 아무것도 없다. 결국 아이가 험난한 세월을 살아야 하는 것에 대한 책임은 부모에게 있다. 물론 그렇다고 어쩔 수 없이 떨어져 사는 길을 택한 모든 부모를 비난하려는 건 아니다. 그럴 생각은 추호도 없다. 상황에 따라 보육원에 맡기는 선택을 했지만, 30년이 훌쩍 넘도록 한 번도 찾아오지 않고 일말의 소식마저 전하지 않는 것은 너무나 잔인한 일이라고 생각할 뿐이다. 만약 이 책을 통해 부모를 찾게 된다면 더 이상 바라는 건 없다. 마음이 있으면 이루어진다고 했던가? 언제든 좋으니 꼭 만나게 되기를 소망한다. 그러나 만나지 못한다고 해도 절망하지는 않을 것이다.

아이를 외면하고 버리는 선택을 하면서도 그 어떤 책임감이나 미안함을 느끼지 못하는 사람도 있는 듯하다. 부모로 산다는 게 쉬운 일은 아니다. 그러나 그 쉽지 않은 길을 가면서 자식을 위해 평생을 희생하는 대신 얻게 되는 행복이란 말로 표현할 수 없다.

　성인이라면 누구나 자신이 얻은 것을 자녀에게 나누어 주며 살고자 하는 희망이 있을 것이다. 긍정적인 경험을 바탕으로 다음 세대에게 행복한 미래를 만들어 주는 사람이 있는 반면, 이전 세대의 황폐한 인생을 물려받아 자녀에게도 암담한 현실을 대물림하는 악순환의 고리를 만드는 사람도 있다. 그래서 한 명의 인간을 성장시키는 데는 처절한 노력과 희생이 따르기 마련이다. 우리 모두가 진짜 사랑을 먹고 함께 행복하기를 바랄 뿐이다. 어린 시절의 경험이 지금까지 얼마나 큰 영향을 미치는지, 마음의 상처는 얼마나 오래도록 아물지 않고 그 자리에 그대로 남아 있는지 알아주기를 원한다.

　내가 부모의 도리를 운운하며 이런 글을 쓰는 것은 나 역시 가정에서 아이를 키우는 부모로서 제대로 사랑을 주고 지지해 주었는지를 돌아보는 것이기도 하다.

평범한 가정 만들어 주기

명절이나 특별한 일이 있을 때면 나는 세 자녀와 함께 보육원에 방문한다. 가끔 친척 집에 가는 것처럼 딸들은 나와 함께 보육원에 가는 걸 어색해하지 않고 보육원의 아이들과 잘 놀아 준다. 다행히 보육원 아이들도 우리의 방문을 진심으로 반긴다. 보육원이 아빠가 자란 집이라고 생각해서인지 세 딸은 보육원을 낯설어하지 않고 자연스럽게 생각하는 것 같다.

내 마음은 조금 다르다. 보육원에 갈 때마다 항상 마음이 편하지만은 않다. 내가 보육원을 방문하는 것이 혹시나 그곳 아이들에게 상대적 박탈감 같은 부정적인 감정을 느끼게 하는 것은 아닐까 솔직히 걱정된다. 그렇다고 걱정 때문에 보육원에 안 갈 수는 없는 노릇이기에 보육원을 찾을 때는 말 한마디, 사소한 행동 하나하나를 더욱 조심하려고 한다. 한편으로는 나의 모습을 통해 보육원 아이들이 희망을 가지기를 바라는 마음도 있다. 어엿하게 가정을 꾸리고 자녀들과 함께 보육원을 찾아온 나를 보면서 보육원 아이들도 나중에 가족을 만들고 화목한 가정을 만들 수 있다는 희망과 목표를 가졌으면 한다. 특히 보육원에 들어온 지 얼마 되지 않은 아이가 내 품에서 떨어지지 않으려고 애를 쓸 때, 아이가 얼마나 부모의 품을 그리워하는지 아이의 외로움과 슬픔이 내 가슴속까지 전해지는 것 같다.

한 교회에서 운영하는 멘토링 사업을 통해 보육원 아이들은 방학이 되면 가정 체험을 하기도 한다. 보육원이 아닌 일반 가정에서 일주일간 생활하는데, 그 기간 동안 아이들은 가족생활을 경험한다. 또래 아이들끼리 모여 사는 보육원이 아닌, 짧게나마 부모와 자식이 함께 사는 안정적인 가정에서 지내며 하나님이 내려 주신 평안을 느끼는 것이다. 아이들이 행복을 꿈꾸고 가족을 꾸리려 하는데 그 어떤 장애가 이들을 막을 것인가?

이 아이들의 꿈은 무엇일까? 그건 바로 화목한 가정을 꾸리는 것이다. 누군가에게는 너무도 평범한 꿈일 수도 있지만, 이들에게는 가장 큰 목표이자 희망이다. 가끔 "저는 결혼하지 않고 혼자 살래요.", "아이는 낳지 않을 거예요."라고 얘기하는 보육원 아이들도 있지만 그들도 나이가 들고 성장하면서 생각이 바뀐다. 나이가 들수록 삶을 지탱해 주고 마음의 안식처가 되어 주는 가족이 필요하다는 것을 절감하고, 가정을 꾸리는 것을 삶의 가장 큰 목표로 삼게 된다.

이들의 꿈을 위해 시설과 정부가 제도적 지원을 마련하고 힘을 모아야 한다. 부모로부터 버림받았다는 상처와 억눌렸던 감정을 치유할 수 있도록 도움을 주어야 한다. 온전한 가정의 모습을 간접적으로나마 경험할 수 있도록 관련 프로그램을 마련하고 부모의 올바른 역할에 대한 인식도 심어 주어야 한다. 피치 못할 사정으로 부모와 떨어져 지내야 하는 경우에는 긍정적으로 관계를 형성할 수 있도록 하는 교육이 필요하다. 아이들이 보육원으로 들어오게 된 이유는 각자 다르고 모든 사연이 안타깝지만, 이들의 꿈은 화목한 가정을 꾸리는 것 단 하나이다.

4장

그래도
희망이다

의지하는 삶,
함께 사는 삶

사람이라면 누구나 타인에게 의지하며 산다. 그 대상은 부모나 가족, 친구일 수도 있고 연인이거나 스승일 수도 있다. 의지하는 사람에게는 도움을 받기도 한다. 누군가의 도움을 받는 것이 자존심이 상할 수도 있고, 자신이 도움이 필요한 존재라는 것을 인정하기 싫을 수도 있다. 그래서 때로는 도움을 거부하기도 한다. 하지만 인생을 살아갈 때 의지할 누군가가 있다는 것은 인생이 외롭지 않고 행복하다는 뜻이기도 하다.

보육원 아이들은 어려서부터 누군가의 도움에 의해 살아간다. 보육사와 보육원 원장, 후원자 그리고 자원봉사자까지. 이들의 도움 없이 하루도 살아가기 힘든 것이 현실이다. 혹자는 누군가에게 도움을 받거나 의지하지 않고 살아가는 삶이 자립을 위해

도움이 된다고 말할지도 모른다. 어떤 면에서는 맞는 말이기도 하다. 하지만 친절한 지원이 성공적인 자립에 꼭 방해되는 일이라고 말할 수는 없을 것이다.

보육원을 퇴소한 후 아이들은 대부분 누군가의 도움을 받으려 하지 않는다. 심지어 그들을 돕기 위해 일하는 보육원 자립전담요원의 연락을 거부하기도 한다. 그 누구보다 도움에 익숙하며 누군가에게 의지해 온 아이들에게 왜 이러한 변화가 생기는 걸까?

퇴소 후 아이들의 삶은 녹록지 않다. 제대로 된 일자리를 얻기도 힘들며 자기 손으로 밥을 해 먹고, 청소를 하는 것 등 기본적인 삶을 영위해 나가는 것에 익숙하지 않다. 외로움도 문제다. 늘 여러 사람과 함께 살다가 보육원을 나와 혼자 살아가다 보면 안부 인사를 전할 친구도, 일상을 나눌 선후배들도 멀리 있기 마련이다. 고독한 마음에 술에 빠져 알코올 중독에 걸리기도 한다.

보육원에서부터 그릇된 방향으로 애착 형성이 이루어지는 것도 문제다. 어릴 적부터 시설에서 보육사의 지도나 후원자들에게 너무 의존하는 삶을 살다 보니 누군가에게 심하게 집착하고 사람 사이의 아주 작은 갈등에도 매우 쉽게 상처받는다. 그리고 대부분 본인의 그러한 성향을 알아채지 못한다. 더욱 안타까운 것은 이러한 아이들은 성장 후에 건강한 인간관계를 맺기 어려울 뿐만 아니라 다른 사람을 측은하게 생각하거나 도와줄 마음을 전혀 내지 않는다.

보육원을 퇴소한 후 사회에서 의지할 사람을 찾다 보면 아이들은 같은 보육원 출신 선배를 찾게 된다. 마음을 보이고 의지할 만한 대상이 없다 보니 서로를 의지하면서 살게 된다. 하지만 둘다 의존 성향이 높을 뿐 아니라 쉽게 상처받는 성향이다 보니 오히려 갈등이 깊어지는 경우도 종종 발생한다. 어떤 아이들은 보육원을 나온 후에도 후원자를 찾아가 수시로 용돈을 받아 가기도 한다. 당장 아이들의 어려움을 해결하는 데는 일부 도움이 될 수도 있지만, 궁극적으로 그의 자립을 생각한다면 도움이 되지 않기에 안타깝고 아쉬운 마음만 든다.

누군가에게 기대는 것에 익숙해지고 도움을 받기 시작하면 어떤 면에서 사람은 약해지기 마련이다. 그래서 필요한 것이 균형이다. 적당한 선을 지키며 의지도 하고, 도움도 받아 가며 삶을 사는 기술이 필요하다. 혼자인 것이 꼭 나쁜 것은 아니다. 사람이 살다 보면 돈은 없을 때도 있고, 있을 때도 있다. 또 주위에 사람이 없을 수도 있다. 그것은 자신의 잘못이 아님을 알아야 한다.

보육원을 퇴소한 아이들이 자신의 상황을 비관할 필요도 없다. 세상에는 더욱 힘든 환경에서 생존을 위해 처절하게 투쟁하며 살아가는 사람이 많기 때문이다. 주변을 조금만 둘러보아도 알 수 있을 것이다.

마지막으로 아이들에게 타인에게 의지하는 것 또한 꼭 나쁜 것만은 아니라고 말해 주고 싶다. 이 세상은 혼자 살아가는 곳이 아니다. 여러 사람과의 주고받는 관계 속에서 살아가며 성장할 수 있다. 사회에서의 삶이 힘들 때는 도움의 손길을 피하지 말자. 자립전담요원과 같은 지원 제도가 생각보다 가까운 곳에 있다. 의지하는 것은 약하거나 어리석은 일이 아니라는 것을 명심하길 바란다.

결핍은
에너지

"구름을 움직이게 하는 것은 바람이며, 사람을 움직이게 하는 것은 사랑이다."라는 말이 있다. 사랑이 사람을 움직인다는 뜻이다. 그렇다면 사랑이란 무엇일까? 나는 '대상에 대한 관심'이라고 생각한다. 관심의 대상은 사람일 수도 있고, 어떤 가치일 수도 있고, 삶의 방식일 수도 있다. 삶의 안정에 대해 관심을 갖는 사람은 안정적인 삶을 사랑하며 이를 이루기 위해 노력한다. 경제적 안정에 관심이 있는 사람은 그것을 삶의 목표로 삼으며 살아간다. 건강도 마찬가지다.

그렇다면 보육원 아이들은 어떨까? 아이들의 삶을 움직이는 것, 아이들이 사랑하는 것은 무엇일까? 아이들은 아직 어리니 게임이나 연애 혹은 술이나 담배 등에 관심이 갈 수도 있다. 때로는 그러한 것들이 자신의 삶을 지탱해 준다고 믿기도 한다. 만약 아이들이 '사람'에 대해 관심을 가진다면 그중 누군가는 아이들의 삶을 이끌어 주기도 한다. 하지만 아이들이 사람에게 다가가기를 꺼린다면, 아이들은 그 어떤 이의 관심도 받지 못할 것이다.

안타깝게도 나는 보육원 아이들에게서 '누구에게도 사랑받지 않으려는 태도'를 종종 목격한다. 그러한 태도는 결핍에 의해 나타나는 행동이다. 안정되고 풍요로운 생활에 대한 결핍, 화목하고 친밀한 가족에 대한 결핍, 부모의 사랑에 대한 결핍, 학교에서 존중받지 못하는 상황에 대한 결핍, 친구와의 원만한 관계에 대한 결핍 등 그 형태는 서러움이나 자존심의 상처, 분노, 슬픔 등으로 다양하게 표출되며, 한창 예민하고 섬세한 아이들을 살리기도 하고 죽이기도 한다.

결핍이 꼭 나쁘지만은 않다. 결핍이 원동력이 되어 열등감과 시련을 극복하고 삶의 긍정적인 에너지를 만드는 경우도 있다. 하지만 결핍이 주는 불안감을 이겨 내지 못하고 자신의 삶을 위험으로 몰아내기도 한다.

어릴 때는 극한 상황으로 인해 결핍을 겪게 된다. 그래서 부모에게 버려지며 결핍을 경험한 보육원 아이들은 부정적인 생각을 갖게 될 확률이 높다. 자신의 고집대로 살아가고자 하며 누구의 이야기도 듣지 않으려고 한다. 내가 아이들의 목소리에 귀 기울여야 한다고 주장하는 이유도 바로 여기에 있다. 아이들이 무엇에 관심을 가지는지, 어떤 것이 이 아이들의 삶을 좌우하고 있는지를 알아야만 그들의 삶의 방향을 올바르게 이끌 수 있다.

아픈 마음
돌보기

    나는 어릴 때 버림받았다. 부모가 없다는 현실을 받아들여야 했지만 이성적으로도, 감정적으로도 결코 인정할 수 없는 일이었다. 그 상처는 너무 크고 깊기 때문에 타인이 쉽게 이해할 수는 없을 것이다. 하지만 안타깝게도 아픔과 고통은 그때부터 시작이다. 학교생활이 시작되면서 상처는 좀 더 구체화된다. 초등학교에 가면 나와 친구들의 모든 것이 다르다는 것을 깨닫는다. 입는 옷이 다르고, 가지고 노는 장난감과 매일 싸 오는 도시락 반찬이 다르다. 무엇보다 매일 학교로 가져가야 하는 준비물을 챙기는 일은 참으로 버거웠다. 친구들이 사용하는 깨끗하고 값비싼 학용품에 비해 내 것은 너무나 초라했다. 어린 나이였기에 나와 타인을 자꾸 비교하게 되었고 비교할수록 아픔은 커져만 갔다.

이것은 나의 개인적인 경험이기도 하지만 보육원 출신 아이들이라면 누구나 공감할 수 있는 아픔이기도 하다. 나는 아픔이 있다는 것은 결코 부끄러워할 일이 아니라고 생각한다. 누구에게나 하나쯤 아픔은 있다. 상처받지 않는 사람은 없다. 어떤 상처가 더욱 쓰리고 아픈지, 누구의 고통이 더 무거운지를 따질 필요는 없다. 다만 그러한 아픔이 어디에서부터 시작되었는지, 어떻게 하면 상처를 치유할 수 있는지가 훨씬 더 중요하다. 하지만 보육원 아이들에게 그러한 배려는 허락되지 않는다. 부모에게서 버려지고, 친구들에게서 상처를 받은 채 사회에 대한 불만과 현실의 고통이 이들을 더욱 병들고 약하게 만든다.

더 심각한 문제는 마음이 아프더라도 그것을 자각하지 못한다는 점이다. 사람이라면 누구나 마음이 아플 수 있고, 슬플 수도 있다. 그럴 때면 자신의 마음이 왜 아픈지, 어떻게 이 아픈 마음을 달래야 하는지 고민해야 하는데 우리는 무의식적으로 마음의 고통을 담담하게 받아들였다. 상처를 치료하거나 아픈 마음을 치유해야 한다는 생각을 하지 않았다. 내 마음이 내는 소리에 귀 기울이지 않은 것이다.

왜 우리는 자신의 상처와 고통을 외면했을까? 지금 생각해 보면 누구도 우리에게 '힘들지?'라고 말해 주지 않았다. 마음을 헤아려 주거나, 위로해 주는 사람이 없었다. 그렇기 때문에 고통은 깊어지고 이를 치유할 길은 더욱 멀어져만 갔다. 마음이 유독 심하게 아픈 친구들은 병을 얻었다. 불면증과 우울증, 불안 장애를 앓기도 했다. 내가 살던 시절의 보육원은 먹여 주고 재워 주면서 아이들을 기르는 것만으로도 너무 벅찼다. 마음의 병까지 치료하기엔 여력이 없었다. 한창 예민하고 섬세한 시기, 마음의 병을 얻은 아이들은 제대로 된 치료를 받지 못하고 퇴소하여 우울증에 걸리거나 대인기피증을 앓기도 했다. 고통이 지속되는 것이다.

나는 20년 이상 보육원에 살면서, 그리고 지금도 보육원을 방문하여 아이들을 만나면서 위와 같은 경우를 많이 보아 왔다. 너무도 안타깝고 가슴이 아프다. 이러한 상처받은 마음은 어떻게 치유해야 할까?

첫 번째로 이야기하고 싶은 것은 '인정'이다. 연약하고 때로는 게으른 마음으로 내 마음의 병을 외면하고 덮어 버리는 것이 아닌, 이것을 떳떳하게 인정하고 치료하고자 노력해야 한다. 보육원에서처럼 누군가 늘 도와주지 않는다. 스스로 움직여서 행해야 한다. 내 마음의 아픔을 제대로 바라보지 않고 남들 앞에서 '괜찮은 척' 포장하기 시작하면 마음의 병은 더 깊어져 간다.

자신이 가진 마음의 고통을 외면하기 시작하면 아이들은 일탈을 했다. 가출을 하기도 하고 도벽이나 폭력으로 스트레스를 해소하기도 했다. 문제는 그와 같은 일탈이 어린 시절의 방황으로 끝나지 않고 어른이 되어서도 계속된다는 점이다. 자립하려 하지 않고, 사회로 나아가지 않으며 술에 의존하여 인생을 살아가는 후배들을 볼 때면 얼마나 마음의 고통이 심했을지 좀처럼 상상이 가질 않는다.

내 경우에는 주변 사람들에게 도움을 청했다. 나를 잘 이해해 주는 누나와 나를 보살펴 주는 보육사를 찾아갔다. 감정적인 모습을 보이며 때로는 폭력적이기까지 했던 나를 비난하지 않고 이해하고 인정해 주는 분들을 찾아가 고백했다. 너무 힘이 든다고, 너무 마음이 아프다고 말했다. 그분들은 상담을 통해 "이제껏 잘해 왔다. 지금까지 이렇게 참고 견딘 것도 정말 대단해. 앞으로의 일은 너무 걱정하지 말자, 원하는 삶을 살아가자."라고 나에게 말해 주었다. 용기를 내서 나의 상처를 '인정'한 결과, 나는 큰힘을 얻고 마음의 상처를 조금이나마 씻어 낼 수 있었다.

마음의 상처를 치유하는 두 번째 방법은 '관찰과 휴식'이다. 보육원에는 혼자만의 공간이 없다. 늘 시끄럽고 혼란스럽다. 많은 아이들이 단체로 생활하는 곳이기 때문에 자유 의지는 뒷전으로 밀린다. 놀고 싶을 때 놀 수 없고 먹고 싶지 않아도 먹어야 한다. 밤새 책을 읽고 싶어도 모두 같은 시간에 잠들어야 했다. 보통 가정에서는 주말에는 휴식을 취하며 편안히 보내지만, 보육원은 주말에도 쉴 수가 없었다. 주말엔 주로 봉사자들이 오셔서 또 함께 시간을 보내야 했다. '고요함'과는 너무도 먼 보육원 생활에서 아이들은 심리적 안정을 찾을 수가 없다. 개인의 삶은 없어지고 보육원생으로서의 삶, 구성원으로서의 일상만 남아 있다. 이런 환경 때문에 개인의 사고나 주장, 개성을 개발하는 것은 좀처럼 쉽지 않았다. 자신만의 삶이 없었기 때문이다. 그래서 나는 항상 보육원 안에서는 마음이 편하지 않았다. 일상은 지루함의 연속이었고 나의 공간, 나의 집이 아닌 모두가 사는 시설에서 겉돌 수밖에 없었다. 나는 이럴 때 자주 산에 올라갔다. 생각이 많아지고 마음이 시끄러워질 때면 산에 올라가 낙엽을 덮어쓰고 잠시 잠을 자기도 하고 나무 사이의 다람쥐나 지저귀는 새들을 보면서 혼자만의 시간을 가졌다. 이렇게 나의 마음을 다스릴 수 있는 시간을 가지며 훈련을 해 나갔다. 이러한 '마음 훈련'이 익숙해질수록 나는 성숙해졌고, 좌절과 슬픔보다는 더 나은 길에

대한 기대와 희망을 가슴에 품었다. 그리고 마음의 평화가 찾아
왔다.

반드시 버려야 하는 어리석은 마음

글을 쓰는 내내 보육원 후배들에게 어떻게 하면 나의 진심을
전할 수 있을까 많은 고민을 했다. 보육원에 먼저 살아 본 형으
로서, 또 사회에 앞서 진출한 선배로서 어떤 말이 아이들에게 영
향을 미칠지 조심스러운 것이 솔직한 심정이다. 그러다 보니 결
국 마음의 문제, 즉 마음가짐에 관한 이야기까지 하게 되었다. 내
가 하는 말들이 어떤 이에게는 잔소리처럼 들릴 수 있을 것이고,
어떤 이에게는 마음이 조금 찔리는 소리일 수도 있다. 또한, 이
이야기는 비단 보육원 아이들에게만 해당하는 것은 아닐 것이
다. 마음먹기에 따라 인생이 달라지는 경험은 사람이라면 누구
나 해 보았을 것이다. 나는 우선 버려야 할 어리석은 마음에 대
한 이야기를 해 보고자 한다.

첫째, 나는 아이들에게 무엇보다 '예민한 마음'을 버리라고 말
해 주고 싶다. 예민한 마음이란 무엇일까? 보육원 아이들은 본능

적으로 비교를 자주 한다. 학교에서 선생님이 한 친구에게 공부를 잘한다고 칭찬하면 '왜 나한테는 칭찬을 안 해 주시지?'라고 생각하며 타인과 나를 비교한다. 나아가 '내가 보육원에 살아서 이렇게 피해를 보는구나.'라고 생각한다. 주변 환경과 사람 사이의 관계에 매우 예민하고, 혹시 나쁜 일이 생기거나 다른 사람과의 마찰이 생기면 그 원인을 자신에게서 찾는다. 건강한 생각으로 인간관계를 형성하지 못하고, 똑같은 환경에서도 왠지 나만 손해를 보는 것 같다는 생각을 자주 한다. 이렇게 되면 당연히 마음의 병이 생기기 쉽고, 그 병은 마음 깊숙한 곳에서 곪아 간다. 내가 과거에 보육원에서 살면서, 지금까지 보육원 아이들을 만나면서 접하는 가장 흔한 경우다.

나는 아이들에게 환경에 너무 민감하게 반응하기보다는 조금 가볍게, 무심한 마음으로 주변 상황을 받아들여 보라고 권한다. 한창 예민할 나이라 친구의 성적이 어떤지, 아이들이 무엇을 사 먹는지, 어떤 옷을 입는지 신경이 쓰일 것이다. 하지만 그러한 관심을 자신에게 돌려 보기를 바란다. 친구나 다른 사람을 의식하기보다는 '내 모습'에 집중하고 나는 초라하거나 부족한 존재가 아닌, 어디서나 당당한 존재라고 생각하기를 바란다.

두 번째로 버려야 하는 것은 '좌절'이다. '좌절 금지'라는 말이 유행했을 정도로 젊은이들 사이에서 좌절은 흔히 볼 수 있는 마음의 상태다. 보육원 아이들은 특히 더 자주, 많이 좌절하곤 한다. 보육원의 동기나 선후배, 보육사와의 관계에서도 본인의 생각이나 욕심대로 돌아가지 않을 수 있다. 시험이나 취업에 대해서도 마찬가지다. 사람이 절박한 상황을 마주하게 되면 미리 좌절하고 성급해한다. 모든 문제를 성급하게 해결하려다 보니 일이 틀어질 가능성이 높아진다. 결과가 좋을 수도 있지만 그 반대일 수도 있는데, 그럴 경우 상황을 확대 해석하며 자책에 빠진다. 스트레스가 심해 마음이 약해지는 것이다.

특히 보육원을 퇴소한 후에 많은 아이가 좌절을 경험한다. 생각보다 사회 적응이 녹록지 않고 취업이나 자립이 어렵기 때문에 쉽게 집중력을 잃게 된다. 삶의 갈림길에서 방황하는 것이다. 이럴 때일수록 스스로 두렵게 하는 것이 무엇인지 잘 생각해 보자. 그리고 주어진 불행에 쉽게 실망하기보다는 차분히 상황을 살펴보고, 자신의 모습을 바라보길 바란다. 그렇게 마음을 다잡으면 서서히 희망이 자신의 곁으로 다가설 것이다. 이것은 나의 경험이기도 하다.

세 번째로 버려야 할 마음은 '무기력'이다. 무기력함은 어디에서 나오는가? 바로 게으름에서 시작된다. 게으름은 어디에서 올까? 나의 게으름은 나약한 마음에서 시작된다. 물론 원인은 다양하다. 개인의 성격일 수도 있고, 어릴 때 겪은 트라우마 때문일 수도 있다. 하지만 이런 것들을 핑계로 아무것도 하지 않으면 그 사람은 더욱 나약해지고, 게을러지고, 우울해질 수 있다. 냉정하게 들릴 수도 있겠지만 나는 보육원 아이들은 특히 게으름을 피울 여유가 없다고 말하고 싶다. 왜냐하면 고아에게 세상은 만만치 않은 상대이기 때문이다.

고아에 대한 편견과 잘못된 고정관념을 이겨 내기 위해서라도 보육원 아이들은 남들보다 더 부지런하게, 더 의욕적으로 살아야 한다. "고아는 원래 끈기가 없어." 혹은 "고아는 천성이 게을러."라고 말하는 사람들의 잘못된 생각을 고쳐 주기 위해서라도 마음속 깊은 곳의 패배 의식은 저 멀리 던져 버리기를 바란다.

하루하루 지날수록 의욕이 떨어진다면 분명히 이유가 있을 것이다. 깊이 고민해 보고 원인과 해결 방법을 찾아야 한다. 자신의 인생은 그 누구도 대신 살아 주는 것이 아니기 때문에 작은 것이라도 재미를 찾으며 삶의 의욕을 일깨우자. 거창한 것이 아니라도 괜찮다. 보육원에서 즐길 수 있는 놀이나 운동, 봉사 활동, 청소, 공부도 가능하다. 본인의 성향과 적성, 관심사가 무엇인지 탐구해 보자. 분명 자신에게 잘 맞는 길이 있을 것이다. 그 길을 찾아 재미를 탐구해 보고 의욕을 키우자. 무기력함은 노력에 의해 얼마든지 이겨 낼 수 있는 감정이다.

네 번째로 버려야 할 마음은 '열등감'을 들고 싶다. 열등감이 지나쳐 자존감마저 떨어지면 정말 여러 가지 문제가 발생한다. 그 대표적인 것이 콤플렉스다. 콤플렉스는 취업이나 결혼 등 인생의 중요한 관문에서 꼭 사람들의 발목을 잡는다. 열등감이 지나쳐 자기 자신을 압박하고 괴롭히면 평생이 지옥이 된다. 그리고 그러한 지옥에서 벗어나기 위해 사람들은 술과 담배로 자신을 학대하고 괴롭힌다.

반대로 열등감을 역으로 활용하는 방법도 있다. 자신의 부족함을 파악하고 이를 극복하여 성공의 원동력으로 삼을 수 있다. 가난한 환경에서 자란 사람이 열등감에 시달려 학업에 매달리며 커다란 성취를 이뤄 낸 이야기도 흔히 들을 수 있다. 보육원 아이들은 자신이 특별히 잘하는 게 없다고 느낄 수도 있지만, 아직 그렇게 결정하기에 아이들은 너무 어리다. 앞으로의 주어진 인생은 너무도 길며 어떤 길과 가능성이 그들 앞에 놓여 있을지는 아무도 모르는 것이다.

사람들은 너무도 쉽게 빈부의 차이로 세상을 구분하고, 너무도 쉽게 학력을 가지고 우열을 가린다. 이런 환경에서는 누구나 쉽게 열등감을 느낄 수 있다. 하지만 정말 의미 있는 것이 무엇일지 다시 한번 생각해 보기를 바란다.

열등감 극복 방법 중의 하나는 '적당한 방어 기제 만들기'다. 열등감이 느껴질 때는 삶의 사소한 것들에 큰 의미를 부여하기보다는 그냥 이렇게 생각해 보는 건 어떨까? '학벌이 좋으면 무슨 소용이람.', '부모가 있는 게 무슨 큰 대수인가?', '사는 건 다 그저 그렇고 비슷하지, 뭐.'라고 말이다. 이런 생각으로 삶의 무게를 조금 덜어내 보자. '잘난 것도 못난 것도 따로 없지. 사는 게 다 그렇지.'라는 마음을 가져 보자.

마지막으로 나는 '회피하는 마음'을 버리라고 이야기하고 싶다. 고아니까 가질 수 있는 당연한 불평이라 여기면서 자신의 마음 속 목소리에 귀 기울이는 것을 피하지 말자. 필요하다면 직면해야 한다. 직면에는 용기가 필요하다. 상담이 필요하다면 적극적으로 요청하고 병원 치료가 필요하면 도망치지 말고 치료를 받자. 상처는 잘 치료만 하면 충분히 회복할 수 있는데, 대부분은 이러한 기회를 피해 버린다.

마음이 아픈데 아프지 않다고 말하는 것은 매우 위험한 일이다. 더욱이 힘든 상황을 회피하는 것은 상황을 악화할 뿐만 아니라 변화를 두려워하게 하며, 내면의 불평을 더욱 악화할 뿐이다. 심각한 심리적 문제가 아니더라도 생활 속 작은 습관에서부터 실천해 보자.

"마음가짐은 행동을 만들고, 행동은 습관을 만들고, 습관은 인생을 만든다."라는 말이 있다. 마음이 우리의 인생, 운명을 좌우한다는 것이다. 나는 여러분이 마음의 병으로 인해 소중한 인생을 실패로 마무리하지 않기를 바란다. 사소한 결심에서부터, 작은 실천에서부터 변화는 시작되는 것이다. 시작도 하지 않고 미리 실패를 인정하지 말자. 멀리서 마음의 구원을 찾기보다는 가까운 곳에서 부딪쳐 보며 용기를 내어 시작해 보자. '역시 나는 안 돼.'라고 생각하며 절망하지 말고 잠시 실패하더라도 다시 일어서는 연습을 반복해 보자. 앞서 언급한 다섯 가지 마음은 우리가 반드시 버려야 할 것들이다. 건강한 마음은 자신의 노력에서부터 시작된다.

마음 근육
키우기

철학에서 가장 중요한 질문은 '나는 누구인가?'라는 것이다. 내가 어떤 사람인지, 앞으로 어떻게 살아가야 할지 자문하는 것은 인생에 있어서 매우 중요하다. 그러나 보육원 아이들은 내가 누구인지, 어떤 존재인지 알지 못하고 그저 살아가는 것 같다. 보육원이라는 체계 안에서 수동적으로 살아간다. 자신의 의지를 펴지 못하니 멀리 보고 큰 생각을 하기보다는 자신만의 세상에 갇혀 사는 경우가 많다. 그래서 작은 변화에도 민감하게 반응하고 변화를 두려워한다.

'나는 누구인가?'라는 질문이 중요한 이유는 다름 아닌 여기에 있다. 자신의 존재에 대해 고민하고 골똘히 생각하는 습관은 긍정적인 방향으로 나를 바꾼다. 나의 하루하루가 변하기 시작하면 나를 둘러싼 환경도 다르게 보인다. 이렇게 차츰 세상을 바라보는 눈이 바뀌게 된다. 아직 성숙하지 않았고, 삶의 지혜가 부족하기 때문이다. 그래서 자신의 행동이 누군가에게 어떤 영향을 미치는지 미처 알지 못하는 경우가 많다. 보육원 아이들도 마찬가지다. 보육원이나 학교에서 문제가 생길 경우, 아이들은 문제의 원인을 나 자신에게서 찾기보다는 외부 탓을 하려고 한다. 그래서 갈등이 더욱 커진다. 특히 보육원에 사는 것은 매우 단조롭고 반복되는 생활의 연속이기 때문에 생각하는 방식이나 습관 또한 고정되어 있고 유연하지 못하다. 사소한 갈등이 일어났을 때도 자주 무시당하고 소외당한 경험으로 인해 아이들은 그 갈등을 더욱 크게 받아들인다. 문제가 생겼을 때도 그것을 해결하려고 하거나 객관적으로 바라보는 대신, 세상을 원망하며 환경을 탓하기도 한다.

보육사들이 늦게까지 휴대 전화 게임에 빠져 있는 아이들을 나무라며 그만 잠자리에 들라고 말씀하신다면, 왜 그런 말을 했는지 한번 헤아려 보자. 아이들은 별생각 없이 그저 참견을 하는 것이 귀찮고, 그것을 잔소리로 받아들이며 감정적으로 행동하거나 무례하게 행동한다. 또 보육사들이 앞으로 어떻게 살아가야 할지, 어떠한 친구를 사귀어야 할지, 귀가 시간은 왜 지켜야 하는지 등에 대해서 조언을 건네도 아이들은 그저 귀찮은 잔소리로 여기곤 한다. 아이들은 자신만의 세상에 갇혀 외부 상황을 받아들이기 힘든 것이다. 마음의 힘이 부족하기에 오해하게 되고 갈등이 커지는 것이다.

그렇다면 마음의 힘을 키우기 위해서 어떤 노력을 해야 할까?

첫째, '남들과는 다르게 살려는 마음가짐'이 필요하다. 어차피 시작점이 다르기 때문에 남들과 똑같이 생각하고 살아간다면 부족함이 느껴질 수밖에 없을 것이다. 강한 의지와 다짐을 가지고 실천해 보자. 그 누구보다 당당하고 세상에서 인정받을 수 있는 사람이 될 것이다.

스스로 생각을 고치고자 노력한다면 아이들을 이끌어 줄 사람은 세상에 얼마든지 있다. 이러한 사실은 나도 보육원을 퇴소하고 나서야 깨닫게 되었다. 꽃봉오리가 꽃을 피우지 못한 것은 아직 때가 되지 않았기 때문이다. 기다리고 인내할 수 있는 힘을 길러야 한다.

보육원 생활은 여러 가지로 불편한 점이 많다. 하지만 단체 생활을 통해 배운 습관들은 사회에서도 많은 도움이 된다. '모든 일은 스스로 하기', '인내심을 기르기', '나의 작은 실수가 다른 사람에게 피해를 줄 수 있다는 것을 알고 조심스럽게 행동하기' 등은 보통 사람이라면 사회에 나가서야 절실히 깨닫게 되는 부분이다. 보육원 아이들은 이러한 것들을 어려서부터 배운다. 누구보다 성실하고 근면하게 살 수 있는 훈련이 보육원에서부터 가능한 것이다. 직장에 간다면 상사로부터 더 빨리 인정받을 수도 있다. 불편은 불행이 아니다. 불편을 불평하지 말고 불편을 참고 이겨 내는 힘을 길러 보자. 긍정적인 에너지가 여러분의 인생을 더 밝은 곳으로 데려가 줄 것이다. 보육원에서의 고달픈 생활은 내가 원한 것이 아니었다. 하지만 누구보다 강하게 마음먹고 깊이 생각하며 어려움을 이겨 냈다. 지금 겪는 시련들이 장차 큰 꿈을 이루기 위한 과정이라 생각하며 어려움을 달랬다.

나는 보육원에 살면서 한 번도 가출을 하지 않았다. 환경이 문제가 아니라 나의 마음가짐이 문제이기 때문에, 어차피 주어진 환경을 바꿀 수 없다면 나의 생각을 바꾸고자 했다. 같이 사는 형들에게 괴롭힘을 당하면 너무도 힘들었지만 평생 그 형들과 같이 살지는 않을 것이며, 언젠가는 퇴소하면 될 것이라 생각하고 참고 견뎠다. 늦은 밤 라면을 끓여 오라는 등 귀찮은 심부름을 시켜도 망설이지 않고 바로 끓여다 주었다. 형들이 심한 장난을

쳐도 거기에 맞서 짜증을 내기보다 몇 번 맞장구를 쳐 주면 더이상 심하게 괴롭히지 않는다는 것도 깨달았다. 생각을 바꾸니행동도 바뀌었고, 형들의 신임을 얻게 되어서 더 이상 괴롭힘을당하지 않았다. 이러한 생각의 힘이 오늘의 나를 만들어 주었다.

아이들의 삶을 바꾸는 건 무엇일까? 생각의 힘이다. 할 수 있다고 생각하고, 나아질 것이라고 생각해야 한다. 누군가를 미워하지 말자. 인정받을 기회가 없고 무시당하고 있다고 생각하지말자. 그릇된 생각이 행동으로 표출되어 결국 나에게 돌아올 것이다.

이렇게 나이가 들고 그렇게도 지겹던 보육원 생활을 끝내고 보니 알게 되었다. 보육사가 해 주시던 그 많은 잔소리가 진심으로나를 걱정하고 사랑하는 마음에서 나온 것임을 말이다. 또한, 힘들 때마다 세상을 원망하기보다는 그것을 내 힘으로 이겨 내려했던 노력이 지금의 나를 있게 만들었다.

둘째로 '강인한 마음'을 가져야 한다. 아무리 훌륭한 운동선수라 해도 부상은 피할 수 없다. 아이러니한 것은 선수가 부상을당했을 때 그 선수의 진가가 드러나게 된다. 부상을 당하면 팬들에게 비난을 받기도 하고 재활하는 동안 심신은 지치기 때문에 그 어느 때보다 강한 정신력이 필요하다. 만약 축구 선수가 무릎 인대를 다치면 그 선수는 수술 후 무릎 주변의 근육을 발달시켜 더 큰 부상을 방지한다. 우리의 마음도 마찬가지다. 마음의 상처는 마음의 근육을 키우면서 미리 예방할 수 있다.

보육원에 살면서 힘든 일을 겪을 때마다 '나는 할 수 있다. 이겨 낼 수 있다.'라고 마음속으로 다짐했다. 억울하게 혼이 나거나 날카로운 말을 들어 마음에 상처를 받을 때마다 유쾌하게 넘어갈 수 있는 마음의 근육을 키우려고 노력했다. 긍정적인 생각을 하고 과거를 원망하기보다는 현실을 인정하고 자존감을 지키고자 마음을 다스렸다. 강인한 마음을 먹은 것이다.

보육원에서는 어쩔 수 없이 잔소리를 자주 들었는데, 그중 가장 기분 나쁜 말은 "집에서 새는 바가지가 밖에서도 샌다."라는 말이었다. 집에서 말을 잘 안 들으면 밖에서도 똑같을 것이라고 혼을 내는 보육사의 말을 들을 때마다 나는 마음속으로 외쳤다. '두고 보라지. 나는 나가서도 똑바로 잘 살 거야.'

초등학교 때 학급 임원 선거에 나갈 때도 강하게 마음을 먹었다. 소풍이나 운동회 때 점심을 준비하지 못해도 약해지지 않았다. 새 학기가 되면 담임 선생님을 찾아가 먼저 나의 환경에 대해 설명해 드릴 정도로 떳떳하고 꿋꿋하게 살았다. 누구나 다 이렇게 할 수 있다고 생각하지는 않는다. 개인의 성격이나 성향에 따라 다를 수는 있을 것이다. 하지만 꼭 용기를 내라고 말해 주고 싶다.

사람은 어려서부터 부모의 모습을 보며 자존감을 형성한다고 한다. 그 자존감을 바탕으로 자신을 대하는데, 이 감정은 특히 보육원생들이라면 더욱 강하게 길러야 한다. 보육원 아이들은 '부모의 사랑을 받아 본 적이 없고, 좋은 영향을 받은 적도 없는데, 이 세상에서 나는 과연 어떻게 살아가야 하지?'라고 너무도 쉽게 부정적으로 생각하기 때문이다.

나는 묻고 싶다. 언제까지 과거를 원망하며 살아갈 것인지, 과거의 좌절에 붙들려 소중한 인생을 낭비할 것인지 말이다. 마음의 근육을 키워 강인한 마음을 가지기를 바란다. 훈련을 통해, 생각의 정비를 통해 강하게 마음먹으면 어떤 어려움도 이겨 낼 수 있다.

세 번째로 '긍정적인 생각'을 해야 한다. 긍정적인 생각은 성장하면서 느낀 삶의 경험과 개인의 성품으로 형성된다. 성장하면서 얼마나 많은 칭찬을 받았는지, 누구와 어느 정도 애착을 형성했는지도 중요하다. 이로써 외로움을 이겨 낼 수 있는 긍정적인 삶의 힘도 얻게 된다. 살다 보면 누구나 부정적인 판단을 할 수 있다. 세상이 참으로 불평등하다는 생각에 자신만의 어두운 세계로 빠져들 수도 있다. 하지만 그 힘든 상황으로 인해 더 깊은 어둠의 나락으로 빠져들기보다는 자신의 의지로 더 밝은 세상을 향해 나아가야 한다. 현실의 힘든 상황을 극복하는 힘은 모든 대상을 긍정적으로 바라보는 것이다.

보육원에는 원장님, 사무실 직원, 가정에서 일하는 보육사, 자원봉사자 등 참으로 많은 구성원이 있다. 이 구성원들이 함께 한 가족처럼 살아가는 것은 그리 쉽지만은 않다. 그래서 자주 불화도 생기고, 때로는 마음에 응어리가 맺히기도 한다. 인정받지 못하는 서러움, 신뢰받지 못하는 원망으로 우리의 마음이 굳게 닫힐 때도 많다. 이럴 땐 크게 한번 호흡을 내쉬고, 밝은 표정을 짓고 나면 이내 현실을 긍정적으로 바라볼 수 있게 되기도 한다.

보육원에서 지내는 동안 그곳을 벗어나려고 하기보다는 주어진 환경에서 마음의 근육을 튼튼히 할 필요가 있다. 내가 현재 지내고 있는 환경만 탓할 것이 아니라, 그 환경을 통해 배울 수 있는 것을 찾아야 한다. 마음에 들지 않는 상황이라며 체념하고,

자신의 삶을 누리지 못한 채 늪으로만 빠져든다면 현실은 더욱더 어려워지기 때문이다. 환경을 불평하기보다는 불행의 고리를 끊기 위해 긍정적인 생각을 할 수 있어야 한다. 나의 삶은 소중하다. 또 생각이 나의 삶을 지배한다. '마음의 힘을 길러 세상에 도전하자.'라는 긍정적인 생각이 꼭 필요한 이유다.

현재를 즐기는 나

나는 중학교 때는 공부를 그리 잘하지 못했다. 토요일이면 학교에 남아 공부를 잘하는 친구의 도움을 받아 공부했는데, '왜 나는 학원에 갈 수 없을까?'라는 생각을 하기도 했다. 고등학교 때는 외모에 관심이 커져서 '친구들은 옷도 잘 입고 다니는데, 나는 왜 이렇게 초라하지?'라는 생각을 했다. 교사가 된 후에는 연구 대회나 공모전에 응모했지만 수없이 낙방했다. 그러면서 생각했다. '나는 왜 이렇게 아이디어가 없을까?'

임용 시험을 준비할 때만 해도 동기들은 쉽게 다니는 학원을 나는 제대로 다니지 못했다. 합격에 대한 열망보다는 늘 스스로를 동기들과 비교하는 내 모습이 비참하고 한심하게 느껴졌다.

지금은 이렇게 교사가 되어 안정적인 직장에 다니고 있지만, 그렇게 괴로움 속에서 공부했던 시절이 있었다. 하지만 지금의 나는 달라졌다. 나는 체육 수업 부문에서 학교체육대상 교육부장관상을 받을 정도로 인정받는 체육 교사가 되었다. 아직도 부족한 점이 많지만 더 좋은 교사가 되기 위해 계속 노력한다. 그런데 만약 내가 보육원 출신임을 부끄러워하면서, 학원에 척척 다니는 친구들을 부러워만 하면서 세월을 보냈다면 지금 어떤 모습이었을까? 비록 원하는 성장 환경에서 자라지 못했고 풍요롭지 못한 학창 시절을 보냈지만, 나는 이 모든 역경이 지금의 나를 만들었다고 믿는다. 개인의 삶이 없는 단체 생활을 하며 살았지만, 소중한 시간을 헛되이 보내지 않았다. 그 안에서도 어떻게든 나만의 시간을 가지려고 노력했으며, 그 순간을 감사히 여기며 즐기고자 했다. 지금의 환경만을 탓하며 어떻게든 보육원을 벗어나려는 후배들에게 말해 주고 싶다. 오지 않을 미래만을 바라보며 현실 저 너머의 일들에만 목매달지 말고, 오늘 주어진 하루와 지금 이 시간에 충실하고, 지금의 이 상황이 성장의 자양분이 될 것임을 믿으라고 말이다.

나는 다소 이기적인 학생이었다. 내 방식대로 생각하고 행동해서 선생님께 오해를 받기도 하고 친구들과도 부딪혔다. 악의는 없었지만 감정 표현이 서툴러 소통이 어려웠다. 하지만 그럴수록 타인의 시선과 강요에 의한 삶이 아닌 나의 삶을 살고자 애썼다. 내게 주어진 환경은 조금 특수했지만, 나만의 인생을 만들고자 하는 목표를 가지고 있었다. 그리고 나의 단점은 점차 나이를 먹어 가며 고치려고 애를 썼다.

고등학교 때는 이타심을 기르려고 했다. 실장 역할을 맡으면서 친구들을 배려하고 학급을 위해 봉사했다. 행동은 마음에서부터 나오기 때문에 이기심은 조금 누그러뜨리고 바르게 중심을 잡으며 살아갔다. 주변의 인정을 받으니 점차 마음도 편안하고 안정되어 갔다. 나만의 삶을 꾸려 나가게 된 것이다.

나의 삶을 산다는 것은 무엇일까? 이기심과 아집을 내세우는 것이 아닌 나를 중심에 세우면서도 다른 이들에게 불편을 주지 않는 것이라 말하고 싶다. 중심 잡힌 삶을 살아간다면 그러한 모습은 남들에게도 매력적으로 보일 수 있다. 가진 것이 없어도, 환경이 열악해도 중심 잡힌 삶을 살아가니 보육원 동생들은 나를 부러워했다.

보육원 아이들은 특히 친구의 영향을 많이 받는다. 나이가 어리기도 하고 가까이에서 지도해 줄 부모나 스승이 없기 때문이다. 공부를 하고 싶지만 함께 놀자는 친구들의 유혹에 빠지기도 하고, 일찍 자고 싶지만 밤늦게 모여 나쁜 짓을 하자는 친구들의 유혹에 빠진다. 그런 유혹 속에서 나만의 인생을 만들어 가려면 어떻게 해야 할까? 나는 열정을 가지라고 말해 주고 싶다. 더불어 보육원 직원이나 보육사, 후원자 등 많은 이의 기대에 어깨가 무거워지더라도 그 기대에 감사하고 그것을 대범하게 받아들이는 용기가 필요하다. 그렇지 않으면 휘둘리고 중심을 잃는 삶을 살게 된다.

자신에 대해 온전히 믿고 스스로를 사랑해야 한다. 자기 자신을 시험하는 모험과 결단도 필요하다. 나는 퇴소 후 내가 자란 보육원이 있는 동네를 떠나 본 적이 없다. 줄곧 이 지역에서 살아왔다. 대부분의 아이가 보육원을 퇴소한 후 보육원 근처에도 가기 싫어하는 것과는 정반대의 삶이다. 나는 나 자신을 믿고 사랑하기에 환경에 휘둘리지 않았다. 내가 사는 곳이 나의 전부라 생각하고 그곳에서 평안과 위안을 얻었다. 남들의 기준에 맞추는 것이 아닌 중심이 잡힌 인생을 살아야 한다.

4장 그래도 희망이다

⋮

성장통 극복하기

살다 보면 누구나 성장통을 겪는다. 그리고 성장통을 잘 이겨 냄으로써 성장할 수 있다.

아이들은 힘이 없다. 엄밀히 말하면 힘이 없는 것이 아니라 스스로 힘을 만들어 가는 중일 것이다. 이때, 화목한 가정에서 자라는 아이는 부모로부터 많은 힘을 얻겠지만 보육원생들은 보육사로부터 얻거나 다른 방법으로 힘을 얻게 된다. 보육원에 있으면 무수히 많은 일을 겪게 된다. 특히 다양한 보육사를 만나고 새로운 아이들을 만나게 되는데, 이런 생활에서 항상 호의적인 태도를 유지하기는 어렵다.

보육원에서의 성장통은 주로 집을 옮기거나 학년이 올라갈 때 생긴다. 해가 바뀔 때마다 집을 옮기고 보육사가 바뀌는데, 이때 심리적인 불안이 강해진다. 그 불안을 이겨 내는 방법은 스스로 성장통의 과정에 있음을 깨닫는 것이다. 물론 매년 집을 옮기는 것은 고통과 수고를 감내해야 하는 일이다. 그러나 그 변화를 겸허하게 성장통으로 받아들이면, 잘 이겨 낼 힘이 생긴다.

학교에서 새 학기를 맞아 새로운 담임 선생님과 친구들을 만날 때도 성장통을 겪는다. 보육원생은 부모가 없음을 반 친구들에게 알릴 수밖에 없다. 우리는 무슨 잘못이라도 한 것처럼 고개를 푹 숙이고 힘없이 손을 든다. 이렇게 12년의 학창 시절을 보내며, 익숙해지지 않는 열두 번의 고통을 겪었다. 우리는 부끄러워할 필요가 없다. 오히려 더 당당하게 살아야 한다.

중고등학교 시절, 나는 학교에서 가장 친한 친구들을 보육원에 초대했다. 모두 활발한 성격에 따뜻한 마음씨를 가진 친구들이었다. 친구들은 책상과 옷장이 없고 공용 화장실을 이용하는 나를 안타깝게 여기기도 했지만, 늘 친구들과 함께할 수 있고 간섭하는 부모님이 없어 좋겠다고 말했다. 맞는 말이다. 그들은 항상 부모님의 레이더망 안에서 벗어나지 않기 위해 행동에 제약을 두고 살아갔다. 그런 친구들에게 "나는 그런 제약이 없어서 편하고 좋아."라고 알려 주는 당당함이 있어야 한다는 것을 깨달았다. 새로운 친구를 만날 때, 부모가 없음을 부끄러워하지 않아도 된다. 사람들은 모두 다른 배경을 안고 살아가며, 인간은 누구나 혼자라는 것을 알아야 한다.

내가 이러한 성장통을 잘 이겨 내기 위해 했던 도전 중 하나는 리더가 되는 것이었다. 초등학생 때 지금의 부반장에 해당하는 부실장을 했고, 고등학생 때는 실장을 했다. 나의 가정 환경에 대한 부끄러움에서 벗어나는 방법으로 학생회 간부가 되기를 선택했다. 또한, 보육원 출신은 위축되어 있거나 주변인들과 갈등을 일으키는 학생이라는 편견에서 벗어나 친구들을 이끌 수 있는 평범한 존재라는 것을 리더가 되어 알리고자 했다.

이 도전은 내 인생의 전환점이 되었다. 불안을 자주 느끼는 내가 상처를 치유할 수 있었던 매우 중요한 경험이었다. 선생님과 친구들이 인정하는 사람이 되니 학교생활이 재미있었고, 내면에 쌓인 상처들이 자연스럽게 치유되었다. 그렇게 나는 서서히 동생을 돌볼 힘이 생겼다.

또 기억에 남는 것은 초등학교 5, 6학년 때 주산 학원을 다니며 학교 수학 경시대회에서 우승하여 시에서 주최하는 수학 경시대회에 학교 대표로 나가려 온 힘을 다해 애쓴 것이다. 누구의 관심도 없었지만 누구의 눈치도 보지 않고 내가 좋아하고 잘하는 것을 찾아 대회를 준비했다. 암산에는 자신 있던 나는 수학에 있어서는 누구에게도 지고 싶지 않았다. 그 배경에는 3학년 때, 방과 후 나에게 구구단을 가르쳐 준 친구가 있었다. 옷에서 냄새가 나고 다소 어눌했던 나에게 친구는 구구단을 정성껏 가르쳐 주었는데, 지금도 잊을 수 없는 감사한 친구이다. 무엇보다 운동회나 체육 시간에는 애정을 갖고 열렬하게 참여했다. 친구들에게 기죽지 않기 위해 노력할 수밖에 없었다.

　나의 자랑 같지만 성장통이 있을 때마다 그것을 이겨 내고자 하는 의지를 가지고 노력했다. 성장통을 이겨 내는 것은 스스로의 힘도 중요하지만 누군가의 도움을 받는 것이 더 효과적일 수 있다. 따라서 자신만의 세계에 갇혀 있기보다 넓은 마음으로 세상에 나아가야 하며, 보육원에서 사는 것이 자랑거리가 될 수 있음을 기억해야 한다.

악바리
정신

'악바리'라는 말을 들으면 어떤 것이 연상되는가? 성미가 까다롭고 고집이 센 사람, 마음이 모질거나 지나치게 똑똑해서 영악한 사람, 끈질긴 사람 등이 떠오를 것이다. 긍정적인 묘사는 하나도 없다. 안타깝게도 어릴 때부터 주변 사람들은 나를 '악바리'로 불렀다. 제대로 뜻은 몰랐지만 왠지 나쁜 말처럼 들려서 기분이 썩 좋지는 않았다. 하지만 지나고 보니 '악바리 정신'은 내 인생의 원동력이자, 삶의 자양분이 되어 주었다. 끈기와 인내, 도전, 최선의 노력은 내가 가진 악바리 정신의 결과이다.

보육원 생활은 힘들다. 힘들다고 표현하기엔 너무도 정글 같은 곳이다. 수많은 아이와 함께하는 단체 생활, 엄격한 선후배 관계, 보육사와의 관계, 미래에 대한 고민과 막막함 등이 어린아이들의 어깨를 짓누른다. 이뿐만이 아니다. 보육원을 둘러싼 수많은 사람(보육원 직원, 후원자 등)과 보육원의 시스템 등 일반 가정에서 자라는 아이들이 절대 경험할 수 없는 일들을 겪으면서 아이들의 삶은 힘들어진다.

나는 왜 이렇게 악바리처럼 살았을까? 무엇보다 나는 고민이 많은 아이였다. '부모가 없는 나는 과연 앞으로 어떻게 살아가야 할까?', '친구들은 왜 다들 힘들게 살아갈까?', '나의 미래는 누가 책임져 줄까?' 등등 어린아이가 하기에는 다소 무겁고 버거운 고민들을 일찍부터 해 왔다.

어릴 때부터 나는 혼자라는 생각을 해 왔다. 누구에게 의지하기보다는 내 인생을 주도적으로 만들어 가고자 노력했다. 무엇보다 학업에 매진했다. 초등학교 3학년 때까지는 공부를 잘하지 못했다. 하지만 부끄러워하지 않았고 공부를 잘하는 친구나 담임 선생님께 자주 질문하고 궁금증을 해결했다. 학원에 다닐 수 없는 형편이었기 때문에 여러 사람에게 도움을 청했다. 중학생이 되어서는 반의 실장과 친하게 지내려고 했다. 공부를 잘하는 친구였기에 친구가 어떻게 공부하는지 옆에서 지켜보며 따라가고자 했다. 환경이 허락하지 않는다고 포기하지 않았다. 끈질기게 매달리고 노력했다.

학업뿐 아니라 생활에서도 나의 악바리 정신은 빛이 났다. 보육원 형들에게 맞거나 괴롭힘을 당해도 끈질기게 버텼다. 함께 놀자고 유혹하는 친구도 많았지만 시험 기간 만큼은 묵묵히 참고 공부했다. 사실 나도 중학생 때까지는 못된 짓을 하고 말을 잘 듣지 않았지만, 과거에 매달리기보다는 누구나 뼈아픈 과거가 있다는 생각을 하며 나의 삶을 개선하고자 노력했다.

또한, 이런 악바리 정신은 나를 늘 많은 사람 앞에 서도록 했다. 초등학교 때는 보육원 출신이라는 꼬리표에 아랑곳하지 않으며 학급의 부실장을 맡았고, 고등학교 때는 수많은 경쟁자를 제치고 2년간 실장 역할을 도맡아 했다. 또 지역 내 교회 연합 찬양단 리더로서 4년간 열정적으로 활동했다. 내가 하고 싶은 일이 생기면 주저하지 않았고, 나의 성장을 위해 도움이 되는 일에 최선을 다해 끊임없이 노력했다.

이러한 악바리 정신은 나를 보육원의 주인으로 살게 만들었다. 웬 생뚱맞은 말인가 싶을 것이다. 보육원의 주인이라니, 보육원은 잠깐 살다가 나가는 곳인데 집으로 받아들여야 한다니 말이다. 노력하지 않아도 먹을 것과 입을 것을 주고, 잠잘 곳이 되어 주는데 주인으로 살라는 말은 어떻게 보면 어불성설로 들릴 것이다. 하지만 개인의 삶이 중요하듯 보육원이라는 곳 역시 인생에서 너무도 중요하다는 것을 지나고 보면 알게 될 것이다.

주인 의식이란 무엇일까? 주인은 책임을 지는 사람이다. 즉, 주인 의식은 책임 의식과도 같은 말이다. 보육원에서는 많은 사람이 함께 살아간다. 함께 지켜야 할 규율이 있고, 약속이 있다. 엄밀히 생활이 이루어지는 곳이다. 하지만 이곳을 그저 스쳐 지나가는 곳으로 여기며 살아가는 아이도 매우 많다. 행복을 꿈꾸기는커녕 적응조차 거부한다. 하지만 이렇게 살아가면 어디에서든 그 사람의 인생은 불행해진다.

자기의 삶에서 행복을 누리고 싶다면, 주인 의식에서부터 시작해야 한다. 넓은 보육원을 자진해서 청소하고 어린 동생들을 돌보면서 보육사의 말씀에 순종하는 것, 후원자와 자원봉사자들께 감사한 마음을 가지는 것은 보육원 생활에서 의무이자 책임이다. 보육원의 엄마(보육사)를 진짜 엄마라 여기고 보육원을 내 집으로 생각하자. 주인 의식은 여기에서부터 시작된다. 어떻게든 보육원을 빨리 벗어나려고 생각하는 사람과 주어진 상황을 받아들이며 감사하게 생각하고 자신의 삶을 소중히 여기는 사람의 인생은 하늘과 땅 차이만큼이나 달라진다. 주인 의식이 있고 없고의 차이다.

미래를 위해서도 주인 의식은 중요하다. 평생의 인생관을 결정하기 때문이다. 주인 의식을 가진다면 보육원을 퇴소한 후에도 보육원을 찾아가게 된다. 내가 주인이었던 집이기 때문이다. 보육원을 찾아가는 것은 자신의 정체성을, 뿌리를 찾아가는 일이기 때문에 퇴소한 아이들이 최소한 1년에 한 번이라도 찾아가기를 희망한다. 보육원을 내 집이라고 생각하고, 보육원 사람들을 내 가족이라 생각해 보자. 그동안 경험하지 못했던 감사와 평안을 얻게 될 것이다.

악바리 정신, 돌연변이를 키우다

보육원을 퇴소한 후, 보육원 선후배들은 나를 돌연변이라고 부르곤 한다. 똑같이 밥을 먹고 똑같이 학교를 다녔는데 나와 친구들은 모든 면에서 달랐기 때문이다. 공부를 월등히 잘했고, 절대기가 죽지 않아서 싸움도 잘했다. 덩치는 작았지만 몸싸움에서 한 번도 진 적이 없을 정도로 기백이 넘쳐 났다.

가끔 약삭빠른 생각을 하며 보육사들과 실랑이를 벌이기도 했다. 고집도 세서 주장을 쉽게 굽히지도 않았다. 아이들과 보육사들이 갈등을 겪을 때마다 나는 대표로 나서서 아이들의 요구를 말하기도 했고, 때로는 보육원 원장님을 찾아가 보육사들의 어려움을 대신 호소하기도 했다. 이렇게 나는 조금 튀는 행동으로 돌연변이라는 소리를 들었다. 나만을 위한 이기적인 돌연변이가 아닌, 모든 이에게 도움을 줄 수 있는 돌연변이, 즉 실력을 인정받는 돌연변이로 성장한 것이다.

살면서 다 같은 어려움을 겪더라도 어떤 사람이 겪느냐에 따라 그 어려움과 아픔의 강도는 다르다. 보육원 아이들이 겪는 삶의 아픔과 상처가 더욱 큰 이유는 누구도 관심을 가져 주지 않기 때문이다. 이럴 때 꼭 필요한 것이 악바리 정신이다.

보육원에서 생활하기 위해서는 무엇보다 남과 나를 비교하지 않고 '다름'을 인정해야 한다. 비교하기 시작하면 끝도 없기 때문이다. 우선 이를 받아들이고 자신의 단점과 문제를 자책하지 말아야 한다. 자신의 곁을 지키고 있는 이에게 도움을 청해 보자.

나의 경우 하나님께 기도드리기도 했고, 나를 잘 이해해 주는 누나와 보육사께 고민을 상담하기도 했다. 악바리처럼 끈기 있게, 인내심을 가지고 인생을 개척할 마음을 먹어야 한다. 이러한 악바리 정신은 어릴 때부터 대학을 졸업할 때까지, 그리고 교사가 된 지금까지도 나를 잘 지탱해 주고 있다. 단 한 시간이라도 수업이 헛되지 않게 나의 철학과 방식으로 교육하고 있으며, 이것은 내 자녀들의 양육에 있어서도 예외가 아니다. 가끔 고집을 부려서 아내를 힘들게 하고 나 자신도 힘들 때가 있지만, 이런 기질은 어릴 때부터 너무도 깊숙이 나의 내면에 자리하고 있었다. 누구에게나 똑같은 규칙이 적용될 수는 없을 것이다. 악바리 정신이라는 것이 어떤 사람에게는 불편하게 들릴 수도 있다. 하지만 이것은 어려운 상황에서 나를 살아남게 해 준 나 자신과의 약속이자 신념이다.

스포츠로 배운 인생의 교훈

어릴 적부터 스포츠를 좋아한 나는 스포츠를 즐기며 스포츠를 통해 나만의 긍정적인 정체성을 만들어 가고자 노력했다. 놀이에 경쟁 요소를 가미해 일정한 규칙을 가미한 문화인 스포츠를 통해 내가 배운 삶의 교훈에 대해 함께 나누고자 한다.

보육원의 환경이 몇십 년 사이에 많이 변화했다. 보육사의 처우도 이전과 비교할 수 없을 만큼 좋아졌다. 아이들을 위한 교육 지원 수준도 엄청나게 향상됐다. 인구 절벽 시대를 맞아 보육원의 아동 수는 상당히 줄어들었다. 그만큼 보육원의 환경도 많이 달라졌다. 주위 환경이 변화하면서 우리는 다가오는 삶의 위기를 극복하기 위해 자신의 항상성을 어떻게 유지할 것인지 더 많이 고민하게 됐다. 특히 현대인은 '남보다 나은 나'를 위해 부단히 노력하지만, 성공은 점점 어려워지고 포기만이 쉬워질 따름이다. 흔히 인생을 스포츠에 비유하는데, 인생의 어려움을 극복하는 과정은 스포츠에서의 도전 과정과 무척 닮아 있기 때문이다. 끊임없는 훈련을 바탕으로 한 도전은 성공과 실패를 떠나 모든 이에게 감동으로 다가온다. 많은 사람이 스포츠에 열광하는 이유가 여기에 있다.

보육원에서 보냈던 지난 시간을 떠올려 보면 우리 보육원의 아이들은 럭비공을 무척 닮았었다. 럭비공은 타원형이다. 바닥에 떨어지면 어디로 튈지 아무도 모른다. 예측할 수 없는 변수 때문에 선수들은 공을 잡을 때 무척 힘들어한다. 그런데 왜 럭비공을 원형이 아닌 타원형으로 만든 걸까? 이는 공을 잡고 달릴 때 좀 더 편하게 달릴 수 있도록 한 것이다. 바닥에 떨어질 때는 잡기 어렵지만, 한번 쥐고 나면 달리기에 집중하기 좋은 형태다. 좀처럼 손과 몸에서 떨어지지 않는다.

럭비공의 이런 면은 아이들과 상당히 닮아 있다. 어린아이들은 종종 직설적이고 무례한 행동을 한다. '다음에는 이렇게 하겠지.'라는 예상을 무참히 깨 버리는 게 아이들이다. 그러나 그 아이들이 언젠가는 누군가에게 희망을 주고 힘이 되는 존재가 될 수 있다. 또 럭비라는 운동이 워낙 거칠기 때문에 '신사'라는 단어와는 거리가 멀어 보이지만, 특정 순간만큼은 그 어떤 운동보다도 신사적이다. 그 순간이 바로 득점을 할 때다. 럭비에서는 득점을 한 후에 세리머니를 하지 않는다. 득점이라는 결과는 득점자 한 사람의 능력이 아니라 선수 모두가 함께 만드는 것이기 때문이다. 동료의 헌신이 없다면 럭비에서 득점은 불가능에 가깝다. 거칠어 보이지만, 그 안에 숨어 있는 상대에 대한 배려 역시 다른 어떤 운동보다 돋보인다. 우리가 세상을 사는 방법 역시 마찬가지다. 우리는 인생을 살아가며 늘 타인을 배려해야 한다는 점을 럭비에서 배울 수 있다.

"야구는 9회 말 투 아웃부터 시작이다."라는 말이 있다. 수비를 하는 팀이 아웃 카운트 하나만 얻으면 경기를 끝낼 수 있는 1점 앞선 상황, 서로 비등한 실력으로 한 치의 양보 없는 경기가 진행 중이라고 생각해 보자. 공격팀은 3루에 주자가 나가 있어 안타 하나면 경기의 향방을 알 수 없게 만들 수 있다. 그때 타석에 들어간 선수의 긴장감은 최고치에 올라 있다. 타자를 바라보는 수천 개의 눈, 상대 팀을 응원하는 커다란 함성, 우리 팀의 기대…. 아슬아슬한 절체절명의 순간이다. 순간 투수는 혼신의 투구를 하고 타자는 회심의 스윙을 한다.

우리의 인생은 마치 이 순간 타석에 들어서 있는 타자와도 같다. 긴장과 불안이 최고조에 오른 그때, 숨 막히는 마지막 순간에 우리는 더 단단해져야 한다. 혹여라도 내가 친 공이 수비팀의 장갑에 빨려 들어가더라도 실망하지 말아야 한다. 오직 배트를 휘두르는 그 순간에 집중할 뿐이다. 이때만큼은 누구의 방해에도 흔들리지 않는 자신만의 확고한 의지가 필요하다. 반대로 생각하면 투수는 타자 한 명만 잘 막으면 된다. 하지만 이 상황을 결코 가볍게 보아서는 안 된다. 마지막까지 최선을 다해서 공을 던지는 집중력이 수반돼야만 원하는 목적을 이룰 수 있다. 그래서 야구는 승리 투수만큼이나 마무리 투수가 중요하다.

육상 선수가 레인에 들어섰다. 육상에서는 자신만이 달리는 레인이 눈앞에 쭉 펼쳐져 있다. 총성이 울리고 시합이 시작되면 다른 레인을 밟아서는 안 된다. 레인을 밟게 되면 1등을 하더라도 실격이 되고 메달을 박탈당한다. 만약 레인이 없다면 과연 경기는 어떻게 될까? 아마도 경기장에 들어선 선수 모두가 1등을 차지하기 위해 온갖 반칙을 서슴지 않게 될 것이다. 팔로 치고 다리를 거는 경우가 없으리라고 장담할 수 없다. 우리의 인생도 마찬가지다. 누구에게나 자신만의 길이 있다. 그 길의 끝에는 결승선이 기다리고 있다. 내 앞에 펼쳐진 레인을 따라 달리는 게 중요하다. 시합에서 이기기 위해서는 평소 어떻게 훈련을 했는지가 중요하다. 마지막 결승선에 도달하기 위해 우리는 오늘도 최선을 다해 삶의 여정을 꾸려 가는 중이다. 혹 달리다 넘어지더라도 결코 포기해서는 안 된다. 포기하지 않는다면 어떤 변수든 나타날 수 있기에, 끝까지 최선을 다하는 게 무엇보다 중요하다. 그런 자세를 잃지 않는다면, 우리는 결승선에서 분명한 결과를 받아들게 될 것이다.

배구의 포지션을 잠깐 살펴보자. '리베로'라는 자리가 있다. 배구는 주로 키가 큰 사람이 공을 공중에서 세게 쳐 넘겨 득점하는 경기이기 때문에 키 작은 선수는 상대적으로 인기가 떨어진다. 그러나 리베로라는 자리는 이런 성질을 뒤바꾸는 게 가능하다. 리베로는 수비를 위한 자리로, 굳이 키가 크지 않아도 된다. 이 역할을 맡는 선수가 있기에 수비가 강화되고 아기자기한 경기와 다양한 공격이 가능해진다. 코트의 후위에서 상대의 서브나 스파이크를 받아 낸 뒤 세터에게 공을 넘기는 게 그가 할 일이다. 공이 멀리 떨어지면 몸을 아끼지 않고 날려서 받아 내는 '디그'도 그의 몫이다. 궂은일을 도맡아 하는 셈인데, 이처럼 결정적인 1점을 위해 온몸을 희생하는 모습은 우리에게 큰 깨달음을 준다.

나는 여러 운동 중에서도 배구를 특히 좋아한다. 그것도 공격보다는 수비하는 모습에 열광하는 편이다. 바로 그 중심에 리베로가 있어서다. 나도 리베로와 같은 삶을 살고자 노력하고 있다. 보육원에서 자라고 있는 아이라고 할지라도, 주목받지 못하는 삶을 살고 있는 사람이라도 기죽을 이유가 없다. 우리 모두는 각자 자기가 해야 할 역할이 있고, 그 역할에 충실한 삶을 사는 것이 가장 중요하다. 훌륭한 선수보다는 팀에 꼭 필요한 선수가 되는 것, 이것이야말로 우리 인생에 꼭 필요한 삶의 자세가 아닐까?

이번에는 스포츠 스타에 대한 이야기를 나눠 보자. 대한민국 축구를 이야기할 때, 박지성 선수는 빼놓을 수 없는 인물이다. 그는 평발이라는, 남들에 비해 쉽게 피로를 느끼는 악조건을 가지고 있다. 남들에 비해 훨씬 불리한 상황에서도 그는 포기하지 않고 끊임없이 스스로를 갈고 닦았다. 그 결과, 세계적인 명문 구단인 맨체스터 유나이티드의 핵심 멤버가 되어 세계적인 선수로 거듭날 수 있었다. 테니스의 이덕희 선수는 청각 장애 3급을 가진 사람이었다. 테니스는 경기 중 청각 의존도가 상당히 높은 편이다. 그런데도 그는 자신의 장애를 극복해 냈다. 프로 골프 PGA에서 '낚시꾼 스윙'으로 이름을 날린 최호성 선수는 엄지손가락 첫 마디가 없다. 고등학교 시절에 잃었는데, 불굴의 의지로 스스로의 단점을 이겨 냈다.

이 밖에도 우리는 수많은 장애인 선수가 삶의 희망을 놓지 않고 최선을 다하는 모습으로 감동을 주는 걸 목격해 왔다. 장애가 신체적, 심리적 장벽일 수는 있다. 그러나 넘지 못할 벽은 아니다. 우리 역시 사는 동안 장애를 가지게 될 가능성이 있고, 수시로 벽에 부딪히기도 한다. 그럴 때 우리가 가져야 할 자세는 포기보다 극복이다. 의지만 있다면 불가능한 것은 없다. 이런 점을 보육원 아이들에게 꼭 알려 주고 싶다.

아이들에게 희망을 주는
보육사들께

　이제는 보육사들도 자기의 능력을 계발하기 위해 많은 노력을 하고 있지만, 조금이라도 도움이 되었으면 하는 마음에 몇 가지 나만의 생각을 적어 본다.

　첫째, 아이의 욕구 발달 단계를 기억하자. 아이들의 욕구는 성장 단계에 따라 달라진다. 갓 보육원에 들어온 아이는 안정의 욕구를 채워 줘야 한다. 새로운 환경에서 정서적으로 불안감을 느끼기 때문에 부모의 따뜻한 품 못지않은 정성이 필요하다. 어릴 때의 애착 형성은 그 어느 때보다도 중요하다. 이 시기에 아이가 불안 혹은 초조함을 느끼지 않도록 해 줘야 한다. 유년기는 콩나물시루에 빗댈 수 있다. 콩나물을 키울 때 물을 주면 모조리 밑으로 빠져 버리는 것 같지만, 이것은 시간이 흐를수록 쑥쑥 자라는 바탕이 된다. 사랑을 줄 때는 큰 변화가 없어 보이겠지만, 성장을 거듭할수록 그 사랑의 힘이 아이들에게 굉장히 소중한 디딤돌이 된다.

청소년기에는 아이의 의견을 존중하고 인정해 주어야 한다. 신체는 급격하게 발달해도 아직은 유년기의 인격을 벗어나지 못하는 시기가 바로 이때다. 보육사에 대한 반항도 심해진다. 단체 생활을 하며 제한되던 그동안의 삶보다 자유로운 삶을 추구하게 되는데, 이 과정에서 온갖 마찰이 생기기 마련이다. 이럴 때 보육사는 아이들을 있는 그대로 인정해 주는 게 좋다. 어릴 때는 그렇지 않았는데 왜 갑자기 변했냐고 푸념을 하는 것보다는 아무리 버릇없는 행동을 하더라도 '그럴 수 있다.'라는 마음가짐을 가지는 게 자신을 위해서나 아이들을 위해서도 현명하다. 자칫 보육사가 마음의 상처를 크게 입으면 도리어 다른 아이에게 피해가 갈 수 있기 때문이다. 흡연이나 음주는 호기심에 할 수 있지만, 이에 대해서는 단호하게 지도하되 그 행동에 대해서만 나무라는 등 분명한 기준이 있어야 한다. 아이에 대해 서운함을 표출하는 것은 독이 될 가능성이 높다.

둘째, 부모처럼 대하자. 보육사는 당연히 친부모 같은 마음으로 아이를 양육하려고 할 것이다. 그 마음은 절대로 믿어 의심치 않는다. 그러나 말을 듣지 않고 반항하는 모습을 마주하게 되면 자기도 모르게 편견을 가지기 쉽다. 이때, "그 녀석은 안 돼."라는 낙인을 찍는 경우가 많다. 일반 가정의 부모도 자녀 교육을 위해 얼마나 고생을 하는가. 자식 농사는 마음대로 되지 않는 법이다. 하물며 보육원 아이는 오죽할까. 부모의 역할을 하는 보육사의 사기가 떨어지면 아이들이 큰 상처를 받을 수 있음을 기억해 주면 좋겠다. 지치지 않고 꾸준히 믿어 주며 하나라도 더 주려고 한다면, 시간이 흘러 퇴소한 아이가 명절에 찾아와 세배하는 모습도 볼 수 있으리라 믿는다. 어쩌면 그런 모습이 보육사에게는 가장 뿌듯한 순간이 아닐까?

셋째, 나를 항상 성찰하자. 보육사에게는 종교인과 같은 자세가 필요하다. 날마다 자신을 성찰하면서 새로운 마음가짐을 갖는 게 좋다. 어른은 흔히 숙고하고 판단을 내린 후에 행동하지만, 아이는 그렇지 않다. 행동을 먼저 한다. 보육사 입장에서는 이런 부분이 얼마나 화가 나는 일인지 잘 안다. 믿었던 아이가 돌변해 사고뭉치가 되고 가출을 일삼을 땐 자괴감도 들 것이다. 그런 때일수록 나를 돌아보는 마음가짐이 힘이 되지 않을까? 성찰이라는 건 스스로를 객관적으로 대면하는 일이다. 물론 나의 잘못이나 부족함을 되돌아보는 것도 중요하다. 더불어 나의 감정을 내려놓고 마음을 다스려야 한다. 보육사가 스스로의 감정과 마음을 잘 조절한다면 아이의 마음에 공감하는 능력도 자연히 더 커질 거라 믿는다. 문제를 해결하는 능력도 함께 얻을 수 있지 않을까 싶다. 내가 추천하고 싶은 방법은 하나님께 기도하는 것이다. 처음엔 수긍하기 어렵겠지만 기도 없이 아이들을 올바르게 성장시키는 것이 어렵다는 것을 나는 기도와 성찰을 통해 깨달았다.

이와 함께 아이에 대한 감정이 분노로 이어지지 않도록 해 주었으면 한다. 사람에 대한 혐오는 절대로 아이에게 표출되어선 안 된다. '아이는 아이이기 때문에 이런 행동을 한다.'라는 마음으로 받아 준다면, 시간이 걸리더라도 문제 상황을 바로 잡을 수 있을 것이다.

넷째, 아이들의 상처를 보듬어 주도록 힘쓰자. '왜 아이를 상처 입은 존재로 바라보아야 하는가?'라는 의문을 가질지도 모르겠다. 인간은 누구나 아픔이 있기 마련이지만 더구나 보육원의 아이는 다른 이가 쉽게 판단하기 어려울 만큼 깊은 상처를 안고 있는 경우가 많다. 나 역시 퇴소한 지 19년이 지났고, 화목한 가정까지 꾸렸음에도 상처가 온전히 치유되지 않았다는 걸 수시로 깨닫는다.

아이가 받은 상처를 보육사가 모두 치유해 주기는 어렵다. 단지 그 상처가 더 깊어지지 않도록 소독해 주고 반창고를 붙여 주는 정도가 다일지도 모른다. 아주 어려운 이 과정을 위해 정혜신 박사가 쓴 책『당신이 옳다』를 추천한다. 여기에서 정 박사는 공감을 강조한다. 정 박사에 따르면 공감은 상대의 말을 잘 들어 주거나 같이 눈물을 흘리는 게 아니다. 상처 입은 마음에 궁금증을 가지고 그들의 감정을 깊숙이 읽어 주는 데에서부터 시작하는 것이다. 분노와 슬픔으로 가득 찬 아이에게 "그때 네 마음이 어땠어?"라고 질문을 하면 아마도 아이는 아주 천천히 마음에 담아 둔 이야기를 시작할 것이다. 책에서는 "체중을 실어 공감하라."라고 표현하고 있다. 아이의 상처와 문제 자체에 집중하는 것보다는 아이가 마음에 담아 둔 이야기부터 묻고 들어 주는 것에서부터 치유가 시작될 수 있다는 이야기다.

마지막으로 아이가 삶의 행복을 느끼도록 도와주자. 행복이라는 감정은 삶의 만족에서 비롯된다. 보육원 생활은 보육사와 아이의 관계에서 시작하기 때문에 보육사가 가진 행복의 개념은 매우 중요할 수밖에 없다. 행복은 아이의 자존감을 높여 주고 도전정신을 갖도록 해 준다. 높은 자존감은 인간관계 속에서 마주하게 되는 여러 문제를 해결할 수 있도록 돕는다. 힘든 환경에 처했지만 자기 자신이 얼마나 귀한 존재인지 깨닫게 해 주기도 한다. 스스로 행복이라는 감정을 찾을 줄 알아야 아이가 인생의 걸림 돌을 극복할 수 있고, 어떤 장애물이든 넘어설 수 있게 된다.

그렇다면 어떻게 하면 아이가 행복해질 수 있을까? 비록 단체 생활이지만 개인이 좋아하는 일을 하게끔 도와주는 게 어떨까? 보육원에서 단체로 하는 행사라 하더라도 개인이 싫다면 행사에 참석하지 않을 수 있는 자유를 주는 것도 방법이지 않을까 싶다. 단체로 공부하는 시간이더라도 어느 정도 유연하게 운영해서 스스로 공부하고 싶어 하는 학생이 있다면 그의 방법을 인정해 주자. 더 나아가 아이가 원하는 요리나 운동, 관심사가 있다면 적극적으로 지원해 주자. 그렇게 좋아하는 것을 하게 해 주는 게 필요하다고 생각한다.

당연히 전국의 모든 보육원에서 이런 식으로 아이들을 지원하고 있을 것이다. 다만 굳이 이런 생각을 적어 두는 것은 그만큼 아이의 흥미를 이해해 주는 것, 요구를 들어주려는 태도가 얼마나 중요한지 강조하고 싶어서다. 최대한 아이와 좋은 관계를 유지하면서 편안하게 생활하도록 만들어 주는 것, 자기가 머무는 공간에서만큼이라도 편하게 느낄 수 있도록 해 주는 심리적 배려가 절실하다. 아침저녁으로 잔소리를 들어야 하고, 월요일부터 토요일까지 잔소리를 들어야 한다고 생각하면 그 공간이 더 이상 아늑하게 느껴지지 않는 게 인지상정이다. 집이 안정적일 때 아이는 행복을 느낀다. 안정적인 환경이 삶에 대한 자세도 긍정적으로 바꿔 준다는 건 이미 여러 곳에서 입증된 이론이다. 이런 생활 속 소소함 하나하나가 아이가 스스로 꿈을 개척하고 자아를 실현하는 데 큰 힘이 되어 주리라 믿는다.

나를 키워 준 분은 보육사들이다. 그분들에게는 늘 감사할 따름이다. 그 수고와 헌신을 더 널리 알리고 싶었다. 그리고 나와 같은 아이들을 지도하는 데 미약하게나마 보탬이 되었으면 하는 마음뿐이다. 혹여 나의 이야기가 불편한 부분이 있더라도 널리 이해해 주시길 부탁드린다. 다시 한번 이 세상의 모든 보육사에게 응원을 보낸다.

나만의 멘토
만들기

배가 온전한 방향으로 나아가려면 해도(바다의 지도)와 레이더가 필요하듯, 사람도 살아가면서 자신의 삶의 방향을 찾으려면 꼭 필요한 사람들이 있다. 일반적으로 우리는 그런 사람들을 '멘토'나 '롤 모델'이라 칭한다. 그리고 그들을 닮아 가고자 노력한다. 닮아 가고자 하는 사람이 위인전의 인물이든, 영화 속 주인공이든, 같은 집에 사는 가족 구성원이든, 주변 사람이든 간에 누구나 닮고자 하는 사람에게 자신이 앞으로 어떤 성향의 사람으로 성장할지에 매우 큰 영향을 받게 된다.

나에게는 최고의 멘토가 있었다. 중학생 때 친구들과 갈등이 있을 때마다 나를 상담해 준 학교 선생님이다. 학교와 사회에 불만이 많았던 내가 문제를 일으키면 보통 선생님들이 교무실에서 상담을 하곤 했는데, 이 선생님은 독특하게도 철봉 밑에서 나와 상담을 했다. 생물 선생님이셨는데 철봉을 좋아해 나에게 철봉차 오르기를 가르쳐 주셨다. 운동을 가르쳐 주시면서 내면 깊이 쌓인 상처도 자연스럽게 치유해 주셨다. 혼을 내기보다는 자연스럽게 운동을 함께 하면서 나쁜 행동을 고쳐 주셨다.

남자 선생님이라 그런지 아버지처럼, 큰형처럼 나를 잘 챙겨 주셨다. 나는 선생님과 말을 많이 하기보다는 그분의 온화한 성품을 닮아 가고자 노력했다. 조곤조곤 말하는 선생님과 대화를 할 때면 학생을 위하는 마음이 어느 선생님보다 강함을 느낄 수 있었다. 그분께 배운 철봉을 시범 보이며 친구들에게도 인정받았다. 그러면서 중학교 생활에는 긍정적인 변화가 일어나기 시작했다. 더 나아가 그분은 내가 교사라는 직업을 선택하는 데 큰 영향을 끼쳤다.

고등학교 2학년 때의 담임 선생님도 나에게는 참 고마운 분이셨다. 고등학생 때, 다혈질인 나는 실장을 맡았지만 다른 친구들의 입장을 잘 이해하지 못하는 편이었다. 담임 선생님의 지시에는 순종하면서도 다른 친구들의 입장이나 환경은 잘 고려하지 못하는 고집이 센 학생이었다. 좋은 학급을 만들기 위해 친구들에게 지나친 말을 하거나 내가 편한 생활을 하기 위해 친구들을 이용하기도 했다. 이러한 나의 태도를 아는 담임 선생님께서는 나를 혼내거나 실장을 바꾸기보다는 끝까지 나를 믿어 주셨다.

보육원생인 걸 아시면서도 더 나를 세워 줌으로써 나에게 힘을 주고자 하셨다. 다른 친구들 몰래 맛있는 것도 주시고 가끔씩 힘든 것은 없는지 자연스럽게 물어봐 준 것이 나에게는 큰 힘이 되었다. 3학년 때도 사제지간으로 만나면서 나는 실장을 다시 한번 하게 되었고, 선생님과 친구들을 위해 어느 반보다도 더 친밀하고 학습 태도가 좋은 반을 만들기 위해 노력했다. 선생님께서는 특별한 관심으로 내가 야간 자율 학습에 자유롭게 참여하도록 해 주셨다. 아무래도 내가 저녁 도시락이 없거나 친동생을 급하게 만나러 가는 경우가 있었기에 배려를 해 주신 것이다. 선생님의 특별한 관심과 사랑을 받는 것 같아 매우 기분이 좋았다.

그 덕분인지는 모르겠지만 많은 친구가 즐거운 고등학교 생활을 마치고 희망하는 대학으로 진학했다. 졸업한 지 23년이 지난 요즘도 선생님께 안부 전화를 드리곤 한다. 몇십 년을 고3 지도를 위해 힘쓰신 선생님이 오늘따라 더 대단하게 느껴진다. 좋은 선생님을 만난 것이 나에게는 매우 큰 복이라 생각된다. 그래서 교사가 된 나 역시 누군가의 멘토가 되기 위해 노력해야겠다는 마음을 품고 살아간다.

나도 동생들의 멘토가 되고 싶다

보육원 동생들에게 감히 말하고 싶다. 부족한 나의 삶이지만, 나를 멘토로 삼고 살아 달라고 말이다. 단언컨대 나는 보육원 생활을 하면서 동생들에게 좋은 형이 되고자 결심했고, 지금까지도 그 결심을 실천하고 있다. 자주 보육원에 가 동생들의 어려움이 무엇인지 확인하고, 보육사들과 대화를 많이 한다. 갈 때마다 지폐를 몇 장 가져가서 우연히 만나는 어린 동생들에게 용돈을 주기도 한다.

학교에 근무하며 보육원 동생들을 학생으로 만나 가르칠 때는 동생들에게 더 많은 관심을 갖기도 했다. 심지어 보육원 동생의 담임을 한 적도 있는데, 서로 불편한 사이가 되기보다는 서로를 잘 이해하는 사이가 되고, 아이 인생의 멘토가 되고자 노력했다.

보육원 아이들을 만날 때마다 교사가 되기 위해 겪었던 힘들었던 과정을 자주 얘기해 준다. 보육원 생활을 하면서 나쁜 생각을 할 수도 있지만, 주어진 환경을 탓하는 것이 아니라 꿈꾸는 바를 생각하며 긍정적인 마음을 가지고 열심히 살아가야 한다는 것을 내 삶을 통해 전하고 싶었고, 앞으로도 계속 전하고 싶다. 목표한 바를 이루려면 '세상은 내가 꿈꾸는 대로 펼쳐진다.'라는 신념을 꼭 가져야 한다.

보육원 생활에서 겪게 되는 차별에 대한 서러움, 부모 부재의 아픔, 채워지지 않는 갈증이 우리들을 더 번뇌하게 만들기도 한다. 하지만 앞서 얘기했듯이 있는 그대로의 삶을 받아들이고, 불편한 것을 불평하기보다 자신에게 도움을 줄 수 있는 멘토를 찾아야 한다. 그 멘토의 삶을 따라 끊임없이 자신의 삶을 변화시켜야 한다. 부족한 환경을 보며 자신의 초라함을 느낄 시간은 없다. 좋은 멘토와의 만남을 통해 스스로를 사랑하는 힘을 가질 수 있고, 불행을 행복으로 바꿀 수 있다.

그리고 보육원에서도 이러한 아이들의 노력이 빛을 발하도록 도움을 주어야 한다. 시설에서도 아이들 각자의 성향에 맞추어 갈증과 고통을 해결해 줄 수 있는 다양한 멘토를 찾아 주기 위해 부단히 노력해야 한다. 또한, 아이들이 멘토의 중요성을 알 수 있도록 관심을 갖고 지도해야 할 것이다.

이 책을 처음 시작할 때의 마음은 단지 내 삶을 적어 내려가며 지난 추억을 곱씹어 보자는 것이었다. 좋은 추억이든 나쁜 추억이든, 내가 성장해 온 기록과 그 속에서 터득한 내 삶의 방식을 독자들과 나누고 싶은 생각도 있었다. 부족한 내 삶에 대한 자기고백이자 고아의 생활과 자립을 도와주기 위한 자기 계발서로서 말이다. 그러나 욕심이 점점 커져서 고아로 큰 나의 과거와 아직도 이 땅에 버려지는 불쌍한 아이들의 실태를 알려야겠다는 마음도 자리하게 됐다. 이를 바탕으로 보다 나은 세상을 만들어 가는 데 조금이나마 일조하고 싶었다. 그러다 보니 책의 내용이 계획보다 방대해진 면이 없지 않다.

대한민국의 교사로 살면서 우리 사회의 모든 아이가 평등하게 성장하도록 도와야 할 책임이 있다고 느낀다. 학교 현장에 머물며 여러 사회적 약자에 대한 관심은 점점 커져만 갔다. 자연스럽게 보호가 필요한 아동과 시설을 퇴소한 아동에게로 초점이 옮

⋮

겨 갔고, 퇴소 후 사회의 배려를 받지 못하고 모진 편견과 싸워 가며 버티는 삶에도 귀를 기울일 수밖에 없었다. 대단한 보육 전문가도 아니면서 고아를 돕겠다고 나서서 해 온 모든 실천을 글로 담은 건 그런 이유에서다. 지금까지 어느 누구도 고아에 대한 이야기를 하지 않았다는 게 나에게는 자못 충격이었다. 내가 써 내려가는 이 글에서 '고아'라는 존재에 제법 깊은 방점을 찍은 이유다. 그러나 그 과정에서 힘들었던 과거를 찬찬히 다시 정리하게 됐고, 나 자신의 상처를 발견하기도 했다. 그 상처를 다른 무엇보다도 빨리 치료해야겠다는 생각도 들었다. 실제로 글을 쓰면서 따끔거리던 상처가 조금씩이나마 아무는 경험도 했다. 그래서 지난 집필의 시간이 나에게는 소중하다. 좌충우돌의 연속이었지만 어찌 되었든 한 권의 결과물을 완성했다는 점은 무척 감회가 새롭다. 모쪼록 나와 같은 상황에 처해 있는 모든 분이 이 책을 통해 상처를 치유하기를 소망할 뿐이다.

괴로웠던 과거의 기억을 꺼내는 건 언제나 질색이었다. 그런데도 이 책을 위해 지극히 싫어하는 그 일을 했다. 물론 쉽지 않았다. 가슴으로 울면서 쓰고, 되돌아보면서 웃는 이상한 상태였다. 글을 쓰는 내내 그랬다. 가슴이 너무 미어져 며칠을 쉬고 다시 글을 쓰는 경우도 많았다. 진실을 숨기는 것보다 드러내는 게 옳다고 여겼고, 그 일을 실천하면서도 무척이나 힘겨웠다. 나와 가장 가까운 아내 역시 이 책을 완성해 가는 과정에서 감정적으로 무너져 내리는 내 모습을 지켜보면서 "구태여 이렇게까지 하면서 옛이야기를 해야 하는 건지 잘 모르겠어."라고 충고를 건네기도 했다. 그 말이 옳았는지도 모른다.

고아에 대한 이야기를 꺼내는 것이 나처럼 부모 없이 성장한 다른 사람에게 어떤 도움이 될 것인지에 관한 고민도 해 보았다. 그러나 내가 활동하는 한국고아사랑협회를 통해 이 사회가 몰랐던 고아에 관심을 가지는 언론이 생겼고, 국회 의원이나 사회적 기업 등이 응원을 보내 주었다. 그들의 응원은 무척 큰 힘이 돼 주었다. 그 응원을 자양분 삼아 힘을 내고 고아를 둘러싼 이야기를 기록했다. 고아를 정확히 이해해야 그들을 제대로 도울 수 있고, 그들에게 맞는 보육 정책이 나올 수 있다고 믿었기 때문이다.

여기서 한 가지 강조하고 싶은 게 있다. 나의 이야기가 이 땅의 모든 고아를 대변할 수는 없다는 사실이다. 독자들은 꼭 이 점을 유념해 주시길 바란다. 다만 누구도 제대로 알지 못했던 고아의 이야기를 큰 불편 없이 공감하도록 하는 게 이 책의 목표였다. 고아는 약자다. 누군가의 도움 없이는 절대 살 수 없다. 이런 면면을 이 책으로 봐 주시고, 열린 마음으로 고아를 바라봐 주기를 앙망한다. 나의 이야기를 적고자 했는데 결국은 고아에 관한 진실, 지금의 나를 만들어 준 분들의 이야기, 자립이라는 현실 그리고 고아에게 필요한 삶의 지혜가 담겨 버렸다. 이렇게 광범위한 내용을 다루게 될 거라고는 애당초 생각도 못 했다.

정말 수없이 많은 고민 속에 막막하고 답답한 하루하루를 버티며 쓴 책이다. 그 과정이 나를 더 단단하게 만들어 주었고, 내 자존감을 높여 주었다. 내 삶을 바라보는 태도 역시 많이 변화했다. 이 책이 이 사회의 많은 고아에게 그리고 독자에게 위로가 될 수 있기를 다시 한번 소망한다.

이 책을 시작할 수 있도록 물꼬를 터 준 하늘나라에 있는 민수(가명), 나를 행복의 길로 안내한 보육원 모든 관계자분들, 아낌없이 사랑을 베풀어 주신 후원자님께 감사하다. 그리고 나의 삶을 더 풍요롭게 만들어 주는 사랑하는 아내 박수진, 못난 아빠를 아빠로 여기고 기쁨을 주는 세 딸에게 사랑한다는 말을 전한다. 세상 모든 고아를 사랑하시며 나의 삶을 이끌어 주신 하나님께 이 모든 영광을 바친다.